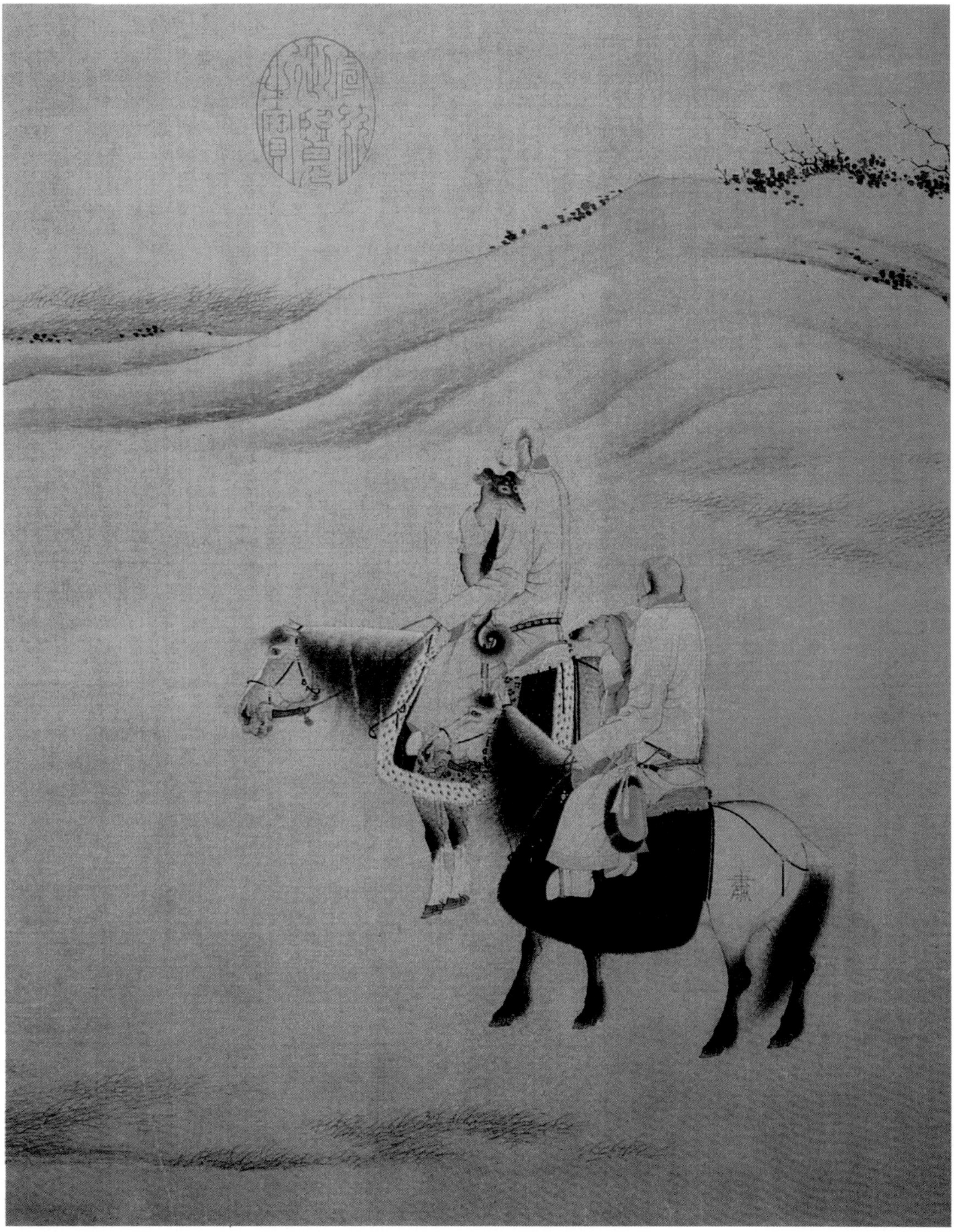

胡瓌「回獵圖」（部分）——胡瓌，五代時契丹人，原圖共繪三契丹人罷獵而歸，各攜獵犬。契丹人裝束的特徵，是頭頂剃光，兩邊留髮。

以下六圖／周臣「人物」——周臣是明初著名畫家，唐寅與仇英的老師。所繪減筆人物長卷，筆法遒勁，形象生動。現藏夏威夷大學博物館。明朝注重文人畫，所以周臣的名氣不及弟子唐寅，他解釋原因是：「只少唐生數千卷書。」意思說自己讀書較少，但他描寫下層社會的人物，非唐寅所及。本書選錄六幅，看來都是丐幫人物。

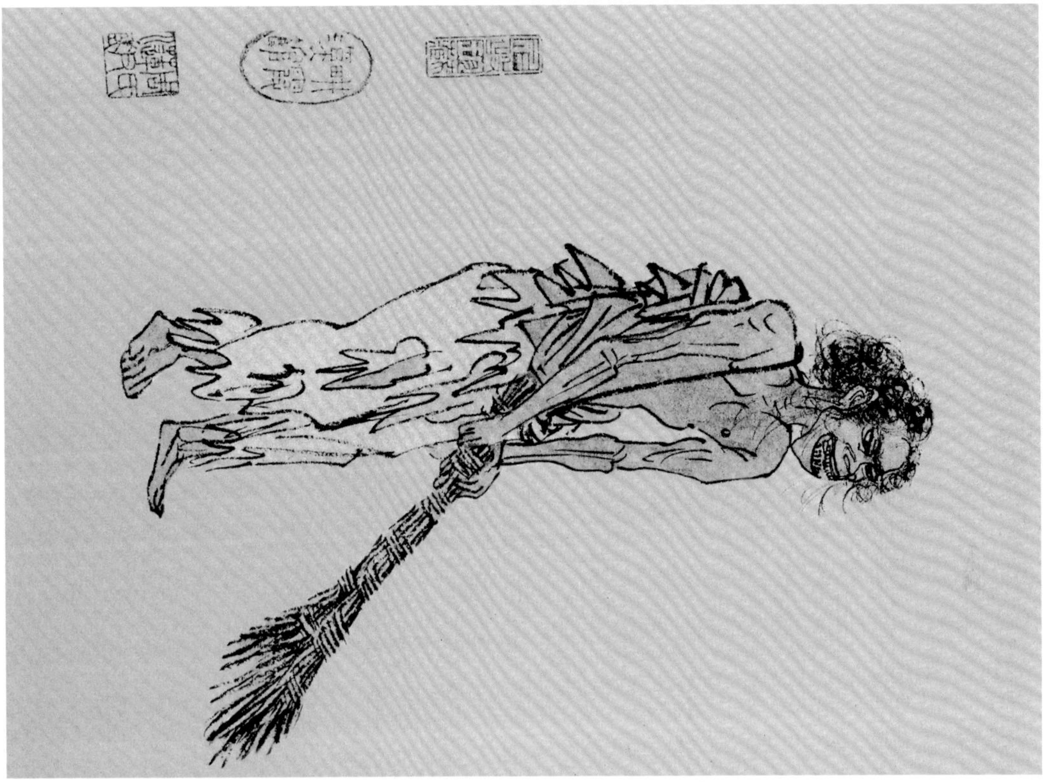

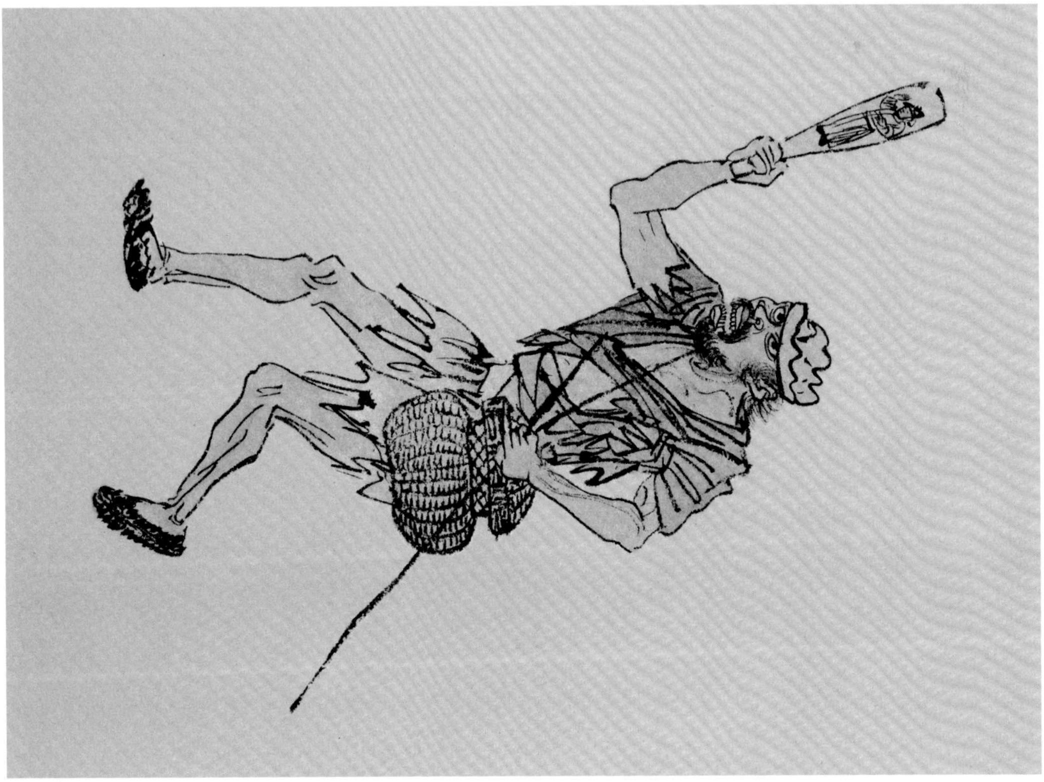

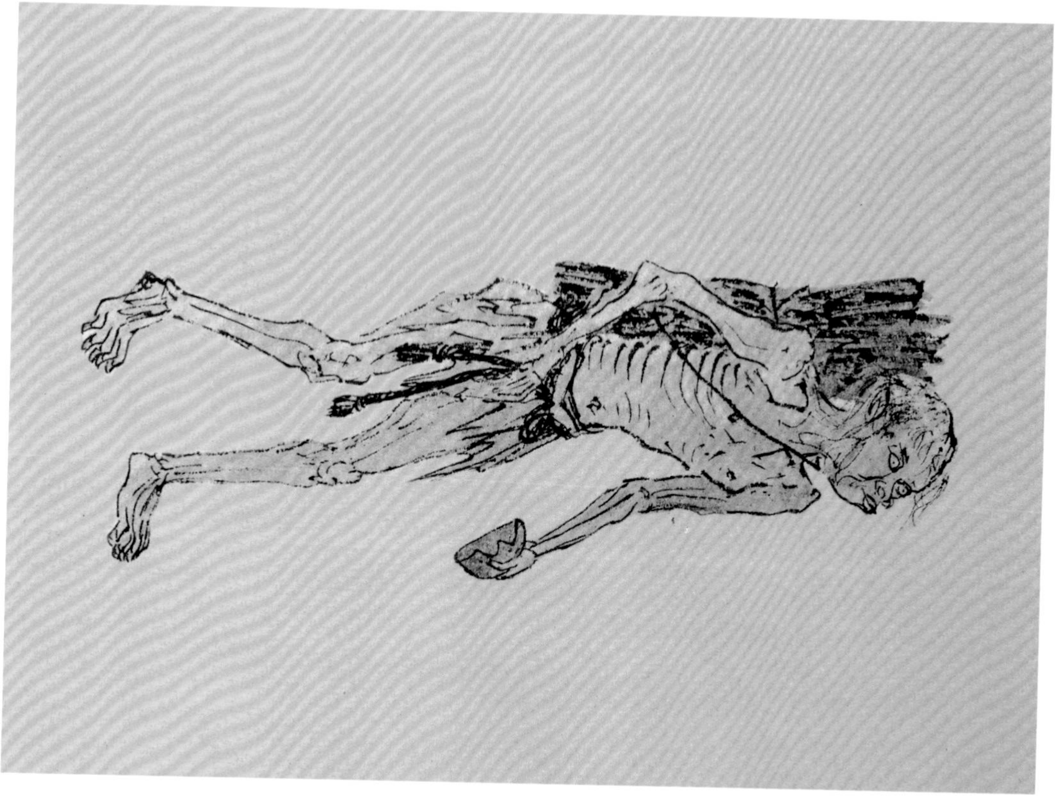

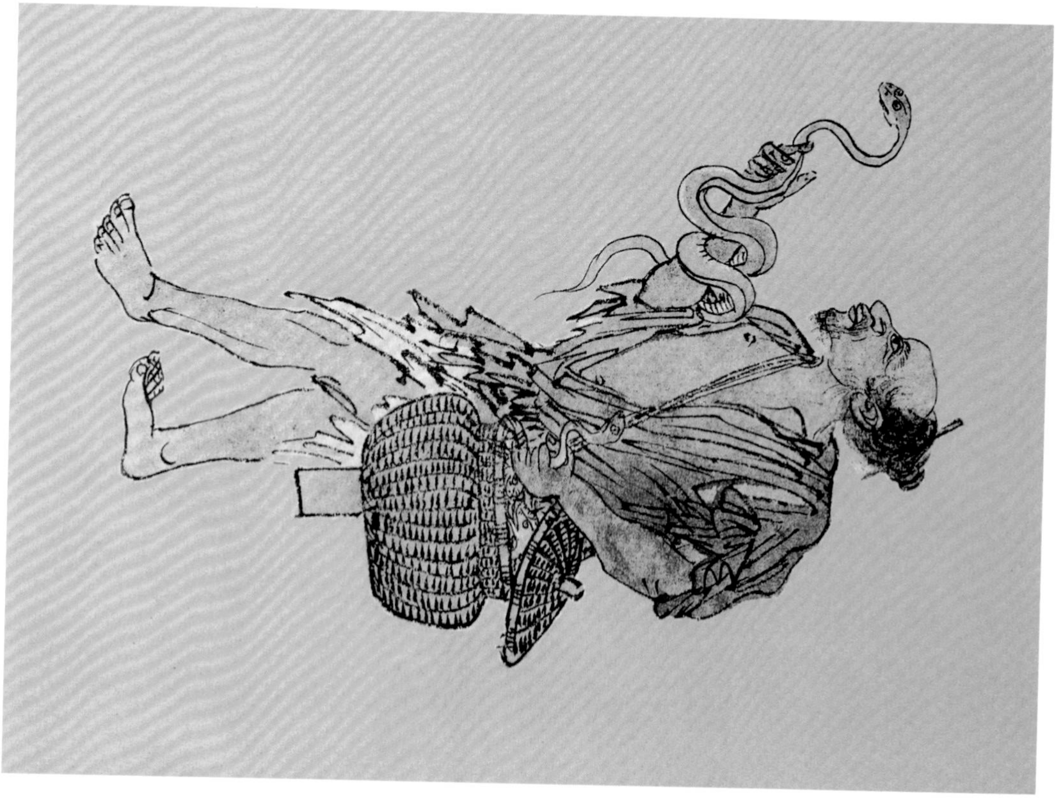

雁門關附近形勢圖——錄自《古今圖書集成》。

宋太祖坐像——宋朝開國皇帝趙匡胤武將出身，在後周柴世宗手下與契丹大軍交鋒時衝鋒陷陣，頗立戰功。民間傳說趙匡胤善於使棍，武術中之「太祖長拳」傳為其所創。

宋太祖半身像——便裝，頗有英雄之氣，似為寫實之作，與一般帝王圖像不同。
本圖及上圖均原藏北京故宮南薰殿，現藏臺北故宮博物院。

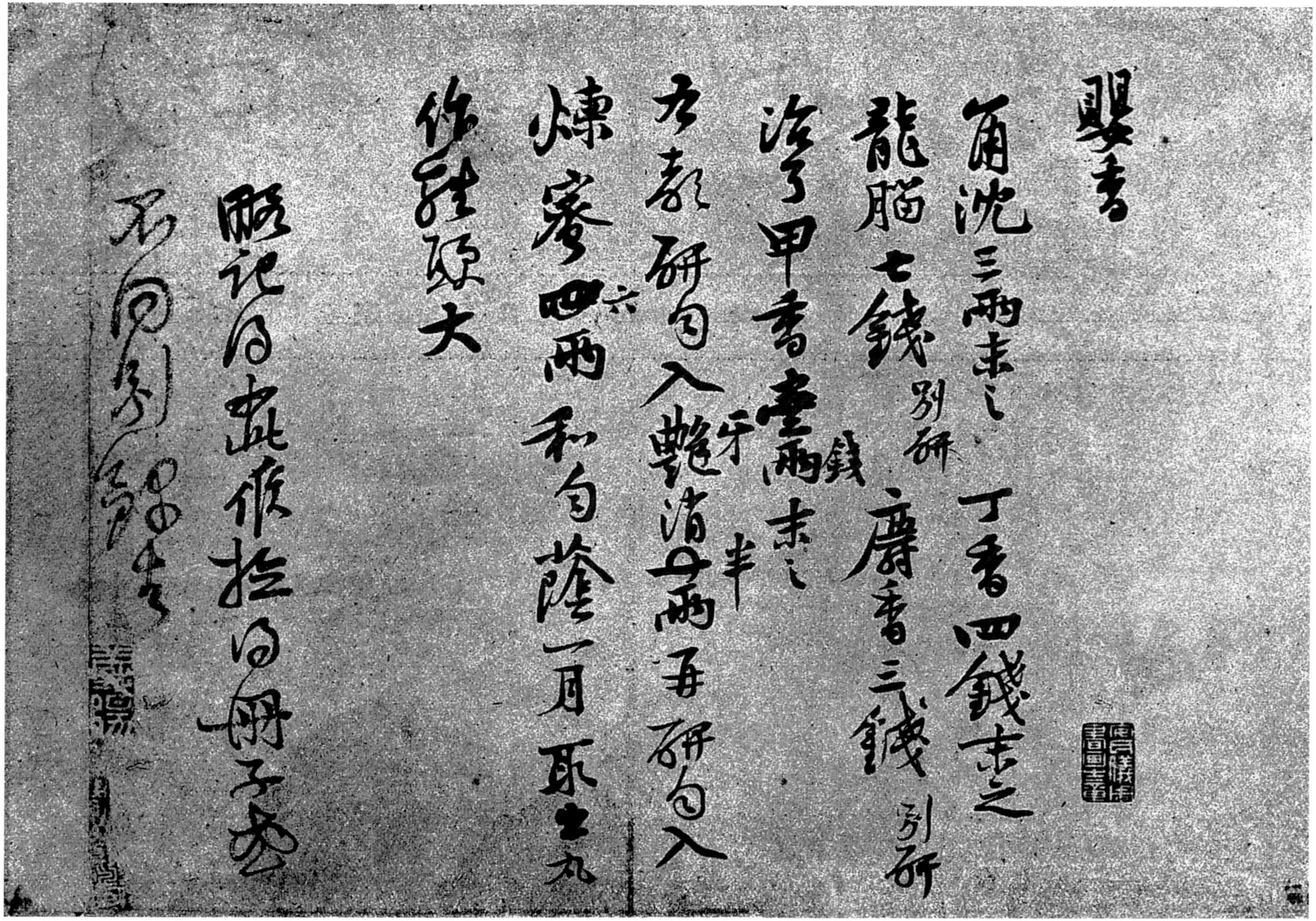

黃庭堅所書藥方——黃庭堅，北宋大書法家，詩人，詞人，與蕭峯、薛神醫等同時。

大字版 天龍八部

金庸

④胡漢恩仇

大字版金庸作品集㊹
天龍八部 (4)胡漢恩仇 「公元2005年金庸新修版」
The Semi-gods and the Semi-devils, Vol. 4

作　　者／金　庸

封面設計／唐壽南　內頁插畫／王司馬

發 行 人／王　榮　文
出版・發行／遠流出版事業股份有限公司
臺北市中山北路一段11號13樓
電話／2571-0297　傳真／2571-0197　郵撥／0189456-1

□2005年11月16日　初版一刷
□2022年 3 月16日　二版五刷

大字版　每冊380元（本作品全十冊，共3800元）
〔另有典藏版共36冊（不分售），平裝版共36冊，新修版共36冊，新修文庫版共72冊〕

ISBN　978-957-32-8133-7（套：大字版）
ISBN　978-957-32-8126-9（第四冊：大字版）
Printed in Taiwan

YLib 遠流博識網
http://www.ylib.com　E-mail:ylib@ylib.com

目錄

一六　昔時因……七四七
一七　今日意……七九七
一八　胡漢恩仇　須傾英雄淚……八四一
一九　雖萬千人吾往矣……九〇九
二〇　悄立雁門　絕壁無餘字……九五九

（本書第三集及第四集十回回目，十句調寄〈蘇慕遮〉．本意。蘇慕遮，胡人舞曲也。）

那竹棒一擲而至的餘勁不衰，勁急筆直，插入地下。羣丐齊聲驚呼。朝陽初升，一縷縷金光從杏樹花葉間透進來，映照著打狗棒，發出碧油油的光彩，棒上餘威自生。

一六　昔時因

眾人回過頭來，只見杏子樹後轉出一個身穿灰布衲袍的老僧，方面大耳，形貌威嚴。徐長老叫道：「天台山智光大師到了！三十餘年不見，大師仍這等清健。」

智光和尚的名頭在武林中並不響亮，丐幫中後一輩的人物便多不知他的來歷。但喬峯、六長老等卻均肅立起敬，知他當年曾發大願心，飄洋過海，遠赴海外蠻荒，採集異種樹皮，治愈浙閩兩廣一帶無數染了瘴毒的百姓。他因此而大病兩場，終至武功全失，但嘉惠百姓，實非淺鮮。各人紛紛走近施禮。

智光大師向趙錢孫笑道：「武功不如對方，捱打不還手已甚爲難。倘若武功勝過，仍能捱打不還手，更是難上加難！」趙錢孫低頭沉思，若有所悟。

徐長老道：「智光大師德澤廣被，無人不敬。但近十餘年來早已不問江湖上事務。

今日佛駕光降，實是丐幫之福。敝幫感激不盡。」

智光道：「丐幫徐長老和泰山單判官聯名折柬相召，老衲怎敢不來？天台山與無錫相距不遠，兩位信中又道，此事有關天下蒼生氣運，自當奉召。」

喬峯心道：「原來你也是徐長老和單正邀來的。」又想：「素聞智光大師德高望重，決不會參與陷害我的陰謀，有他老人家到來，實是好事。」

趙錢孫忽道：「雁門關外亂石谷前的大戰，智光和尚也是有份的，你來說罷。」

智光聽到「雁門關外亂石谷前」這八個字，臉上忽地閃過一片奇異的神色，似乎又興奮，又恐懼，又慘不忍言，最後則是一片慈悲和憐憫，嘆道：「殺孽太重，殺孽太重！此事言之有愧。衆位施主，亂石谷大戰已是三十年前之事，何以今日重提？」

此時夜已漸深，丐幫弟子已在人叢中間燒起了一個大火堆。

徐長老道：「只因此刻本幫起了重大變故，有一封涉及此事的書信。」說著便將那信遞了過去。智光將信看了，沉思片刻，從頭又看一遍，搖頭道：「舊事早已過去，今日何必重提？依老衲之見，將此信毀去，泯滅痕跡，也就是了。」

徐長老道：「本幫副幫主慘死，若不追究，馬副幫主固然沉冤不雪，敝幫更有土崩瓦解之危。」智光大師點頭嘆道：「那也說得是，那也說得是！」

他抬起頭來，但見一鉤眉月斜掛天際，冷冷的清光瀉在杏樹梢頭。

智光向趙錢孫瞧了一眼，說道：「好，老衲從前做錯了的事，也不必隱瞞，照實說來便是。」趙錢孫道：「咱們是爲國爲民，不能說是做錯了事。」智光搖頭道：「錯便錯了，又何必自欺欺人？」轉身向著衆人，說道：「三十年前，中原豪傑接到訊息，說契丹國有大批武士要來偷襲少林寺，想將寺中秘藏數百年的武功圖譜一舉奪去。」

衆人輕聲驚噫，均想：「契丹武士的野心當眞不小。」少林寺武功絕技乃中土武術的瑰寶，契丹國和大宋累年爭戰，如將少林寺的武功秘笈搶奪了去，一加傳播，軍中人人習練，戰場之上，大宋官兵如何能再是敵手？

智光續道：「這件事當眞非同小可，要是契丹此舉成功，大宋便有亡國之禍，我黃帝子孫說不定就此滅種，盡數死於遼兵的長矛利刀之下。少林寺得訊之後，便即傳知中原武林豪傑，大夥兒以事在緊急，不及詳加計議，聽說這些契丹武士要道經雁門，各人立即兼程趕去，要在雁門關外迎擊，縱不能盡數將之殲滅，也要令他們的奸謀難以得逞。」

衆人聽到和契丹打仗，都忍不住熱血如沸，又不禁慄慄危懼，大宋屢世受契丹欺凌，打一仗，敗一仗，喪師割地，軍民死於契丹刀槍之下的著實不少。

智光大師緩緩轉頭，凝視著喬峯，問道：「喬幫主，倘若你得知了這項訊息，那便如何？」喬峯朗聲說道：「智光大師，喬某見識淺陋，才德不足以服衆，致令幫中兄弟見疑，說來好生慚愧。但喬某縱然無能，卻也是個有肝膽、有骨氣的男兒漢，於這大節大義份上，決不致不明是非。我大宋受遼狗欺凌，保家衛國，誰不奮身？倘若得知了這項訊息，自當率同本幫弟兄，星夜趕去阻截。」

這番話說得慷慨激昂，衆人聽了，盡皆動容，均想：「男兒漢大丈夫固當如此。」

智光點了點頭，道：「這麼說來，我們前赴雁門關外伏擊遼人之舉，以喬幫主看來，是不錯的？」

喬峯心下漸漸有氣：「你將我當作甚麼人？這般說話，顯是將我瞧得小了。」但神色間並不發作，說道：「諸位前輩英風俠烈，喬某敬仰得緊，恨不早生三十年，得以追隨先賢，共赴義舉，手刃胡虜。」

智光向他深深瞧了一眼，臉上神氣大是異樣，緩緩說道：「當時大夥兒分成數起，趕赴雁門關。我和這位仁兄，」說著向趙錢孫一指，說道：「都是在第一批。我們這批共是二十一人，帶頭的大哥年紀並不大，比我還小著好幾歲，可是他武功卓絕，在武林中又地位尊崇，因此大夥兒推他領頭，奉他號令行事。這批人中丐幫汪幫主、萬勝刀王維義王老英雄、黃山地絕劍鶴雲道長，都是當時武林中的第一流高手。那時老衲尚未出家，混跡於羣雄之間，其實萬分配不上，只不過報國殺敵，不敢後人，有一分力，就出一分力罷了。這位仁兄，當時的武功就比老衲高得多，現今更加不必說了。」

趙錢孫道：「不錯，那時你的武功和我已相差很大，至少差上這麼一大截。」說著伸出雙手，豎起手掌比了一比，兩掌間相距尺許。他隨即覺得相距之數尚不止此，於是兩掌又即一分，令掌心間相距到尺半模樣。

智光續道：「過得雁門關時，已將近黃昏。我們出關行了十餘里，一路小心戒備，突然之間，西北角上傳來馬匹奔跑之聲，聽聲音至少也有十來騎。帶頭大哥高舉右手，大夥兒便停了下來。各人心中又歡喜，又擔憂，沒一人說話。歡喜的是，消息果然不假，幸好我們毫不躭擱的趕到，終於能及時攔阻。但人人均知來襲的契丹武士定是十分厲害之輩，善者不來，來者不善，既敢向中土武學的泰山北斗少林寺挑釁，自然都是契丹千中挑、萬中選的勇士。大宋和契丹打仗，向來敗多勝少，今日之戰能否得勝，實在難說之極。帶頭大哥一揮手，我們二十一人便分別在山道兩旁的大石後伏了下來。山谷左側是個亂石嶙峋的深谷，一眼望將下去，黑黝黝的深不見底。

「耳聽得馬蹄聲漸近，接著聽得有七八人大聲唱歌，唱的正是遼歌，歌聲曼長，調子豪壯粗野。我緊緊握住刀柄，掌心都是汗水，伸掌在膝頭褲子上擦乾，不久又已濕了。帶頭大哥正伏在我身旁，他知我沉不住氣，伸手在我肩頭輕拍兩下，向我笑了一笑，又伸左掌虛劈一招，作個殺盡胡虜的姿式。我也向他笑了笑，心下便定得多了。

「遼人當先的馬匹奔到五十餘丈之外，我從大石後望將出去，只見這些契丹武士身上都披皮裘，有的手中拿著長矛，有的提著彎刀，有的則是彎弓搭箭，更有人肩頭停著巨大兇猛的獵鷹，高歌而來，全沒發覺前面有敵人埋伏。片刻之間，我已見到了先頭幾個契丹武士的面貌，個個頭頂剃光，結了辮子，頦下都有濃髯，神情兇悍。眼見他們越馳越近，我一顆心也越跳越厲害，竟似要從嘴裏跳將出來一般。」

眾人聽到這裏，明知是三十年前之事，卻也不禁心中怦怦而跳。

智光向喬峯道：「喬幫主，此事成敗，關連到大宋國運，中土千千萬萬百姓的生死，而我們卻又確無制勝把握。唯一的便宜，只不過是敵在明處而我在暗裏，你想我們該當如何才是？」喬峯道：「自來兵不厭詐。這等兩國交兵，不能講甚麼江湖道義、武林規矩。遼狗殺戮我大宋百姓之時，又何嘗手下容情了？依在下之見，當用暗器。暗器之上，須餵劇毒。」

智光伸手一拍大腿，說道：「正是。喬幫主之見，恰與我們當時所想一模一樣。帶頭大哥眼見遼狗馳近，一聲長嘯，眾人的暗器便紛紛射了出去，鋼鏢、袖箭、飛刀、鐵錐……每一件都餵了劇毒。只聽得眾遼狗啊啊呼叫，亂成一團，一大半都摔下馬來。」羣丐之中，登時有人拍手喝采，歡呼起來。

智光續道：「這時我已數得清楚，契丹武士共有一十九騎，我們用暗器料理了十二人，餘下的已只七人。我們一擁而上，刀劍齊施，片刻之間，將這七人盡數殺了，竟沒一個活口逃走。」

丐幫中又有人歡呼。但喬峯、段譽等人卻想：「你說這些契丹武士都是千中挑、萬中選的頭等勇士，怎地如此不濟，片刻間便都給你們殺了？」

只聽智光嘆了口氣，說道：「我們一舉而將一十九名契丹武士盡數殲滅，雖然歡喜，可也大起疑心，覺得這些契丹人太也膿包，盡皆不堪一擊，絕非甚麼好手。難道聽到的訊息竟然不確？又難道遼人故意安排這誘敵之計，教我們上當？沒商量得幾句，只聽得馬蹄聲響，西北角上又有兩騎馬馳來。

「這一次我們也不再隱伏，逕自迎了上去。只見馬上是男女二人，男的身材魁梧，相貌堂堂，服飾也比適才那一十九名武士華貴得多。那女的是個少婦，手中抱著個嬰兒，兩人並轡談笑而來，神態甚為親暱，顯是一對青年夫妻。這兩名契丹男女一見到我們，臉上微現詫異之色，但不久便見到那一十九名武士死在地下，那男子立時神色十分兇猛，向我們大聲喝問，嘰哩咕嚕的契丹話說了一大串，也不知說些甚麼。

「山西大同府的鐵塔方大雄方三哥舉起一條鑌鐵棍，喝道：『兀那遼狗，納下命來！』揮棍便向那契丹男子擊去。帶頭大哥心下起疑，喝道：『方三哥，休得魯莽，別傷他性命，抓住他問個清楚。』帶頭大哥這句話尚未說完，那遼人右臂伸出，已抓住了方大雄手中的鑌鐵棍，向外一拗，喀的一聲輕響，方大雄右臂關節已斷。那遼人提起鐵棍，從半空中擊將下來，我們大聲呼喊，眼見已不及上前搶救，當下便有七八人向他發射暗器。那遼人左手袍袖一拂，一股勁風揮出，將七八枚暗器盡數掠在一旁。眼見方大雄性命無倖，不料他鑌鐵棍一挑，將方大雄的身子挑了起來，連人帶棍，一起摔在道旁，嘰哩咕嚕的又說了些甚麼，其中似有一兩句漢話，但他語音不準，卻聽不明白。

「這人露了這一手功夫，我們人人震驚，均覺此人武功之高，實所罕見，顯然先前所傳的訊息非假，當下六七人一擁而上，向他攻了過去。另外四五人則向那少婦攻去。不料那少婦卻全然不會武功，有人一劍便斬斷她一條手臂，她懷抱著的嬰兒便跌下地來，跟著另一人一刀砍去了她半邊腦袋。那遼人武功雖強，但讓七八位高手刀劍齊施的纏住了，如何分得出手來相救妻兒？起初他接連數招，只是奪去我們兄弟的兵刃，並不傷人，待見妻子一死，眼睛登時紅了，臉上神色可怖之極。那時候我一見到他的目光，不由得心驚膽戰，不敢上前。」

趙錢孫道：「那也怪不得你，那也怪不得你！」本來他除了對譚婆講話之外，說話的語調中總是帶著幾分譏嘲和漫不在乎，這兩句話卻深含沉痛和歉仄之意。

智光道：「那一場惡戰，已過去了三十年。但這三十年之中，我不知曾幾百次在夢中重歷其境。當時惡鬥的種種情景，無不清清楚楚的印在我心裏。那遼人雙臂斜兜，不知用甚麼擒拿手法，便奪到了我們兩位兄弟的兵刃，跟著一刺一劈，當場殺了二人。他有時從馬背上飛縱而下，有時又躍回馬背，兔起鶻落，行如鬼魅。不錯，他眞如是個魔鬼化身，東邊一衝，殺了一人；西面這麼一轉，又殺了一人。只片刻之間，我們二十一人之中，已有十一個死在他手下，那十一人均是武林好手。

「這一來大夥兒都紅了眼睛，帶頭大哥、汪幫主等個個捨命上前，跟他纏鬥。可是那人武功實在太過奇特厲害，一招一式，總是從決計料想不到的方位襲來。其時夕陽如血，雁門關外朔風呼號之中，夾雜著一聲聲英雄好漢臨死時的叫喚，頭顱四肢、鮮血兵刃，在空中亂飛亂擲，那時候本領再強的高手也只能自保，誰也沒法去救助旁人。

「我見到這等情勢，實是嚇得厲害，然見眾兄弟一個個慘死，不由得熱血沸騰，鼓起勇氣，騎馬向他直衝過去。我雙手舉起大刀，向他頭頂急劈，情知這一劈倘若不中，我的性命便也交給他了。眼見大刀刃口離他頭頂已不過尺許，突見那遼人抓了一人，將他的腦袋湊到我刀下。我一瞥之下，見這人是江西杜氏三雄中的老二，自是大吃一驚，百忙中硬生生的收刀。大刀急縮，喀的一聲，劈在我坐騎頭上，那馬一聲哀嘶，跳了起來。便在此時，那遼人的一掌也已擊到。幸好我的坐騎不遲不早，剛在這時候跳起，擋接了他這一掌，否則我筋骨齊斷，那裏還有命在？他這一掌的力道好不雄渾，將我擊得連人帶馬，向後仰跌而出，我身子飛了起來，落在一株大樹樹頂，架在半空。

「那時我已驚得渾渾噩噩，也不知自己是死是活，身在何處。從半空中望下來，但見圍在那遼人身周的兄弟越來越少，只剩下了五六人。跟著只見這位仁兄……」說著望向趙錢孫，續道：「……身子一晃，倒在血泊之中，只道他也已送了性命。」

趙錢孫搖頭道：「這件醜事雖然說來有愧，卻也不必相瞞，我不是受了傷，而是嚇得暈了過去。我見那遼人抓住杜二哥的兩條腿，往兩邊一撕，將他身子撕成兩爿，五臟六腑都流了出來。我突覺自己的心不跳了，眼前一黑，甚麼都不知道了。不錯，我是個膽小鬼，見到別人殺人，竟嚇得暈了過去。」

智光道：「見了這遼人猶如魔鬼般的殺害衆兄弟，若說不怕，那可是欺人之談。」他抬頭向掛在天空的眉月望了一眼，又道：「那時和那遼人纏鬥的，只賸下四個人了。帶頭大哥自知無倖，終究會死在他手下，連聲喝問：『你是誰？你是誰？』那遼人並不答話，轉手兩個回合，再殺二人，忽起一足，踢中了汪幫主背心上的穴道，跟著左足鴛鴦連環，又踢中了帶頭大哥脅下穴道。這人以足尖踢人穴道，認穴之準，腳法之奇，直是匪夷所思。若不是我自知死在臨頭，而遭殃的又是我最敬仰的二人，幾乎脫口便要喝采。

「那遼人見強敵盡殲，奔到那少婦屍首之旁，抱著她放聲大哭，哭得淒切之極。我聽了這哭聲，心下竟忍不住的難過，覺得這惡獸魔鬼一樣的遼狗，居然也有人性，哀痛之情，似乎並不比咱們漢人來得淺了。」

趙錢孫冷冷的道：「那又有甚麼希奇？野獸的親子夫婦之情，未必就不及人。遼人也是人，為甚麼就不及漢人了？」丐幫中有幾人叫了起來：「遼狗兇殘暴虐，勝過了毒蛇猛獸，和我漢人大不相同。」趙錢孫只是冷笑，並不答話。

智光續道：「那遼人哭了一會，抱起他兒子屍身看了一會，將嬰屍放在他母親懷中，走到帶頭大哥身前，大聲喝問：『你們為甚麼殺我老婆？』他會說咱們漢人的話，聲調雖不正確，這次卻大致聽懂了。帶頭大哥向他怒目而視，苦於被點了穴道，說不出半句話來。那遼人突然仰天長嘯，從地下拾起一柄短刀，在山峯的石壁上劃了起來，其時天色已黑，我和他相距又遠，瞧不見他劃些甚麼。」

趙錢孫道：「他刻劃的是契丹文字，你便瞧見了，也不識得。」

智光道：「不錯，我便瞧見了，也不識得。那時四下裏寂靜無聲，但聽得石壁上嗤嗤聲響，石屑落地的聲音竟也聽得見，我自是連大氣也不敢透上一口。也不知過了多少時候，只聽得噹的一聲，他擲下短刀，俯身抱起他妻子和兒子的屍身，走到崖邊，踴身便往深谷中跳了下去。」

衆人聽到這裏，都「啊」的一聲，誰也料想不到竟會有此變故。

智光大師道：「衆位此刻聽來，猶覺詫異，當時我親眼瞧見，更加驚訝無比。我本想如此武功高強之人，在遼國必定身居高位，此次來中原襲擊少林寺，他就算不是大首領，也必是衆武士中最重要的人物之一。他擒住了我們的帶頭大哥和汪幫主，將餘人殺得一乾二淨，大獲全勝，自必就此乘勝而進，萬萬想不到竟會跳崖自盡。

「我先前來到這谷邊之時，曾向下張望，只見雲封霧鎖，深不見底，這一跳將下去，他武功雖高，終究是血肉之軀，如何會有命在？我一驚之下，忍不住叫了出來。

「那知奇事之中，更有奇事，便在我一聲驚呼之時，忽然間『哇哇』兩聲嬰兒啼哭，從亂石谷中傳了上來，跟著黑黝黝一件物事從谷中飛上，啪的一聲輕響，正好跌在汪幫主身上。嬰兒啼哭之聲一直不止，原來跌在汪幫主身上的正是那個嬰兒。那時我恐懼之心已去，從樹上縱下，奔到汪幫主身前看時，只見那契丹嬰兒橫臥在他腹上，兀自啼哭。

「我想了一想，這才明白。原來那契丹少婦被殺，她兒子摔在地下，只閉住了氣，其實未死。那遼人哀痛之餘，一摸嬰兒的口鼻已無呼吸，只道妻兒俱喪，於是抱了兩具屍體投崖自盡。那嬰兒一經震盪，醒了過來，登時啼哭出聲。那遼人身手也眞了得，不願兒子隨他活生生的葬身谷底，立即拋上嬰兒，他記得方位距離，恰好將嬰兒投在汪幫主腹上，令孩子不致受傷。他身在半空，方始發覺兒子未死，立時還擲，心思固轉得極快，而使力之準更不差厘毫，這般的機智武功，委實可怖可畏。

「我眼看衆兄弟慘死，哀痛之下，提起那個契丹嬰兒，便想將他往山石上一摔，撞死了他。正要脫手擲出，聽得他又大聲啼哭，我向他瞧去，只見他一張小臉脹得通紅，兩隻漆黑光亮的大眼正也在向我瞧著。我這眼倘若不瞧，一把摔死了他，那便萬事全休。但我一看到他可愛的臉龐，說甚麼也下不了這毒手，心想：『欺侮一個不滿週歲的嬰兒，那算是甚麼男子漢、大丈夫？』」

羣丐中有人插口道：「智光大師，遼狗殺我漢人同胞，不計其數。我親眼見到遼狗手持長矛，將我漢人的嬰兒活生生的挑在矛頭，騎馬遊街，耀武揚威。他們殺得，咱們為甚麼殺不得？」

智光大師嘆道：「話是不錯，但常言道：惻隱之心，人皆有之。這一日我見到這許多人慘死，實不能再下手殺這嬰兒。你們說我做錯了事也好，說我心腸太軟也好，我終究留下了這嬰兒的性命。

「跟著我便想去解開帶頭大哥和汪幫主的穴道。一來我本事低微，而那契丹人的踢穴功夫又太特異，我抓拿打拍、按捏敲摩、推血過宮、鬆筋揉肌，只忙得全身大汗，甚麼手法都用遍了，帶頭大哥和汪幫主始終不能動彈，也不能張口說話。我無法可施，生怕契丹人後援再到，於是牽過三匹馬來，將帶頭大哥和汪幫主分別抱上馬背。我自己乘坐一匹，抱了那契丹嬰兒，牽了兩匹馬，連夜回進雁門關，找尋跌打傷科醫生療治解穴，卻也解救不得。幸好到第二日晚間，滿得十二個時辰，兩位受封的穴道自行解開了。

「帶頭大哥和汪幫主記掛著契丹武士襲擊少林寺之事，穴道一解，和我又即趕出雁門關察看。但見遍地血肉屍骸，仍和昨日傍晚我離去時一模一樣。我探頭到亂石谷向下張望，也瞧不見甚麼端倪。當下我們三人將殉難眾兄弟的屍骸埋葬了，查點人數，卻見只有一十七具。本來殉難的共有一十八人，怎麼會少了一具呢？」他說到此處，眼光向趙錢孫望去。

趙錢孫苦笑道：「其中一具屍骸活了轉來，自行走了，至今行屍走肉，那便是我『趙錢孫李，周吳鄭王』區區在下。」

智光道：「但那時咱三人也不以為異，心想混戰之中，這位仁兄掉入了亂石谷內，那也甚是平常。我們埋葬了殉難的眾兄弟後，餘憤未洩，將一眾契丹人的屍體提起來都投入了亂石谷中。帶頭大哥忽問汪幫主：『劍通兄，那契丹人若要殺了咱二人，當眞易如反掌，何以只封了咱們穴道，卻留下了性命？』汪幫主道：『這件事我也苦思不明。咱二人是領頭的，殺了他妻兒，按理說，他自當趕盡殺絕的報仇洩恨才是。』

「三人商量不出結果。帶頭大哥道：『他刻在石壁上的文字，或許含有甚麼深意。』苦於我們三人都不識契丹文字，帶頭大哥舀些溪水來，化開了地下凝血，塗在石壁之上，然後撕下白袍衣襟，將石壁的文字拓了下來。那些契丹文字深入石中，幾及兩寸，他以一柄短刀隨意刻劃而成，單是這份手勁，我看便已獨步天下，無人能及。三人只瞧得暗暗驚詫，追思前一日的情景，兀自心有餘悸。回到關內，汪幫主找到了一個牛馬販子，那人常往遼國上京販馬，識得契丹文字，便將那白布拓片給他一看。他用漢文譯了出來，寫在紙上。」

他說到這裏，抬頭向天，長嘆了一聲，續道：「我們三人看了那販子的譯文後，你瞧瞧我，我瞧瞧你，當眞難以相信。但那契丹人其時已決意自盡，又何必故意撒謊？我們另行又去找了一個通契丹文之人，請他將拓片的語句口譯一遍，意思仍然一樣。唉，倘若眞相確是如此，不但殉難的十七名兄弟死得冤枉，這些契丹人也均無辜受累，而這對契丹人夫婦，我們更萬分的對他們不起了。」

衆人急於想知道石壁上所刻文字是甚麼意思，卻聽他遲遲不說，有些性子急躁之人便問：「那些字說些甚麼？」「爲甚麼對他們不起？」「那對契丹夫婦爲甚麼死得冤枉？」

智光道：「衆位朋友，非是我有意賣關子，不肯吐露這契丹文字的意義。倘若壁上文字確是實情，那麼帶頭大哥、汪幫主和我的所作所爲，確是大錯特錯，委實無顏對人。我智光在武林中只是個無名小卒，做錯了事，不算甚麼，但帶頭大哥和汪幫主是何等的身分地位？何況汪幫主已然逝世，我可不能胡亂損及他二位的聲名，請恕我不能明言。」

丐幫前任幫主汪劍通威名素重，於喬峯、諸長老、諸弟子皆深有恩義，羣丐雖好奇心甚盛，但聽這事有損汪幫主的聲名，就誰都不敢相詢了。

智光續道：「我們三人計議一番，都不願相信當眞如此，卻又不能不信。當下決定暫行寄下這契丹嬰兒的性命，先行趕到少林寺去察看動靜，要是契丹武士果然大舉來襲，再殺這嬰兒不遲。一路上馬不停蹄，連日連夜的趕路，到得少林寺中，只見各路英雄前來赴援的已到得不少。此事關涉我神州千千萬萬百姓的生死安危，只要有人得到訊息，誰都要來出一分力氣。」

智光的目光自左至右向衆人臉上緩緩掃過，說道：「那次少林寺中聚會，當今年紀較長的英雄頗有參預，經過的詳情，我也不必細說了。大家謹愼防備，嚴密守衛，各路來援的英雄越到越多。然而從九月重陽前後起，直到臘月，三個多月之中，竟沒半點警耗，待要找那報訊之人來詳加詢問，卻再也找他不到了。我們這才料定訊息是假，大夥兒是受人之愚。雁門關外這一戰，雙方都死了不少人，當眞死得冤枉。

「但過不多久，契丹鐵騎入侵，攻打河北諸路軍州，大夥兒於契丹武士是否要來偷襲少林寺一節，也就不怎麼放在心上。他們來襲也好，不來襲也好，總而言之，契丹人是我大宋的死敵。

「帶頭大哥、汪幫主和我三人因對雁門關外之事心中有愧，除了向少林寺衆長老說明經過，又向死難兄弟的家人報知噩耗之外，並沒向旁人提起，那契丹嬰兒也就寄養在少室山下的農家。事過之後，如何處置這個嬰兒，倒頗爲棘手。我們對不起他的父母，自不能再傷他性命。但說要將他撫養長大，契丹人是我們死仇，我們三人心中都想到了『養虎貽患』四字。後來帶頭大哥拿了一百兩銀子，交給那農家，請他們養育這嬰兒，要那農人夫婦自認是這契丹嬰兒的父母，那嬰兒長成之後，也決不可讓他得知領養之事。那對農家夫婦本無子息，歡天喜地的答應了。他們絲毫不知這嬰兒是契丹骨血，我們將孩子帶去少室山之前，早在路上給他換過了漢兒衣衫。大宋百姓恨契丹人入骨，如見孩子穿著契丹裝束，定會加害於他……」

喬峯聽到這裏，心中已猜到了八九分，顫聲問道：「智光大師，那……那少室山下的農夫，他……他姓甚麼？」

智光道：「你既已猜到，我也不必隱瞞。那農夫姓喬，名字叫作三槐。」

喬峯大聲叫道：「不，不！你胡說八道，捏造這麼一篇鬼話來誣陷我。我是堂堂漢人，如何是契丹胡虜？我……我……三槐公是我親生的爹爹，你再瞎說……」突然間雙臂一分，搶到智光身前，左手一把抓住了他胸口。

單正和徐長老同叫：「不可！」上前搶人。

喬峯身手快極，帶著智光的身軀，一晃閃開。

單正的兒子單仲山、單叔山、單季山三人齊向他身後撲去。喬峯右手抓起單叔山遠遠摔出，跟著又抓起單仲山摔出，第三次抓起單季山往地下一擲，伸足踏住了他頭顱。

「單氏五虎」在山東一帶威名頗盛，五兄弟成名已久，並非初出茅廬的後輩。但喬峯左手抓著智光，右手連抓連擲，將單家這三條大漢如稻草人一般拋擲自如，教對方竟沒半分抗拒餘地。旁觀眾人都瞧得呆了。

單正和單伯山、單小山三人骨肉關心，都待撲上救援，卻見他踏住了單季山的腦袋，料知他功力厲害，只須稍加勁力，單季山的頭顱非給踩得稀爛不可，三人只跨出幾步，便都停步。單正叫道：「喬幫主，有話好說，千萬不可動蠻！我單家跟你無冤無仇，請你放了我孩兒！」鐵面判官說到這樣的話，已是在向喬峯苦苦哀求了。

徐長老也道：「喬幫主，智光大師江湖上人人敬仰，你不可傷害他性命！」

喬峯熱血上湧，大聲道：「不錯，我喬峯跟你單家無冤無仇，智光大師的爲人，我也素所敬仰。你們……你們……要除去我幫主之位，那也罷了，我拱手讓人便是，何必編造了這番言語出來，誣衊於我？我……我喬某到底做了甚麼壞事，你們如此苦苦相逼？」

他最後這幾句聲音也嘶啞了，衆人聽著，不禁都生出同情之意。

但聽得智光大師身上的骨骼格格輕響，均知他性命已在呼吸之間，生死之差，只繫於喬峯的一念。除此之外，便是風拂樹梢，蟲鳴草際，人人呼吸喘急，誰都不敢作聲。

過得良久，趙錢孫突然嘿嘿冷笑，說道：「可笑啊可笑！漢人未必高人一等，契丹人也未必便豬狗不如！明明是契丹人，卻硬要冒充漢人，那有甚麼滋味？連自己的親生父母也不肯認，枉自稱甚麼男子漢、大丈夫？」

喬峯睁大了眼睛，狠狠的凝視著他，問道：「你也說我是契丹人麼？」

趙錢孫道：「我不知道。只不過那日雁門關外一戰，那個契丹武士的容貌身材，卻跟你一模一樣。這一架打將下來，只嚇得我趙錢孫魂飛魄散，心膽俱裂，那對頭人的相貌，便再隔一百年我也不會忘記。智光大師抱起那契丹嬰兒，也是我親眼所見。我趙錢孫行屍走肉，世上除了小娟一人，更無掛懷之人，更無掛懷之事。你做不做丐幫幫主，關我屁事？我幹麼要來誣陷於你？我自認當年曾參預殺害你的父母，又有甚麼好處？喬幫主，我趙錢孫的武功跟你可差得遠了，要是我不想活了，難道連自殺也不會麼？」

喬峯將智光大師緩緩放下，右足足尖一挑，將單季山一個龐大的身軀輕輕踢了出去，啪的一聲，落在地下。單季山一彈便即站起，並未絲毫受傷。喬峯眼望智光，但見他容色坦然，殊無半分作僞和狡獪的神態，問道：「後來怎樣？」

智光道：「後來你自己知道了。你長到七歲之時，在少室山中採棗子，遇到野狼。有一位少林寺的僧人將你救了下來，殺死惡狼，給你治傷，自後每天便來傳你武功，是也不是？」喬峯道：「是！原來這件事你也知道。」那少林僧玄苦大師傳他武功之時，叫他決不可向任何人說起，是以江湖上只知他是丐幫汪幫主的嫡傳弟子，誰也不知他和少林寺實有極深的淵源。

智光道：「這位少林僧人，乃是受了帶頭大哥的重託，請他從小教誨你，使你不致走入歧途。爲了此事，我和帶頭大哥、汪幫主三人曾起過一場爭執。我說由你平平穩穩務農爲生，不必學武，再捲入江湖恩仇之中。帶頭大哥卻說我們對不起你父母，須當將你培養成爲一位英雄人物。」

喬峯道：「你們……你們到底怎樣對不起他？漢人和契丹人相斫相殺，有甚麼對得起、對不起之可言？」

智光嘆道：「雁門關外石壁上的遺文，至今未泯，將來你自己去看罷。帶頭大哥既是這個主意，汪幫主也偏著他多些，我自然拗不過。你到得十六歲上，遇上了汪幫主，他收你做了徒兒，此後有許許多多的機緣遇合，你自己天資卓絕，奮力上進，固然非常人之所能及，但若非帶頭大哥和汪幫主處處眷顧，只怕也不是這般容易罷？」

喬峯低頭沉思，自己這一生遇上甚麼危難，總是逢凶化吉，從來不吃甚麼大虧，而許多良機又往往自行送上門來，不求自得。從前只道自己福星高照，一生幸運，此刻聽了智光之言，心想莫非當眞由於甚麼有力人物暗中扶持，而自己竟全然不覺？他心中一片茫然：「倘若智光之言不假，那麼我是契丹人而不是漢人了。汪幫主不是我的恩師，而是我的殺父之仇。暗中助我的那個英雄，也非眞是好心助我，只不過內疚於心，想設法贖罪補過而已。不，不！契丹人兇殘暴虐，是我漢人的死敵，我怎麼能做契丹人？」

只聽智光續道：「汪幫主初時對你還十分提防，但後來見你學武進境既快，爲人慷慨豪俠，待人仁厚，對他恭謹尊崇，行事又處處合他心意，漸漸眞心的喜歡了你。再後來你立功愈多，威名愈大，丐幫上上下下一齊歸心，便是幫外之人，也知丐幫將來的幫主非你莫屬。但汪幫主始終拿不定主意，便由於你是契丹人之故。他試你三大難題，你一一辦到，但仍要到你立了七大功勞之後，他才以打狗棒法相授。那一年泰山大會，你連創丐幫強敵九人，使得丐幫威震天下，那時他更無猶豫的餘地，方立你為丐幫幫主。以老衲所知，丐幫數百年來，從無第二個幫主之位，如你這般得來艱難。」

喬峯低頭道：「我只道恩師汪幫主是有意鍛鍊於我，使我多歷艱辛，以便擔當大任，卻原來……卻原來……」到了這時，心中已有七八成信了。

智光道：「我之所知，至此為止。你出任丐幫幫主之後，我聽得江湖傳言，都說你行俠仗義，造福於民，處事公允，將丐幫整頓得好生興旺，我私下自是代你歡喜。又聽說你數度壞了契丹人的奸謀，殺過好幾個契丹大人物，那麼我們先前『養虎貽患』的顧忌，便成了杞人之憂。這件事原可永不提起，卻不知何人去抖了出來？這於丐幫與喬幫主自身，都不見得有甚麼好處。」說著長長嘆了口氣，臉上大有悲憫之色。

徐長老道：「多謝智光大師回述舊事，使大夥有如身歷其境。這一封書信……」他揚了揚手中那信，續道：「是那位帶頭大哥寫給汪幫主的，書中極力勸阻汪幫主，不可將幫主大位傳於喬幫主。喬幫主，你不妨自己過一過目。」說著便將書信遞將過去。

智光道：「再讓我瞧瞧，是否真是原信。」說著將信接在手中，看了一遍，說道：「不錯，果然是帶頭大哥的手跡。」說著左手手指微一用勁，將信尾署名撕下，放入口中，舌頭一捲，已吞入肚中。

智光撕信之時，先向火堆走了幾步，與喬峯離遠了些，再將信箋湊到眼邊，似因光亮不足，瞧不清楚，再這麼撕信入口，信箋和嘴唇之間相距不過寸許。喬峯萬料不到這位德高望重的老僧竟會使這狡獪伎倆，一聲怒吼，左掌拍出，凌空拍中了他穴道，右手搶過信來，但終於慢了一步，信尾的署名已給他吞入了咽喉。喬峯又是一掌，拍開了他穴道，怒道：「你……你幹甚麼？」

智光微微一笑，說道：「喬幫主，你既知道了自己身世，想來定要報你殺父殺母之仇。汪幫主已然逝世，那不用說了。這位帶頭大哥的名字，老衲卻不願讓你知道。老衲當年曾參預伏擊令尊令堂，一切罪孽，老衲甘願一身承擔，要殺要剮，你儘管下手便是！」

喬峯見他垂眉低目，容色慈悲莊嚴，心中雖極悲憤，卻也不由得肅然起敬，說道：「是眞是假，此刻我尚未明白。便要殺你，也不忙在一時。」說著向趙錢孫橫了一眼。

趙錢孫聳了聳肩頭，似乎漫不在乎，說道：「不錯，我也在內，這帳算我一份，你幾時喜歡，隨時動手便了。」

譚公大聲道：「喬幫主，凡事三思，可別胡亂行事才好。倘若惹起胡漢之爭，中原豪傑人人與你爲敵。」趙錢孫雖是他情敵，他這時卻出口相助。

喬峯冷笑一聲，心亂如麻，就著火光看那信時，只見信上寫道：

「劍髯吾兄：數夕長談，吾兄傳位之意始終不改。然余連日詳思，仍期期以爲不可。喬君才藝超卓，立功甚偉，爲人肝膽血性，不僅爲貴幫傑出人物，即遍視神州武林同道，亦鮮有能及。以此才具而繼吾兄之位，他日丐幫聲威愈張，意料中事耳。」

喬峯讀到此處，見這位前輩對自己極爲推許，心下感激，繼續讀下去：

「然當日雁門關外血戰，驚心動魄之狀，余無日不縈於懷。此子非我族類，其父母死於我二人之手。他日此子不知其出身來歷則已，否則不但丐幫將滅於其手，中原武林亦必慘遭浩劫。當世才略武功能及此子者，實寥寥也。貴幫大事，原非外人所能置喙，唯爾我交情非同尋常，此事復牽連過巨，祈三思之。」下面的署名，已讓智光撕去了。

徐長老見喬峯讀完此信後呆立不語，又遞過一張信箋來，說道：「這是汪幫主的手書，你自當認得出他的筆跡。」喬峯接了過來，只見那張信箋上寫道：

「字諭丐幫馬副幫主、傳功長老、執法長老暨諸長老：幫主喬峯若有親遼叛漢、助契丹而壓大宋之舉者，全幫即行合力擊殺，不得有誤。下毒行刺，均無不可，下手者有功無罪。汪劍通親筆。」

下面註的日子是「大宋元豐六年五月初七日」。他記得分明，那正是自己接任丐幫幫主之日。

喬峯認得清清楚楚，這幾行字確是恩師汪劍通的親筆，這麼一來，於自己的身世那裏更有甚麼懷疑，但想恩師一直待己有如慈父，教誨固嚴，愛己亦切，那知道便在自己接任丐幫幫主之日，卻暗中寫下了這通遺令。他心中一陣酸痛，眼淚便奪眶而出，淚水一點點的滴在汪幫主那張手諭之上。

徐長老緩緩說道：「喬幫主休怪我們無禮。汪幫主這通手諭，原只馬副幫主一人知曉，他嚴加收藏，從不曾對誰說起。這幾年來幫主行事光明磊落，決無絲毫通遼叛宋、助契丹而壓漢人之事，更曾誅殺過遼國大將，汪幫主的遺令自然決計用不著。直到馬副幫主突遭橫死，馬夫人才尋到了這通遺令。本來嘛，大家疑心馬副幫主是蘇州慕容公子所害，倘若幫主能為大元兄弟報了此仇，幫主的身世來歷，原本不必揭穿。老朽思之再三，為大局著想，本想毀了這封書信和汪幫主的遺令，可是……可是……」他說到這裏，眼光向馬夫人瞧去，說道：「一來馬夫人痛切夫仇，不能讓大元兄弟冤沉海底，死不瞑目。二來喬幫主袒護胡人，所作所為，實已危及本幫……」

喬峯問道：「我袒護胡人，此事從何說起？」

徐長老道：「『慕容』兩字，便是胡姓。慕容氏是鮮卑後裔，與契丹一般，同為胡虜夷狄。」喬峯道：「嗯，原來如此，我倒不知。」徐長老道：「三則，幫主是契丹人一節，幫中知者已衆，變亂已生，隱瞞也自無益。」

喬峯仰天噓了一口長氣，在心中悶了半天的疑團，此時方始揭破，向全冠清道：

「全冠清，你知道我是契丹後裔，是以反我，是也不是？」全冠清道：「不錯。」喬峯又問：「奚宋陳吳四大長老聽信你言而欲殺我，也是爲此？」全冠清道：「不錯。只是他們將信將疑，拿不定主意，事到臨頭，又生畏縮。」喬峯道：「我的身世端倪，你從何處得知？」全冠清道：「此事牽連旁人，恕在下難以奉告。須知紙包不住火，任你再隱秘之事，終究會天下知聞。執法長老便早已知道。」

霎時之間，喬峯腦海中思潮如湧，一時想：「他們心生嫉妒，捏造了種種謊言，誣陷於我。喬峯縱然勢孤力單，亦當奮戰到底，不能屈服。」隨即又想：「恩師的手諭，明明千眞萬確。智光大師德高望重，於我無恩無怨，又何必來設此鬼計？徐長老是我幫元老重臣，豈能有傾覆本幫之意？單正、譚公、譚婆等俱是武林中大有名望的前輩，這趙錢孫雖瘋瘋顚顚，卻也不是泛泛之輩。衆口一辭的都如此說，那裏還有假的？」

羣丐聽了智光、徐長老等人的言語，心情也都混亂異常。有些人先前已然聽說他是契丹後裔，但始終將信將疑，旁的人則到此刻方知。眼見證據確鑿，連喬峯自己似乎也已信了。喬峯素來於屬下極有恩義，才德武功，人人欽佩，那料到他竟是契丹子孫。遼國和大宋的仇恨糾結極深，丐幫弟子死於遼人之手的，歷年來不計其數，由一個契丹人來做丐幫幫主，委實不可思議。但說要將他逐出丐幫，卻誰也說不出口。

一時杏子林中一片靜寂，唯聞各人沉重的呼吸之聲。

突然之間，一個清脆的女子聲音響了起來：「各位伯伯叔叔，先夫不幸亡故，到底是何人下的毒手，此時自難斷言。但想先夫平生誠穩篤實，拙於言詞，江湖上並無仇家，妾身實在想不出，爲何有人要取他性命？常言道得好：『慢藏誨盜』，是不是因爲先夫手中握有甚麼重要物事，別人想得之而甘心？別人怕他洩漏機密，壞了大事，因而要殺他滅口？」說這話的，正是馬大元的遺孀馬夫人。這幾句話的用意再也明白不過，直指殺害馬大元的兇手便是喬峯，而其行兇的主旨，在於消除他是契丹人的證據。

喬峯緩緩轉頭，瞧著這個全身縞素、背影苗條，嬌怯怯、俏生生、小巧玲瓏的女子，說道：「你疑心是我害死了馬副幫主？」

馬夫人一直背轉身子，雙眼向地，這時突然抬起頭來，瞧向喬峯。但見她一對眸子晶亮如寶石，黑夜中發出閃閃光采，喬峯微微一凜，聽她說道：「妾身是無知無識的女流之輩，出外拋頭露面已是不該，何敢亂加罪名於人？只先夫死得冤枉，哀懇衆位伯伯叔叔念著故舊之情，查明眞相，爲先夫報仇雪恨。」說著盈盈拜倒，竟對喬峯磕下頭去。

她沒一句說喬峯是兇手，但每一句話都指向他身上。喬峯眼見她向自己跪拜，心下恚怒，卻又不便發作，只得跪倒還禮，道：「嫂子請起。」

杏林左首忽有一個少女的聲音說道：「馬夫人，我心中有個疑團，能不能請問你一句話？」衆人向聲音來處瞧去，見是個穿淡絳衫子的少女，正是阿朱。

馬夫人問道：「姑娘有甚麼話要查問我？」阿朱道：「查問是不敢。我聽徐長老和夫人言道，馬前輩這封遺書，乃是用火漆密密固封，而徐長老開拆時，漆印仍屬完好，當時這位泰山單大爺也在其旁，證明此信未經開拆。那麼在徐長老開拆之前，誰也沒看過信中的內文了？」馬夫人道：「不錯。」阿朱道：「然則那位帶頭大俠的書信和汪幫主的遺令，除了馬前輩外，本來誰都不知。慢藏誨盜、殺人滅口的話，便說不上了。」

衆人聽了，均覺此言甚是有理。

馬夫人道：「姑娘是誰？卻來干預我幫中大事？」阿朱道：「貴幫大事，我一個小女子，豈敢干預？但你們要誣陷我家公子，小女子非據理分辯不可。」馬夫人又問：「姑娘家的公子是誰？是喬幫主麼？」阿朱微笑搖頭，道：「不是。是慕容公子。」

馬夫人道：「嗯，原來如此。」她不再理會阿朱，轉頭向執法長老道：「白長老，本幫幫規如山，倘若長老犯了幫規，那便如何？」執法長老白世鏡臉上肌肉微微一動，凜然道：「知法犯法，罪加一等。」馬夫人道：「若是比你白長老品位更高之人呢？」白世鏡知她意中所指，不自禁的向喬峯瞧了一眼，說道：「本幫幫規乃祖宗所定，不分輩份尊卑，品位高低，須當一體凜遵。同功同賞，同罪同罰。」

馬夫人道：「那位姑娘疑心得甚是，初時我也是一般的想法。但就在先夫遭難前的一日晚間，忽然有人摸到我家中偷盜。」

衆人都是一驚。有人問道：「偷盜？偷去了甚麼？傷人沒有？」

馬夫人道：「並沒傷人。賊子用了下三濫的薰香，將我及兩名婢僕薰倒了，翻箱倒篋的大搜一輪，偷去了十來兩銀子。次日我便接到先夫不幸遭難的噩耗，那裏還有心思去理會賊子盜銀之事？幸好先夫將這封遺書藏在極隱秘之處，才沒給賊子搜去毀滅。」

這幾句話再也明白不過，顯是指證喬峯自己或是派人赴馬大元家中盜書，他既去盜書，自是早知遺書中的內容，殺人滅口一節，可說昭然若揭。至於他何以會知遺書內容，則或許是那位帶頭大俠、汪幫主、馬副幫主無意中洩漏的，那也不是奇事。

阿朱一心要爲慕容復洗脫，不願喬峯牽連在內，說道：「小毛賊來偷盜十幾兩銀子，那也事屬尋常，只不過時機巧合而已。」馬夫人道：「姑娘之言甚是，初時我也這麼想。但後來在那小賊進屋出屋的窗口牆腳之下，拾到了一件物事，原來是那小賊匆忙來去之際掉下的。我一見那件物事，心下驚惶，方知這件事非同小可。」

宋長老道：「那是甚麼東西？爲甚麼非同小可？」馬夫人緩緩從包袱中取出一條八九寸長的物事，遞向徐長老，說道：「請衆位伯伯叔叔作主。」待徐長老接過那物事，她撲倒在地，大放悲聲。

衆人向徐長老看去，只見他將那物事展了開來，原來是一柄摺扇。徐長老沉著聲音，唸著扇面上的一首詩道：

「朔雪飄飄開雁門，平沙歷亂捲蓬根；功名恥計擒生數，直斬樓蘭報國恩。」

喬峯一聽到這首詩，一驚非同小可，凝目瞧摺扇時，見扇面反面繪著一幅壯士出塞殺敵圖。這把扇子是自己之物，那首古詩是恩師汪劍通所書，而這幅圖畫，便是出於徐長老手筆，畫筆雖不甚精，但一股俠烈之氣，卻隨著圖中朔風大雪而更顯得慷慨豪邁。這把扇子是他二十五歲生日那天恩師所賜，他向來珍視，妥爲收藏，怎會失落在馬大元家中？何況他生性洒脫，身上從不攜帶摺扇之類物事。

徐長老翻過扇子，看了看那幅圖畫，正是自己親手所繪，嘆了口長氣，喃喃的道：「非我族類，其心必異！汪幫主啊汪幫主，你這件事可大大做錯了！」

喬峯乍聞自己身世，竟是契丹子裔，心中本來百感交集，近十年來，他每日裏便在計謀如何破滅遼國，多殺契丹胡虜，突然間驚悉此事，縱然他一生經歷過不少大風大浪，也禁不住手足無措。然而待得馬夫人口口聲聲指責他陰謀害死馬大元，自己的摺扇又再出現，他心中反而平定，霎時之間，腦海中轉過了幾個念頭：「有人盜我摺扇，嫁禍於我，這等事可難不倒喬峯。」向徐長老道：「徐長老，這柄摺扇是我的。」

丐幫中輩份較高、品位較尊之人，聽得徐長老唸那詩句，已知是喬峯之物，其餘幫衆卻不知道，待聽得喬峯自認，又都一驚。

徐長老心中也是感觸甚深，喃喃說道：「汪幫主總算將我當作心腹，可是密留遺令這件大事，卻不讓我知曉。」

馬夫人站起身來，說道：「徐長老，汪幫主不跟你說，是爲你好。」徐長老不解，問道：「甚麼？」馬夫人淒然道：「丐幫中只大元知道此事，便慘遭不幸，你……你如事先得知，未必能逃過此劫。」

喬峯朗聲道：「各位更有甚麼話說？」他眼光從馬夫人看到徐長老，看到白世鏡，看到傳功長老，一個個望將過去。衆人均默然無語。

喬峯等了一會，見無人作聲，說道：「喬某身世來歷，慚愧得緊，我自己未能確知。既有這許多前輩指證，喬某須當盡力查明眞相。這丐幫幫主的職份，自應退位讓賢。」說著伸手到負在背上的一隻長袋之中，抽出一條晶瑩碧綠的竹杖，正是丐幫幫主的信物打狗棒，雙手持了，高高舉起，說道：「此棒承汪幫主相授，喬某執掌丐幫，雖無建樹，差幸亦無大過。今日退位，那一位英賢願肩負此職，請來領受此棒。」

丐幫歷代相傳的規矩，新幫主就任，例須由原來幫主以打狗棒相授，在授棒之前，先傳授打狗棒法。就算舊幫主突然逝世，但繼位之人早已預立，打狗棒法亦已傳授，因此幫主之位向來並無紛爭。喬峯方當英年，預計總要二十年後，方在幫中選擇少年英俠，傳授打狗棒法。這時羣丐見他手持竹杖，氣概軒昂的當衆站立，有誰敢出來承受此棒？

喬峯連問三聲，丐幫中始終無人答話。喬峯說道：「喬峯身世未明，這幫主一職，無論如何是不敢擔任了。徐長老、傳功、執法兩位長老，本幫鎮幫之寶的打狗棒，請你三位連同保管。日後定了幫主，由你三位一同轉授不遲。」

徐長老道：「那也說得是。打狗棒法的事，只好將來再說了。」便欲去接竹棒。

宋長老忽然大聲喝道：「且慢！」徐長老愕然停步，道：「宋兄弟有何話說？」宋長老道：「我瞧喬幫主不是契丹人。」徐長老道：「何以見得？」宋長老道：「我瞧他不像。」徐長老道：「怎麼不像？」宋長老道：「契丹人窮兇極惡，殘暴狠毒。喬幫主卻是大仁大義的英雄好漢。適才我們反他，他卻甘願爲我們受刀流血，赦了我們背叛的大罪。契丹人那會如此？」

徐長老道：「他自幼受少林高僧與汪幫主養育敎誨，已改了契丹人的兇殘習性。」宋長老道：「既然性子改了，那便不是壞人，再做咱們幫主，有甚麼不妥？我瞧本幫之中，再也沒那一個能及得上他英雄了得。別人要當幫主，我姓宋的定然不服。」

羣丐中與宋長老存一般心思的，大有人在。喬峯恩德素在衆心，單憑幾個人的口述和字據，便免去他幫主之位，許多向來忠於他的幫衆便大爲不服。宋長老領頭說出了心中之意，羣丐中登時便有數十人呼叫起來：「有人陰謀陷害喬幫主，咱們不能輕信人言。」「幾十年前的舊事，單憑你們幾個人胡說八道，誰知是眞是假？」「幫主大位，不能如此輕易更換！」「我一心一意跟隨喬幫主！要硬換幫主，便殺了我頭，我也不服。」

吳長老大聲道：「誰願跟隨喬幫主的，隨我站到這邊。」他左手拉著宋長老，右手拉了奚長老，走到了東首。跟著大仁分舵、大義分舵、大勇分舵的三個舵主也走到了東首。三分舵的舵主一站過去，他們屬下的幫衆自也紛紛跟隨而往。全冠清、陳長老、執法長老，以及大信、大禮兩舵的舵主，卻留在原地不動。這麼一來，丐幫人衆登時分成了兩派，站在東首的約佔五成，留在原地的約爲三成，其餘幫衆則心存猶豫，不知聽誰的主意才是。傳功長老呂章行事向來穩重，這時更加爲難，遲疑不決。

全冠清道：「衆位兄弟，喬幫主才略過人，英雄了得，誰不佩服？然而咱們都是大宋百姓，豈能聽從一個契丹人的號令？喬峯的本事越大，大夥兒越危險。」

奚長老叫道：「放屁，放你娘的狗屁！我瞧你的模樣，倒有九分像是契丹人。」

全冠清大聲道：「大家都是盡忠報國的好漢，難道甘心爲異族的奴隸走狗麼？」他這幾句話倒眞有效力，走向東首的羣丐之中，有十餘人又回向西首。東首丐衆罵的罵、拉的拉，登生紛擾，霎時間或出拳腳，或動兵刃，數十人便混打起來。衆長老大聲約束，但各人心中均有所偏，吳長老和陳長老戟指對罵，眼看便要動手相鬥。

喬峯喝道：「衆兄弟停手，聽我一言。」羣丐紛爭立止，都轉頭瞧著他。

喬峯朗聲道：「這丐幫幫主，我是決計不當了……」宋長老插口道：「幫主，你切莫灰心……」喬峯搖頭道：「我不是灰心。別的事或有陰謀誣陷，但我恩師汪幫主的筆跡，別人無論如何假造不來。」他提高聲音，說道：「丐幫是江湖上第一大幫，威名赫赫，武林中誰不敬仰？倘若自相殘殺，豈不教旁人笑歪了嘴巴？喬某臨去時有一言奉告，今後不論是誰，不得以一拳一腳加於本幫兄弟身上。」

羣丐本來均以義氣爲重，聽了他這幾句話，都暗自慚愧。

忽聽得一個女子聲音說道：「倘若有誰殺害了本幫兄弟呢？」說話的正是馬夫人。喬峯道：「殺人者抵命，殘害兄弟，舉世痛恨。」馬夫人道：「那就好了。」

喬峯道：「馬副幫主到底爲誰所害，是誰偷了我這摺扇來陷害於喬某，終究會查個水落石出。馬夫人，以喬某的身手，要到你府上取甚麼物事，難道用得著使甚麼熏香？我既不會空手而回，更不會失落甚麼隨身物事。別說府上只不過三兩個女流之輩，便皇宮內院，相府帥帳，千軍萬馬之中，喬某要取甚麼物事，也未必不能辦到。」

這幾句話說得十分豪邁，羣丐素知他的本事，且他過去確曾幹過不少這類英勇事蹟，都覺甚是有理，誰也不以爲他是誇口。馬夫人低下頭去，再也不說甚麼。

喬峯抱拳向衆人團團行了一禮，說道：「青山不改，綠水長流，衆位好兄弟，咱們再見了。喬某是漢人也好，是契丹人也好，有生之年，決不傷一條漢人的性命，若違此誓，有如此刀。」說著伸出左手，搶前向單正一抓。

單正只覺手腕一震，手中單刀把揑不定，手指一鬆，單刀竟讓喬峯奪了過去。喬峯右手拇指扳住中指，往刀背上彈去，噹的一聲響，那單刀斷成兩截，刀頭飛開數尺，刀柄仍拿在他手中。他向單正說道：「得罪！」拋下刀柄，揚長去了。

衆人羣相愕然之際，跟著便有人大呼：「幫主別走！」「丐幫全仗你主持大局！」「幫主快回來！」

忽聽得呼的一聲響，半空中一根竹棒擲來，正是喬峯反手將打狗棒飛送而至。徐長老伸手去接，右手剛碰到竹棒，突覺自手掌以至手臂、自手臂以至全身，如中雷電轟擊般一震，急忙鬆手。那竹棒一擲而至的餘勁不衰，勁急筆直，插入地下。

羣丐齊聲驚呼，瞧著這根「見棒如見幫主」的本幫重器，心中都是思慮萬千。

朝陽初升，一縷縷金光從杏樹花葉間透進來，映照著打狗棒，發出碧油油的光彩，棒上餘威自生。

段譽叫道：「大哥，大哥，我隨你去！」發足待要追趕喬峯，但只奔出三步，總覺捨不得就此離開王語嫣，回頭向她望了一眼。這一眼一望，那是再也不能脫身了，心中自然而然的生出萬丈柔絲，拉著他轉身走到王語嫣身前，說道：「王姑娘，你們要到那裏去？」

王語嫣道：「表哥給人家冤枉，說不定他自己還不知道呢，我得去告知他才是。」段譽心中一酸，滿不是味兒，道：「嗯，你們三位年輕姑娘，路上行走不便，我護送你們去罷。」又加上一句，自行解嘲：「多聞慕容公子的英名，我實在也想見他一見。」

只聽得徐長老朗聲道：「如何爲馬副幫主報仇雪恨，咱們自當從長計議。只是本幫不可一日無主，喬……喬峯去後，這幫主一職由那一位來繼任，是刻不容緩的大事。乘著大夥都在此間，須得即行議定才是。」

宋長老道：「依我之見，大家去尋喬幫主回來，請他回心轉意，不可辭任……」他話未說完，西首有人叫道：「喬峯是契丹胡虜，如何可做咱們首領？今日大夥兒還顧念舊情，下次見到，便是仇敵，非拚個你死我活不可。」吳長老冷笑道：「你和喬幫主拚個你死我活，配麼？」那人怒道：「我一人自然打他不過，十個怎樣？十個不成，一百人怎樣？丐幫義士忠心報國，難道見敵畏縮麼？」他這幾句話慷慨激昂，西首羣丐中有不少人喝起采來。

采聲未畢，忽聽得西北角上一個人陰惻惻的道：「丐幫跟人約在惠山見面，毀約不至，原來都鬼鬼祟祟的躲在這裏，嘿嘿嘿，可笑啊可笑。」這聲音尖銳刺耳，咬字不準，又似大舌頭，又似鼻子塞，聽來極不舒服。

大義分舵蔣舵主和大勇分舵方舵主同聲「啊喲」，說道：「徐長老，咱們誤了約會，對頭尋上門來啦！」

段譽也即記起，日間與喬峯在酒樓初會之時，聽到有人向他稟報，說約定明日一早，與西夏「一品堂」的人物在惠山相會，當時喬峯似覺太過匆促，但還是答應了約會。眼見此刻卯時已過，丐幫中人極大多數未知有此約會，便是知道的，也均潛心於幫內大事，都把這約會拋到了腦後，這時聽到對方譏嘲之言，這才猛地醒覺。

徐長老連問：「是甚麼約會？對頭是誰？」他久不與聞江湖上與本幫事務，一切全不知情。傳功長老低聲問蔣舵主道：「是喬幫主答應了這約會麼？」蔣舵主道：「是，不過屬下已奉喬幫主之命，派人前赴惠山，要對方將約會押後三日。」

那說話陰聲陰氣之人耳朵也眞尖，蔣舵主輕聲所說的這兩句話，他竟也聽見了，說道：「既已定下了約會，那有甚麼押後三日、押後四日的？押後半個時辰也不成。」

白世鏡怒道：「我大宋丐幫是堂堂幫會，豈來懼你西夏胡虜？只是本幫自有要事，沒功夫來跟你們這些跳梁小醜周旋。更改約會，事屬尋常，有甚麼可囉唆的？」

突然間呼的一聲，杏樹後飛出一個人來，直挺挺的摔在地下，一動也不動。這人臉上血肉模糊，喉頭已遭割斷，早已氣絕多時，羣丐認得是本幫大義分舵的謝副舵主。

蔣舵主又驚又怒，說道：「謝兄弟便是我派去改期的。」

傳功長老道：「徐長老，幫主不在此間，請你暫行幫主之職。」他不願洩露幫中無主的眞相，以免示弱於敵。徐長老會意，心想此刻自己若不出頭，無人主持大局，便朗聲說道：「常言道兩國相爭，不斬來使。敝幫派人前來更改會期，何以傷他性命？」

那陰惻惻的聲音道：「這人神態倨傲，言語無禮，見了我家將軍不肯跪拜，怎能容他活命？」羣丐一聽，登時羣情洶湧，許多人便紛紛喝罵。

徐長老直到此時，尙不知對頭是何等樣人，聽白世鏡說是「西夏胡虜」，而那人又說甚麼「我家將軍」，眞敎他難以摸得著頭腦，便道：「你鬼鬼祟祟的躲著，爲何不敢現身？胡言亂語的，瞎吹甚麼大氣？」

那人哈哈大笑，說道：「到底是誰鬼鬼祟祟的躲在杏子林中？」

猛聽得遠處號角嗚嗚吹起，跟著隱隱聽得大羣馬蹄聲自數里外傳來。

徐長老湊嘴到白世鏡耳邊，低聲問道：「那是甚麼人，爲了甚麼事？」白世鏡也低聲道：「西夏國有個武士堂，叫做甚麼『一品堂』，是該國國王所立，堂中招聘武功高強之士，優禮供養，要他們爲西夏國軍官傳授武藝。」徐長老點頭道：「一品堂我倒知道，那還不是來打我大宋江山的主意？」

白世鏡低聲道：「正是如此。凡是進得『一品堂』之人，都號稱武功天下一品。統率一品堂的是位王爺，官封征東大將軍，叫甚麼赫連鐵樹。據本幫派在西夏的易大彪兄弟報知，最近那赫連鐵樹帶領堂中勇士，出使汴梁，朝見我大宋太后和皇上。其實朝聘是假，眞意是窺探虛實。他們知曉本幫是大宋武林中一大支柱，想要一舉將本幫摧毀，先樹聲威，再引兵長驅直進。這赫連鐵樹離了汴梁，便到洛陽我幫總舵。其時喬幫主正率同我等，到江南來爲馬副幫主報仇，西夏人撲了個空。這干人一不做，二不休，竟趕來江南，終於和喬幫主定下了約會。」

徐長老心下沉吟，低聲道：「他們打的是如意算盤，先是一舉毀我丐幫，說不定再去攻打少林寺，然後再將中原各大門派幫會打個七零八落。」白世鏡道：「話是這麼說，可是這些西夏武士便當眞如此了得？有甚麼把握，能這般有恃無恐？喬幫主多少知道一些虛實，只可惜他在這緊急關頭……」說到這裏，自覺不妥，立時住口。

這時馬蹄聲已近，陡然間號角急響三下，八騎馬分成兩行，衝進林來。八匹馬上的乘者都手執長矛，矛頭上縛著一面小旗。矛頭閃閃發光，依稀可看到左首四面小旗上都繡著「西夏」兩個白字，右首四面繡著「赫連」兩個白字，旗上另有筆劃繁複的西夏文字。跟著又是八騎馬分成兩行，奔馳入林。馬上乘者四人吹號，四人擊鼓。

羣丐都暗皺眉頭：「這陣仗全然是行軍交兵，卻那裏是江湖上英雄好漢的相會？」

在號手鼓手之後，進來八名西夏武士。徐長老見這八人神情，顯然均有上乘武功，心想：「看來這便是一品堂中的人物了。」那八名武士分向左右一站，一乘馬緩緩走進杏林。馬上乘客身穿大紅錦袍，三十四五歲年紀，鷹鉤鼻、八字鬚。他身後緊跟著一個身形極高、鼻子極大的漢子，一進林便喝道：「西夏國征東大將軍駕到，丐幫幫主上前拜見。」聲音陰陽怪氣，正是先前說話的那人。

徐長老道：「本幫幫主不在此間，由老朽代理幫務。丐幫兄弟是江湖草莽，西夏將軍如以客禮相見，咱們高攀不上，請將軍去拜會我大宋王公官長，不用來見我們要飯的叫化子。若以武林同道身分相見，將軍遠來是客，請下馬敘賓主之禮。」這幾句話不亢不卑，既不得罪對方，亦顧到自己身分。羣丐都想：「果然薑是老的辣。」

那大鼻子道：「貴幫幫主既不在此間，我家將軍是不能跟你敘禮的了。」斜眼看到打狗棒插在地下，識得是丐幫的要緊物事，說道：「嗯，這根竹棒兒晶瑩碧綠，拿去做個掃帚柄兒，倒也不錯。」手臂一探，馬鞭揮出，便向打狗棒捲去。

羣丐齊聲大呼：「滾你的！」「你奶奶的！」「狗韃子！」眼見他馬鞭鞭梢正要捲到打狗棒上，突然間人影一晃，一人斜刺裏飛躍而至，擋在打狗棒之前，伸出手臂，讓馬鞭捲在臂上。他手臂一曲，那大鼻漢子沒法再坐穩馬鞍，縱身躍起，站在地下。兩人同時使勁，啪的一聲，馬鞭從中斷為兩截。那人反手抄起打狗棒，一言不發的退了開去。

衆人瞧這人時，見他弓腰曲背，正是幫中的傳功長老呂章。他武功甚高，又為六大長老之首，在幫中重器遭厄之時挺身維護，剛才這一招，大鼻漢子給拉下馬背，馬鞭又給拉斷，可說是輸了。

這大鼻漢子雖受小挫，絲毫不動聲色，說道：「要飯的叫化子果然氣派甚小，連一根竹棒兒也捨不得給人。」

徐長老道：「西夏國的英雄好漢和敝幫定下約會，爲了何事？」

那漢子道：「我家將軍聽說中原丐幫有兩門絕技，一是打貓棒法，一是降蛇廿八掌，想要見識見識。」

羣丐聽了，無不勃然大怒，紛紛喝罵。徐長老、傳功長老、執法長老等人心下卻暗暗著急：「這打狗棒法和降龍廿八掌，自來只本幫幫主會使，對頭既知這兩項絕技的名頭，仍有恃無恐的前來挑戰，只怕不易應付。」

徐長老道：「你們要見識敝幫的打貓棒法和降蛇廿八掌，一點不難。只要有煨灶貓和癩皮蛇出現，叫化子自有對付之法。閣下是學做貓呢，還是要學做蛇？」吳長老哈哈笑道：「對手是龍，我們才降龍。對手是蛇，叫化子捉蛇再拿手不過了。」

大鼻漢子鬥嘴又輸一場，正尋思再說甚麼話。他身後一人粗聲粗氣的道：「打貓也好，降蛇也好，誰來跟我先打上一架？」說著從人叢中擠了出來，雙手叉腰一站。

羣丐見這人相貌醜陋，神態兇惡，忽聽段譽大聲道：「喂，徒兒，你也來了，見了師父怎不磕頭？」原來那醜陋漢子正是南海鱷神岳老三。

他一見段譽，大吃一驚，神色登時尷尬之極，說道：「你……你……」段譽道：

「乖徒兒，丐幫幫主是我結義的兄長，這些人是你的師伯師叔，你不得無禮。快快回家去罷！」南海鱷神大吼一聲，只震得四邊杏樹的樹葉瑟瑟亂響，罵道：「王八蛋，狗雜種！那裏鑽出來這許多師伯師叔？我萬萬不幹！」

段譽道：「你罵誰是王八蛋、狗雜種？」南海鱷神兇悍絕倫，但對自己說過的話，無論如何不肯食言，他曾拜段譽爲師，倒不抵賴，便道：「我喜歡罵人，你管得著麼？我又不是罵你。」段譽道：「嗯，你見了師父，怎地不磕頭請安？那還成規矩麼？」南海鱷神忍氣上前，跪下去磕了個頭，說道：「師父，你老人家好！」他越想越氣，猛地躍起，發足便奔，口中連聲怒嘯。

衆人聽得那嘯聲便如潮水急退，一陣陣的漸湧漸遠，然而波濤澎湃，聲勢猛惡，單是聽這嘯聲，便知此人武功非同小可，丐幫中或許只傳功長老、執法長老等二三人才抵敵得住。段譽這麼個文弱書生居然是他師父，可奇怪之極了。王語嫣、阿朱、阿碧三人知段譽全無武功，更加詫異萬分。

西夏國衆武士中突有一人縱躍而出，身形長如竹竿，竄縱之勢卻迅捷異常，雙手各執一把奇形兵刃，柄長三尺，尖端是隻五指鋼抓。段譽識得此人是「天下四惡」中位居第四的「窮凶極惡」雲中鶴，心想：「難道這四個惡人都投靠了西夏？」凝目往西夏武士叢中瞧去，果見「無惡不作」葉二娘懷抱一個小兒笑吟吟的站著，只沒見到那首惡

「惡貫滿盈」段延慶。段譽尋思：「只要延慶太子不在此處，那二惡和四惡，丐幫當能對付得了。」

原來「天下四惡」在大理國鎩羽北去，遇到西夏國一品堂中出來招聘武學高手的使者，四惡不甘寂寞，就都投效。這四人武功何等高強，稍獻身手，立受禮聘。此次東來汴梁，赫連鐵樹帶同四人，頗爲倚重。段延慶自高身分，雖依附一品堂，卻獨往獨來，不受羈束號令，不與衆人同行。

雲中鶴叫道：「我家將軍要瞧瞧丐幫的兩大絕技。到底叫化兒們是確有眞實本領，還是胡吹大氣，快出來見個眞章罷！」

宋長老道：「我去跟他較量一下。」徐長老道：「好！此人輕功了得，宋兄弟小心了。」宋長老道：「是！」倒拖鋼杖，走到雲中鶴身前丈餘處站定，說道：「本幫絕技，因人而施，對付閣下這等無名小卒，那用得著打狗棒法？看招！」鋼杖一起，呼呼風響，向雲中鶴左肩斜擊而落。宋長老矮胖身材，手中鋼杖卻長達丈餘，一經舞動，雖然對付雲中鶴這等身材極高之人，仍能凌空下擊。雲中鶴側身閃避，砰的一聲，泥土四濺，鋼杖擊在地下，杖頭陷入尺許。雲中鶴自知眞力遠不如他，東一飄、西一晃，展開輕功，與他遊鬥。宋長老的鋼杖舞成一團白影，卻始終沾不上雲中鶴的衣衫。

段譽正瞧得出神，忽聽耳畔一個嬌柔的聲音問道：「段公子，咱們幫誰的好？」段譽側過頭來，見說話的正是王語嫣，不禁心神盪漾，忙道：「甚麼……甚麼幫誰的好？」王語嫣道：「這瘦長個兒是你徒兒的朋友，這矮胖叫化是你把兄的下屬。他二人愈鬥愈狠，咱們該當幫誰？」段譽道：「我徒兒是惡人，這瘦長條子人品更壞，不用幫他。」

王語嫣沉吟道：「嗯！不過丐幫眾人將你把兄趕走，不讓他做幫主，又冤枉我表哥，我討厭他們。」在她少女心懷之中，誰對她表哥不好，誰就是天下最惡之人。她接著道：「這矮胖老頭使的是五台山二十四路伏魔杖，他身材太矮，那『秦王鞭石』、『大鵬展翅』兩招使得不精。只要攻他右側下盤，他便抵擋不了。只不過這瘦長個兒看不出來，以爲矮子的下盤必固，其實是然而不然。」

她話聲甚輕，場中精於內功的衆高手卻都已聽到了。這些人大半識得宋長老的武功家數，然於他招數中缺陷所在，卻未必能看得出來，一經王語嫣指明，登時便覺不錯，宋長老使到「秦王鞭石」與「大鵬展翅」這兩招時，確是威猛有餘，沉穩不足，下盤頗有弱點。

雲中鶴向王語嫣斜睨一眼，讚道：「小妞兒生得好美，難得這般有眼光，跟我去做個老婆，也還使得！」他說話之際，手中鋼抓向宋長老下盤疾攻三招。第三招上宋長老擋架不及，嗤的一聲響，大腿上給他鋼抓劃了長長一道口子，登時鮮血淋漓。

王語嫣聽雲中鶴稱讚自己相貌美麗，頗爲高興，於他的輕薄言語倒也不以爲忤，微笑道：「也不怕醜，你有甚麼好？我才不嫁你呢。」雲中鶴大爲得意，說道：「爲甚麼不嫁？你另外有了小白臉心上人是不是？我先殺了你意中人，瞧你嫁不嫁我？」這句話大犯王語嫣之忌，她俏臉一板，不再理他。

雲中鶴還想說幾句話討便宜，丐幫中吳長老縱躍而出，舉起鬼頭刀，左砍四刀，右砍四刀，上削四刀，下削四刀，四四一十六刀，來勢極猛。雲中鶴不識他刀法路子，東閃西躲，縮頭跳腳，一時甚爲狼狽。

王語嫣笑道：「吳長老這路四象六合刀法，其中含有八卦生剋變化，那瘦長個兒就不識得了。不知他會不會使『鶴蛇八打』，倘若會使，四象六合刀法就可應手而破。」丐幫衆人聽她又出聲幫助雲中鶴，臉上都現怒色。只見雲中鶴招式一變，長腿遠跨，鋼抓橫掠，宛然便如一隻仙鶴。王語嫣嘴湊到段譽耳邊，低聲道：「這瘦長個兒上了我的當啦，說不定他左手都會給削了下來。」段譽奇道：「是麼？」

只見吳長老刀法凝重，斜砍橫削，似乎不成章法，出手愈來愈慢，突然間快砍三刀，白光閃動。雲中鶴「啊」的一聲叫，左手手背已爲刀鋒帶中，左手鋼抓拿揑不定，噹的一聲，掉落在地，總算他身法快捷，向後急退，躲開了吳長老跟著進擊的三刀。

吳長老走到王語嫣身前，豎刀一立，說道：「多謝姑娘！」王語嫣笑道：「吳長老好精妙的『奇門三才刀』！」吳長老一驚，心道：「你居然識得我這路刀法。」原來王語嫣故意將吳長老的「奇門三才刀」說成是「四象六合刀」，又從雲中鶴招數之中，料得他定會使「鶴蛇八打」，引得他不知不覺的處處受制，果然連左手也險遭削掉。

站在赫連鐵樹身邊、說話陰陽怪氣的大鼻漢子名叫努兒海，見王語嫣只幾句話，便相助雲中鶴打傷宋長老，又幾句話，便幫吳長老傷了雲中鶴，向赫連鐵樹道：「將軍，這漢人小姑娘甚爲古怪，咱們擒回一品堂，令她盡吐所知，大概很有點兒用處。」赫連鐵樹道：「甚好，你去擒了她來。」

努兒海搔了搔頭皮，心想：「將軍這脾氣可不大妙，我每向他獻甚麼計策，他總是說：『甚好，你去辦理。』獻計容易辦事難，看來這小姑娘的武功深不可測，我莫要在人之前出醜露乖。今日反正是要將這羣叫化子一鼓聚殲，不如先下手爲強。」左手作個手勢，四名下屬便即轉身走開。

努兒海走上幾步，說道：「徐長老，我們將軍是要看打狗棒法和降龍廿八掌，你們有寶獻寶，倘若眞是不會，我們可沒功夫奉陪，這便要告辭了。」徐長老冷笑道：「貴國一品堂的高手，胡吹甚麼武功一品，原來只是些平平無奇之輩，要想見識打狗棒法和降龍廿八掌，只怕還有些不配。」努兒海道：「要怎地才配見識？」

徐長老道：「須得先將我們這些不中用的叫化子都打敗了，丐幫的頭兒才會出來……」剛說到這裏，突然間大聲咳嗽，跟著雙眼劇痛，睜不開來，淚水不絕湧出。他大吃一驚，疾躍而起，閉住呼吸，連踢三腳。努兒海沒料到這人髮皓如雪，說打便打，身手這般快捷，急忙閃避，但只避得了胸口要害，肩頭卻已給踢中，晃得兩下，借勢後躍。徐長老第二次躍起時，身在半空，便已手足酸麻，重重摔落。

丐幫人眾紛紛呼叫：「不好，韃子攪鬼！」「眼睛裏甚麼東西？」「我睜不開眼了。」各人眼睛刺痛，淚水長流。王語嫣、阿朱、阿碧三人同樣的睜不開眼。

原來西夏人在這頃刻之間，已在杏子林中撒布了「悲酥清風」，那是一項無色無臭的毒氣，係搜集西夏大雪山歡喜谷中的毒物製煉成水，平時盛在瓶中，使用之時，自己人鼻中早就塞了解藥，拔開瓶塞，毒水化汽冒出，便如微風拂體，任你何等機靈之人也都沒法察覺，待得眼目刺痛，毒氣已衝入頭腦。中毒後淚下如雨，稱之為「悲」；全身不能動彈，稱之為「酥」；毒氣無色無臭，稱之為「清風」。

但聽得「咕咚」、「啊喲」之聲不絕，羣丐紛紛倒地。

段譽服食過莽牯朱蛤，萬毒不侵，這「悲酥清風」吸入鼻中，他卻既不「悲」，亦不「酥」，但見羣丐、王語嫣和朱碧雙姝都神情狼狽，一時不明其理，心中自也驚恐。

努兒海大聲吆喝，指揮眾武士綑縛羣丐，自己便欺到王語嫣身旁，伸手去拿她手腕。

段譽喝道：「你幹甚麼？」情急之下，右手食指疾伸，一股真氣從指尖激射而出，嗤嗤有聲，正是大理段氏的「六脈神劍」。努兒海不識厲害，仍去抓王語嫣手腕，突然間喀的一聲響，他右手臂骨莫名奇妙的斷折爲二，軟垂垂掛著。努兒海慘叫停步。

段譽俯身抱住王語嫣纖腰，展開凌波微步，斜上三步，橫跨兩步，衝出了人堆。

葉二娘右手揮動，一枚毒針向他背心射去。這枚毒針準頭既正，去勢又勁，段譽本來無論如何難以避開，但他的步法忽斜行，忽倒退，待得毒針射到，他身子早在右方三尺之外。西夏武士中三名好手躍下馬背，大呼追到。段譽欺到一人馬旁，先將王語嫣橫著放上馬鞍，隨即飛身上馬，縱馬落荒而逃。

西夏武士早已佔了杏林四周的要津，忽見段譽一騎馬急竄出來，當即放箭，杏林中樹林遮掩，十餘枝狼牙羽箭都釘在杏子樹上。

兩人下得馬來，將馬繫在一株杏子樹上。段譽手中拿了瓷瓶，躡手躡足的走入林中，放眼四顧，空蕩蕩地竟不見有人。

一七　今日意

兩人共騎，奔跑一陣，放眼盡是杏樹，不多時便已將西夏衆武士拋得影蹤不見。

段譽問道：「王姑娘，你怎麼啦？」王語嫣道：「我中了毒，身上一點力氣也沒了。」段譽聽到「中毒」，嚇了一跳，忙問：「要不要緊？怎生找解藥才好？」王語嫣道：「我不知道啊。你催馬快跑，到了平安的所在再說。」段譽道：「甚麼所在才平安？」王語嫣道：「我也不知道啊。」段譽尋思：「我曾答允保護她平安周全，怎地反而要她指點，那成甚麼話？」無法可施之下，只得任由坐騎亂走。

奔馳了一頓飯時分，已不聽到追兵聲音，心下漸寬，卻淅淅瀝瀝的下起雨來。段譽過不了一會，便問：「王姑娘，你覺得怎樣？」王語嫣總是回答：「沒事。」段譽有美同行，自是說不出的歡喜，可是又怕她所中的毒質厲害，不由得一會兒微笑，一會兒發愁，又想：「我只管救王姑娘，卻沒去搭救我那阿碧小妹子。我這麼偏心，可見我內心對兩人確然大有分別！」

眼見雨越下越大，段譽脫下長袍，罩在王語嫣身上，但也只好得片刻，過不多時，兩人身上裏裏外外都濕透了。段譽又問：「王姑娘，你覺得怎樣？」王語嫣嘆道：「又冷又濕，找個甚麼地方避一避雨啊。」段譽道：「是，是！杏花、春雨、江南，說起來很美，身當其境，也有不大方便的時候。」

王語嫣不論說甚麼話，在段譽聽來，都如玉旨綸音一般，她說要找個地方避一避雨，段譽明知未脫險境，卻也連聲稱是，心下又起獃念：「王姑娘心中念念不忘的，只是她表哥慕容復。我今日與她同遭凶險，盡心竭力的迴護於她，倘若為她死了，想她日後一生之中，總會偶爾念及我段譽三分。將來她和慕容復成婚之後，生下兒女，瓜棚豆架之下與子孫們說起往事，或許會提到今日之事。那時她白髮滿頭，說到『段公子』這三個字時，珠淚點點而下……」想得出神，不禁眼眶也自紅了。

王語嫣一轉頭間，見他臉上有愁苦之意，卻不覓地避雨，問道：「怎麼啦？沒地方避雨麼？」段譽道：「那時候你跟你女兒說道……」王語嫣奇道：「甚麼我女兒？」

段譽吃了一驚，這才醒悟，笑道：「對不起，我在胡思亂想。」游目四顧，見東北方有座大碾坊，小溪溪水推動木輪，正在碾米，便道：「那邊可以避雨。」縱馬來到碾坊。這時大雨唰唰聲響，四下裏水氣濛濛。

他躍下馬來，見王語嫣臉色蒼白，不由得萬分憐惜，又問：「你肚痛麼？發燒麼？頭痛麼？」王語嫣搖搖頭，微笑道：「沒甚麼。」段譽道：「唉，不知西夏人放的是甚麼毒，我拿得到解藥就好了。」王語嫣道：「你瞧這大雨！你先扶我下馬，到了裏面再說不遲。」段譽跌足道：「是，是！你瞧我可有多胡塗。」王語嫣一笑，心道：「你本來就胡塗嘛。」

段譽瞧著她的笑容，不由得神爲之奪，險些兒忘了去推碾坊的門，幾乎將額頭撞在門上，待得將門推開，轉身回來要扶王語嫣下馬，一雙眼睛始終沒離開她的嬌臉，沒料到碾坊門前有一道溝，左足跨前一步，正好踏入溝中。王語嫣忙叫：「小心！」卻已不及，段譽「啊」的一聲，人已摔了出去，撲入了大片泥濘之中，忙掙扎著爬起，臉上、手上、身上全是爛泥，連聲道：「對不起，對不起。你……你沒事麼？」

王語嫣道：「唉，你自己沒事麼？可摔痛了沒有？」段譽聽到她關懷自己，歡喜得靈魂兒飛上了半天，忙道：「沒有，沒有。就算摔痛了，也不打緊！」伸手要去扶王語嫣下馬，驀地見到自己手掌中全是污泥，急忙縮回，道：「不成！我去洗乾淨了再來扶你。」王語嫣嘆道：「你這人當眞婆婆媽媽得緊。我全身都濕了，再多些污泥有甚麼干係？」段譽歉然笑道：「我做事亂七八糟，服侍不好姑娘。」還是在溪水中洗去了手上污泥，這才扶王語嫣下馬，走進碾坊。

兩人跨進門去，只見舂米的石杵提上落下，不斷打著石臼中的米穀，卻不見有人。段譽叫道：「這兒有人麼？」

忽聽得屋角稻草堆中兩人齊叫：「啊喲！」站起兩個人來，一男一女，都是十八九歲的農家青年。兩人衣衫不整，頭髮上沾滿了稻草，臉上紅紅的，臉色尷尬忸怩。原來兩人是一對愛侶，那農女在此照料碾米，那小夥子便來跟她親熱，大雨中料得無人到來，當眞肆無忌憚，連段譽和王語嫣在外邊說了半天話也沒聽見。

段譽抱拳道：「吵擾，吵擾！我們只是來躲躲雨。兩位有甚麼貴幹，儘管請便，不用理睬我們。」王語嫣心道：「這書獃子又來胡說八道了。他二人當著咱們，怎能親熱？」她乍然見到那一男一女的神態，早就飛紅了臉，不敢多看。

段譽卻全心全意貫注在王語嫣身上，於這對農家青年全沒在意。他扶著王語嫣坐在凳上，說道：「你身上都濕了，那怎麼辦？」

王語嫣臉上又加了一層暈紅，心念一動，從鬢邊拔下了一枝鑲著兩顆大珠的金釵，向那農女道：「姊姊，我這隻釵子給了你，勞你駕借一套衣衫給我換換。」

那農女雖不知這兩顆珍珠貴重，但黃金卻是識得的，心中不信，道：「我去拿衣裳給你換，這……這金釵兒我勿要。」說著便從身旁的木梯走了上去。

王語嫣道：「姊姊，請你過來。」那農女已走了四五級梯級，重行回下，走到她身前。王語嫣將金釵塞在她手中，說道：「這金釵眞的送了給你。你帶我去換換衣服，好不好？」

那農女見王語嫣美貌可愛，本就極願相助，再得一枚金釵，自是大喜，推辭幾次不得，便收下了，當即扶著她到上面的閣樓中去更換衣衫。閣樓上堆滿了稻穀和米篩、竹箕、痲袋之類的農具。那農女手頭原有幾套舊衣衫正在縫補，那小夥子一來，早就拋在一旁，不再理會，這時正好合王語嫣之用。

那農家青年畏畏縮縮的偷看段譽，兀自手足無措。段譽笑問：「大哥，你貴姓？」那青年道：「我……我貴姓金。」段譽道：「原來是金大哥。」那青年道：「勿是格。我叫金阿二，金阿大是我阿哥。」段譽道：「嗯，是金二哥。」

剛說到這裏，忽聽得馬蹄聲響，十餘騎向著碾坊急奔而來，段譽吃了一驚，跳起身來，叫道：「王姑娘，敵人追來啦！」王語嫣在那農女相助之下，剛除下上身衣衫，絞乾了濕衣，正在抹拭，馬蹄聲她也聽到了，心下惶急，沒做理會處。

幾乘馬來得好快，片刻間到了門外，有人叫道：「這匹馬是咱們的，那小子和妞兒躲在這裏。」王語嫣和段譽一在閣樓，一在樓下，同時暗暗叫苦，均想：「先前將馬牽進碾坊來便好了。」但聽得砰的一聲響，有人踢開板門，三四名西夏武士闖了進來。

段譽一心保護王語嫣，飛步上樓。王語嫣不及穿衣，只得將一件濕衣擋在胸前。她中毒後手足酸軟，左手拿著濕衣只提到胸口，便又垂了下來。段譽急忙轉身，驚道：「對不起，冒犯了姑娘，失禮，失禮！」王語嫣急道：「怎麼辦啊？」

只聽得一名武士問金阿二道：「那小妞兒在上面麼？」金阿二道：「你問人家姑娘作啥事體？」那武士砰的一拳，打得他跌出丈餘。金阿二性子倔強，破口大罵。

那農女叫道：「阿二哥，阿二哥，勿要同人家尋相罵。」她關心愛侶，下樓相勸。不料那武士單刀一揮，已將金阿二的腦袋劈成兩半。那農女一嚇之下，從木梯上骨碌碌的滾了下來。另一名武士一把抱住，獰笑道：「這小妞兒自己送上門來。」嗤的一聲，已撕破了她衣衫。那農女伸手在他臉上狠狠一抓，登時抓出五條血痕。那武士大怒，使勁一掌，打在她胸口，只打得她肋骨齊斷，立時斃命。

段譽聽得樓下慘呼之聲，探頭看去，見這對農家青年霎時間死於非命，心下難過，暗道：「都是我不好，累得你們雙雙慘亡。」見那武士搶步上梯，忙將木梯向外推開。木梯虛架在樓板之上，便向外倒去。那武士搶先躍落，接住木梯，又架到樓板上來。段譽又欲去推，另一名武士右手一揚，一枝袖箭向他射來。段譽不會躲避，噗的一聲，袖箭釘入了他左肩。第一名武士乘著他伸手按肩，已架好木梯，一步三級的竄了上來。

王語嫣坐在段譽身後穀堆上，見到這武士出掌擊死農女，以及在木梯縱下竄上的身法，說道：「你用右手食指，點他小腹『下脘穴』。」段譽在大理學那北冥神功和六脈神劍之時，於人身的各個穴道記得清清楚楚，剛聽得王語嫣呼叫，那武士左足已踏上了樓頭，其時那有餘裕多想，一伸食指，便往他小腹「下脘穴」點去。那武士這一竄之際，小腹間門戶洞開，大叫一聲，向後直摜出去，從半空摔了下來，便即斃命。

段譽叫道：「奇怪，奇怪！」只見一名滿腮虬髯的西夏武士舞動大刀護住上身，又登木梯搶上，段譽急問：「點他那裏？點他那裏？」王語嫣驚道：「啊喲，不好！」段譽道：「怎麼不好？」王語嫣道：「他刀勢勁急，你如點他胸口『膻中穴』，手指沒碰到穴道，手臂已先給他砍下來了。」

她剛說得這幾句話，那虬髯武士已搶上了樓頭。段譽一心只在保護王語嫣，不及想自己的手臂會不會遭砍，右手伸出，急運內勁，伸指往他胸口「膻中穴」點去。那武士舉刀向他手臂砍來，刀未砍至，段譽指勁已到，那武士「啊」的一聲大叫，仰面翻跌下去，胸口一個小孔中鮮血激射而出，射得有兩尺來高。王語嫣和段譽都又驚又喜，誰也沒料到這一指之力竟如此厲害。

段譽於頃刻間連斃兩人，其餘的武士便不敢再上樓來，聚在樓下商議。

王語嫣道：「段公子，你先將肩頭的袖箭拔掉。」段譽大喜，心想：「她居然也關懷到我肩頭的箭傷。」伸手拔出了袖箭。這枝箭深入寸許，已碰到肩骨，這麼用力一拔，原本十分疼痛，他心喜之下，並不如何在意，說道：「王姑娘，他們又要攻上來了，你想如何對付才是？」一面說，一面轉頭向著王語嫣，驀地見到她衣衫不整，急忙回頭，說道：「啊喲，對不起！」王語嫣羞得滿臉通紅，偏又無力穿衣，靈機一動，便去鑽在稻穀堆裏，只露出了頭，笑道：「不要緊了，你轉過頭來罷。」

段譽慢慢側身，全神提防，只要見到她衣衫不甚妥貼，露出肌膚，便即轉頭相避，正斜過半邊臉孔，一瞥眼間，只見窗外有一名西夏武士站在馬背之上，探頭探腦的要跳進屋來，忙道：「這邊有敵人！」

王語嫣心想：「不知這人的武功家數如何。」說道：「你用袖箭擲他。」

段譽依言揚手，將手中袖箭擲了出去。他發射暗器全然外行，袖箭擲出時沒半點準頭，離那人的腦袋少說也有兩尺。那武士本來不用理睬，但段譽這一擲之勢手勁極強，一枝小小袖箭飛出時嗚嗚聲響，那武士吃了一驚，矮身相避，在馬鞍上縮成一團。

王語嫣伸長頭頸，瞧得清楚，說道：「他是西夏人摔角好手，讓他扭住你，你手掌在他天靈蓋上一拍，那便贏了。」段譽道：「這個容易。」走到窗口，只見那武士從馬鞍上踴身躍起，撞破窗格，衝了進來。段譽大叫：「你來幹甚麼？」那武士不懂漢語，瞪眼相視，左手探出，已扭住段譽胸口。這人身手也眞快捷，一扭之後，跟著手臂上挺，將段譽舉在半空。段譽反手出掌，啪的一聲，正中他腦門。那武士本想將段譽舉往樓板上重重摔落，摔他個半死，不料這一掌下來，早將他擊得頭骨碎裂而死。

段譽又殺了一人，不由得心中發毛，越想越害怕，大叫：「我不想再殺人了！要我再殺人，可下不了手啦，你們快快走罷！」用力推出，將這摔角好手的屍身拋了下去。

追尋到碾坊來的西夏武士共十五人，此刻尚餘十二人，其中四人是一品堂的好手，兩個漢人，兩個西夏人。那四名好手見段譽的武功一會兒似乎高強無比，一會兒又似幼稚可笑，當眞說得上「深不可測」，都不敢輕舉妄動，聚在一起，輕聲商議進攻之策。另外八名西夏武士卻另有計較，搬攏碾坊中的稻草，便欲縱火。

王語嫣驚道：「不好了，他們要放火！」段譽頓足道：「那怎麼辦？」眼見碾坊的大水輪爲溪水推動，不停的轉上來，又轉將下去，他心中也如水輪之轉。

只聽得一名漢人叫道：「大將軍有令，那小姑娘須當生擒，不可傷了她性命，暫緩縱火。」隨又提高聲音叫道：「喂，小雜種和小姑娘，快快下來投降，否則我們可要放火了，將你們活活的燒成兩隻燒豬。」他連叫三遍，段譽和王語嫣只是不睬。那人取過火摺打著了火，點燃一把稻草，舉在手中，說道：「你們再不降服，我便生火了。」說著揚動火種，作勢要投向稻草堆。

段譽見情勢危急，說道：「我去攻他個措手不及。」跨步踏上了水輪。水輪甚巨，徑逾兩丈，比碾坊的屋頂還高。段譽雙手抓住輪上葉子板，隨著輪子轉動，慢慢下降。

那人還在大呼小叫，喝令段譽和王語嫣歸服，不料段譽已悄悄從閣樓上轉了下來，伸指便往他背心點去。他使的是「六脈神劍」中的商陽劍劍法，原應一指得手，不料他偷襲敵人，自己先已提心吊膽，氣勢不壯，這眞氣內力便發不出來。他內力能否發出，純靠一股心意之力，若不是全心全意的運使，便發不出勁。那人只覺得背心上有甚麼東西輕觸了一下，回過頭來，見段譽正在向自己指指點點。

那人親眼見到段譽連殺三人，見他右手亂舞亂揮，又在使甚邪術，心下頗爲忌憚，忙向左躍開。段譽又出一指，仍全無動靜，不知所云。那人喝道：「臭小子，你鬼鬼祟祟的幹甚麼？」左手箕張，向他頂門抓來。段譽身子急縮，雙手亂抓，恰好攀住水輪，給輪子帶了上去。那人一抓落空，噗的一聲，木屑紛飛，將水輪葉子板抓了個大缺口。

王語嫣道：「你繞到他背後，攻他背心第七椎節之下的『至陽穴』，他便要糟。這人是晉南虎爪門的弟子，功夫練不到至陽穴。」

段譽在半空中叫道：「那好極了！」攀著水輪，又降到了碾坊大堂。

西夏眾武士不等他雙足著地，便有三人同時出手抓去。段譽右手連搖，道：「在下寡不敵眾，好漢打不過人多，我只鬥他一人。」說著斜身側進，踏著「凌波微步」的步子，閃得幾閃，已欺到那人身後。段譽見三人緊跟攻來，心慌意亂，喝一聲：「著！」發力點出，嗤嗤聲響，正中那人「至陽穴」。那人哼也不哼，撲地即死。

段譽不知此人死活，心中歉然，想再攀水輪升到王語嫣身旁，卻來不及了，一名西夏武士攔住他退路，舉刀劈來。段譽叫道：「啊喲，糟糕！韃子兵斷我後路。十面埋伏，兵困垓下，大事糟矣！」向左斜跨，那一刀便砍了個空。碾坊中十一人將他團團圍住，刀劍齊施。

段譽大叫：「王姑娘，來生再見了。段譽四面楚歌，自身難保，只好先去黃泉路上等你。」他嘴裏大呼小叫，狼狽萬狀，腳下的「凌波微步」步法卻巧妙無比。

王語嫣看得出了神，問道：「段公子，你腳下走的可是『凌波微步』麼？我只聞其名，不知其法。」段譽喜道：「是啊，是啊！姑娘要瞧，我這便從頭至尾演一遍給你看，不過能否演得到底，卻要瞧我腦袋的造化了。」當下將從卷軸上學來的步法，從第一步起始，邁步走出。

那十一名西夏武士飛拳踢腿，揮刀舞劍，竟沒法沾得上他一片衣角。十一人哇哇大叫：「喂，你攔住這邊！」「你守東北角，下手不可容情。」「啊喲，不好，小王八蛋從這裏溜出去了。」

段譽前一腳，後一步，在水輪和杵臼旁亂轉。王語嫣雖然聰明博學，卻也瞧不出個所以然來，叫道：「你躲避敵人要緊，不用演給我看。」段譽道：「良機莫失！此刻不演，我一命嗚呼之後，你可見不到了。」

他不顧自己生死，務求從頭至尾，將這套「凌波微步」演給心上人觀看。那知痴情人有痴情福，他若待見敵人攻來，再以巧妙步法閃避，一來他不懂武功，對方高手出招虛虛實實，變化難測，他如存心閃避，定然閃避不了；二來敵人共有十一個之多，躲得了一個，躲不過第二個，躲得了兩個，躲不開第三個。但他自管自踏步，對敵人全不理會，變成十一名敵人個個向他追擊。這「凌波微步」每一步都踏在別人決計意想不到之處，眼見他右足向東跨出，不料踏實之時，身子卻已在西北角上。十一人越打越快，但十分之九的招數都遞向自己人身上，其餘十分之一則落了空。

阿甲、阿乙、阿丙見段譽站在水輪之旁，拳腳刀劍齊向他招呼，而阿丁、阿戊、阿己的兵刃自也是攻向他所處的方位。段譽身形閃處，突然轉向，乒乒乓乓、叮噹嗆啷，阿甲、阿乙、阿丙、阿丁……各人兵刃交在一起，你擋架我，我擋架你。有幾名西夏武士手腳稍慢，反爲自己人所傷。

王語嫣只看得數招，便已知其理，叫道：「段公子，你的腳步巧妙繁複，一時之間我瞧不清楚。最好請你踏完一遍，再踏一遍。」段譽道：「行！你吩咐甚麼，我無不依從。」堪堪八八六十四卦的方位踏完，他又從頭走了起來。

王語嫣尋思：「段公子性命暫可無礙，卻如何方能脫此困境？我上身不穿衣衫，眞羞也羞死了。唯有設法指點段公子，讓他將十一個敵人一一擊斃。」當下不再去看段譽的步法，轉目端詳十一人的武功家數。

忽聽得喀的一聲響，有人將木梯擱到了樓頭，一名西夏武士又要登樓。十一人久戰段譽不下，領頭的西夏人便吩咐下屬，先將王語嫣擒住了再說。

王語嫣吃了一驚，叫了起來：「啊喲！」

段譽聽到叫聲，一瞥之間，見一名西夏武士正登梯上樓，忙問：「打他那裏？」王語嫣道：「抓『志室穴』最妙！」段譽搶步上前，一把抓到他後腰「志室穴」，也不知如何處置才好，隨手擲出，正好將他投入了碾米的石臼之中。一個兩百來斤的石杵爲水輪帶動，一直在不停舂擊，一杵一杵的舂入石臼，石臼中的穀粒早已舂成極細米粉，但無人照管，石杵仍如常下擊。那西夏武士身入石臼，石杵舂將下來，砰的一聲，打得他腦漿迸裂，血濺米粉。

那西夏高手不住下令催促，又有三名西夏武士爭先上梯。王語嫣叫道：「一般辦理！」段譽伸手又抓住一人的「志室穴」，使勁擲出，又將他拋入了石臼。這一次有意拋擲，用勁反不如上次恰到好處，落點不準，石杵舂下時打在那人腰間，慘呼之聲擾人心魄，一時卻不得便死。石杵舂一下，那人慘叫一聲。

段譽一呆，另外兩名西夏武士已從木梯爬上。段譽驚叫：「使不得，快下來！」左手手指亂指亂點，他心中惶急，眞氣激盪，六脈神劍的威力施發出來，嗤嗤兩劍，戳在兩人背心。那兩人登時摔下。

餘下七名西夏武士見段譽空手虛點，便能殺人，這功夫委實聞所未聞。他們不知段譽這門功夫並非從心所欲，眞要使時，未必能夠，情急之下誤打誤撞，卻往往見功。七人都已大有怯意，但說就此退去，卻又心有不甘。

王語嫣居高臨下，對大堂中戰鬥瞧得淸淸楚楚，見敵方雖只賸下七人，然其中三人武功了得，那西夏人吆喝指揮，隱然是這一批人的首領，叫道：「段公子，你先去殺了那穿黃衣戴皮帽之人，要設法打他後腦『玉枕』和『天柱』兩處穴道。」

段譽道：「遵命！」向那人衝去。

那西夏人暗暗心驚：「玉枕和天柱兩處穴道，正是我罩門所在，這小姑娘怎會知道？」見段譽衝到，當即單刀橫砍，不讓他近身。段譽連衝數次，沒法走到他身後，險些反爲他單刀所傷。總算那人聽了王語嫣的呼喝後心有所忌，一意防範自己腦後罩門，否則段譽已大大不妙。段譽叫道：「王姑娘，這人好厲害，我走不到他背後。」

王語嫣道：「那個穿灰袍的，罩門是在頭頸的『廉泉穴』。那個黃鬍子，我瞧不出他武功家數，你向他胸口戳幾指看。」段譽道：「遵命！」連連伸指向那人胸口點去。他這幾指手法雖對，卻勁力全無，但那黃鬍子如何知道？忙矮身躲了三指，待得段譽第四指點到，他凌空躍起，從空中搏擊而下，掌力凌厲，將段譽全身都罩住了。

段譽只感呼吸急促，頭腦暈眩，大駭之下，閉著眼睛雙手亂點，嗤嗤嗤嗤響聲不絕，少商、商陽、中衝、關衝、少衝、少澤，六脈神劍齊發，那黃鬍子身中六洞，但掌勢不消，啪的一響，一掌擊在段譽肩頭。其時段譽全身真氣激盪，這一掌力道雖猛，在他渾厚的內力抗拒之下，竟傷他不得半分，反將那黃鬍子彈出丈餘。

王語嫣卻不知他未曾受傷，驚道：「段公子，你沒事麼？可受了傷？」

段譽睜開眼來，見那黃鬍子仰天躺在地下，胸口小腹的六個小孔之中鮮血直噴，臉上神情猙獰，一對眼睛睜得大大的，惡狠狠的瞧著自己，兀自未曾氣絕。段譽嚇得一顆心怦怦亂跳，叫道：「我不想殺你，是你自己……自己找上我來的。」腳下仍踏著凌波微步，在大堂中快步疾走，雙手不住的抱拳作揖，向餘下的六人道：「各位英雄好漢，在下段譽跟你們往日無怨，近日無仇，請你們網開一面，這就出去罷。我……我……實在不敢再殺人了。這……這……弄死這許多人，有失慈悲之道，實在大大不對。你們快快退去罷，算我段譽輸了，求……求你們高抬貴手。」

一轉身間，忽見門邊站著一個西夏武士，也不知是甚麼時候進來的，這人中等身材，服色和其餘西夏武士無異，只臉色蠟黃，木無表情，就如死人一般。段譽心中一寒：「這是人是鬼？莫非……莫非……給我打死的西夏武士陰魂不散，冤鬼出現？」顫聲道：「你……你是誰？想……想幹甚麼？」

那西夏武士挺身站立，既不答話，也不移動身子，段譽一斜身，反手抓住身旁一名西夏武士後腰的「志室穴」，向那怪人擲去。那人微一側身，砰的一聲，那西夏武士的腦袋撞在牆上，頭蓋碎裂而死。段譽吁了口氣，道：「你是人，不是鬼。」

這時除了那新來的怪客之外，西夏武士已只賸下了五人，其中一名西夏人和一名漢人是「一品堂」的好手。餘下三名尋常武士見己方人手愈鬥愈少，均萌退志，一人走向門邊，便去推門。那西夏好手喝道：「幹甚麼？」唰唰唰三刀，向段譽砍去。

段譽見青光霍霍，對方的利刀不住在面前晃動，隨時隨刻都會剁到自己身上，心中怕極，叫道：「你……你這般橫蠻，我可要打你玉枕穴和天柱穴了，只怕你抵敵不住，我勸你還是……還是乘早收兵，大家好來好散的爲妙。」那人不理他恐嚇，刀招愈來愈緊，刀刀不離段譽要害。若不是段譽腳下也加速移步，每一刀都能要了他性命。

那漢人好手一直退居在後，此刻見段譽苦苦哀求，除了盡力閃避，再無還手餘地，靈機一動，搶到石臼旁，抓起兩把已碾得極細的米粉，向段譽面門擲去。段譽步法巧妙，這兩下自是擲他不中。那大漢兩把擲出，跟著又是兩把，再是兩把，大堂中米粉糠屑，四散飛舞，頃刻間如煙似霧。

段譽大叫：「糟糕，糟糕！我這可瞧不見啦！」王語嫣也知情勢凶險，心想段譽所以能在數名好手間安然無損，全仗了那神妙無方的凌波微步。敵人向他發招攻擊，始終是瞻之在前，忽焉在後，兵刃拳腳的落點和他身子間總是有尺寸之差，現下大堂中米粉糠屑瀰漫，衆人任意發招，這一盲打亂殺，便極可能撞中在他身上。要是衆武士一上來便不理段譽身在何處，自顧自施展一套武功，早將他砍成十七廿八塊了。

段譽雙目給米粉糠屑矇住了，睜不開來，狠命躍起，剛好落在水輪邊上，攀住水輪葉子板，漸漸昇高。只聽得「啊、啊」兩聲慘呼，兩名西夏武士已遭那西夏好手亂刀誤砍而死。跟著叮噹兩聲，有人喝道：「是我！」另一人道：「小心，是我！」是那西夏好手和漢人好手刀劍相交，拆了兩個回合。接著「啊」的一聲慘叫，最後一名西夏武士不知給誰踢中要害，向外飛出，臨死時的叫喊，令段譽毛骨悚然，全身發抖。他顫聲叫道：「喂喂，你們人數越來越少，何必再打？殺人不過頭點地，我向你們求饒，也就是了。」

那漢人從聲音中辨別方位，右手揮出，一枚鋼鏢向他射來，這一鏢來勢本來甚準，但水輪不停轉動，待得鋼鏢射到，輪子已帶著段譽下降，啪的一響，鋼鏢將他袖子一角釘在水輪葉子板上。段譽一驚，心想：「我不會躲避暗器，敵人一發鋼鏢袖箭，我總是遭殃。」怯意一盛，手便軟了，五指抓不住水輪葉子板，騰的一聲，摔將下來。

那漢人好手從迷霧中隱約看到，撲上來便抓。段譽記得王語嫣說過要點他「廉泉穴」，但一來在慌亂之中，二來雖識得穴道，平時卻無習練，手忙腳亂的伸指去點他「廉泉穴」，部位全然不準，既偏左，又偏下，竟然點中他「氣戶穴」。「氣戶穴」乃是笑穴，那人眞氣逆了，忍不住哈哈大笑。他一劍又一劍的向段譽刺去，口中卻嘻嘻、哈哈、嘿嘿、呵呵的大笑不已。

那西夏好手問道：「容兄，你笑甚麼？」那漢人沒法答話，只不斷大笑。那西夏人不明就裏，怒道：「大敵當前，你弄甚麼玄虛？」那漢人道：「哈哈，我……這個……哈哈，呵呵……」挺劍朝段譽背心刺去。段譽向左斜走，那西夏好手迷霧中瞧不淸楚，正好也向這邊撞來，兩人一下子便撞了個滿懷。

這西夏人一撞到段譽身子，左手疾翻，已使擒拿手扭住了段譽右臂。他眼見對方之所長全在腳法，這一扭正是取勝良機，右手拋去單刀，迴過來又抓住了段譽左腕。段譽大叫：「苦也！」用力掙扎。但那西夏人兩手便如鐵箍相似，卻那裏掙扎得脫？

那漢人笑聲不停，瞧出便宜，挺劍便向段譽背心疾刺而下。那西夏人暗想：「不妙！他這一劍刺入數寸，正好取了敵人性命。但如他不顧義氣，要獨居其功，說不定刺入尺許，便連我也刺死了。」當即拖著段譽，退了一步。

那漢人笑聲不絕，搶上一步，欲待伸劍再刺，突然砰的一聲，水輪葉子擊中他後腦，將他打得暈了過去。那漢人雖然昏暈，呼吸未絕，仍哈哈的笑個不停，但有氣無力，笑聲十分詭異。水輪緩緩轉去，第二片葉子砰的一下，又在他胸口撞了一下，他笑聲輕了幾分，撞到七八下時，「哈哈、哈哈」之聲，已如夢中打鼾一般。

王語嫣見段譽遭擒，無法脫身，心中焦急之極，又想大門旁尚有一名神色可怖的西夏武士站著，只要他隨手一刀一劍，段譽立時斃命。她驚惶之下，大聲叫道：「你們別傷段公子性命，大家……大家慢慢商量。」

那西夏人牢牢扭住段譽，橫過右臂，奮力壓向他胸口，想壓斷他肋骨，又或逼得他難以呼吸，窒息而死。段譽害怕之極，他給扭住的是左腕和右臂，吸人內力的「北冥神功」使用不上，只得左手拚命伸指亂點，每一指都點到了空處，只感胸口壓力愈來愈重，漸漸喘不過氣來。

正危急間，忽聽得嗤嗤數聲，那西夏好手「啊」的一聲輕呼，說道：「好本事，你終於點中了我的……我的玉枕……」雙手漸漸放鬆，腦袋垂了下來，倚著牆壁而死。

段譽大奇，扳過他身子一看，果見他後腦「玉枕穴」上有一小孔，鮮血汩汩流出，這傷痕正是自己六脈神劍所創。他一時想不明白，不知自己在緊急關頭中功力凝聚，一指點出，眞氣衝上牆壁，反彈過來，擊中了那西夏好手的後腦。段譽一共點了數十指，從牆壁上一一反彈在對方背後各處。但那西夏人功力旣高，而眞氣的反彈之力又已大爲減弱，損傷不到他分毫，可是最後一股眞氣恰好反彈到他的「玉枕穴」上。那「玉枕穴」是他罩門所在，最是柔嫩，眞氣雖弱，一撞之下還是立時送命。

段譽又驚又喜，放下那西夏人屍身，叫道：「王姑娘，敵人都打死了！」

忽聽得身後一個冷冰冰的聲音說道：「未必都死了！」段譽一驚回頭，見是那個神色木然的西夏武士，心想：「我倒將你忘了。我一抓你志室穴，便能殺你。」笑道：「老兄請快去罷，我決不能再殺你。」那人道：「你有本事殺我麼？」語氣傲慢。段譽實不願再多殺傷，抱拳道：「在下不是你老兄對手，請你手下容情，饒過我罷！」

那西夏武士道：「你這幾句話說得嬉皮笑臉，全無求饒的誠意。段家一陽指和六脈神劍馳名天下，再得這位姑娘指點要訣，果然非同小可。在下領教你高招。」這幾句話每個字都平平吐出，既無輕重高低，亦無抑揚頓挫，聽來十分不慣，想來他是外國人，雖識漢語，遣詞用句倒是不錯，聲調就顯得十分彆扭了。

段譽天性不喜武功，今日殺了這許多人，實爲情勢所迫，無可奈何，說到打架動手，當眞可免則免，於是一揖到地，誠誠懇懇的道：「閣下責備甚是，在下求饒之意不敬不誠，這裏謝過。在下從未學過武功，適才傷人，盡屬僥倖，但得苟全性命，已心滿意足，如何還敢逞強爭勝？」

那西夏武士嘿嘿冷笑，說道：「你從未學過武功，卻在舉手之間，盡殲西夏一品堂中的四位高手，又殺武士一十一人。倘若學了武功，武林之中，還有噍類麼？」

段譽自東至西的掃視一過，但見碾房中橫七豎八的都是屍首，一個個身上染滿了血污，不由得難過之極，掩面道：「怎……怎地我殺了這許多人？我……我實在不想殺人，那怎麼辦？怎麼辦？」那人冷笑數聲，斜目睨視，瞧他這幾句話是否出於本心。

段譽垂淚道：「這些人都有父母妻兒，不久之前個個還如生龍活虎一般，卻都給我害死了，我……我……如何對得起各位仁兄？」說到這裏，不禁搥胸大慟，淚如雨下，嗚嗚咽咽的道：「他們未必眞的想要殺我，只不過奉命差遣，前來拿人而已。我跟他們素不相識，焉可遽下毒手？」他心地本來仁善，自幼唸經學佛，便螻蟻也不敢輕害，豈知今日竟闖下這等大禍來。

那西夏武士冷笑道：「你假惺惺的貓哭老鼠，就想免罪麼？」段譽收淚道：「不錯，人也殺了，罪也犯下了，哭泣又有何益？我得好好將這些屍首埋葬了才是。」

王語嫣心想：「這十多具屍首一一埋葬，不知要花費多少時候。」叫道：「段公子，只怕再有大批敵人到來，咱們及早遠離爲是。」段譽道：「是！」轉身便要上梯。

那西夏武士道：「你還沒殺我，怎地便走？」段譽搖頭道：「我不能殺你。再說，我也不是你對手。」那人道：「咱們沒打過，你怎知不是我對手？王姑娘將『凌波微步』傳了給你，嘿嘿，果然與衆不同。」段譽本想說「凌波微步」並非王語嫣所授，但又想這種事何必和外人多言，只道：「是啊，我本來不會甚麼武功，全蒙王姑娘出言指點，方脫大難。」那人道：「很好，我等在這裏，你去請她指點殺我的法門。」

段譽道：「我不想殺你。」那人道：「你不殺我，我便殺你。」拾起地下一柄單刀，突然之間，大堂中白光閃動，丈餘圈子之內，全是刀影。段譽還沒來得及跨步，便已給刀背在肩頭重重敲了一下，「啊」的一聲，腳步踉蹌。他腳步一亂，那人乘勢直上，單刀的刃鋒已架在他後頸。段譽大駭，只有呆立不動。那人道：「你快去請教你師父，瞧她用甚麼法子殺我。」說著收回單刀，右腿微彈，砰的一下，將段譽踢了個觔斗。

王語嫣叫道：「段公子，快上來。」段譽道：「是！」攀梯而上，回頭看時，只見那人收刀而坐，臉上仍是一副殭屍般的木然神情，顯然渾不將他當作一回事，決計不會乘他上梯時在背後偷襲。段譽上得閣樓，低聲道：「王姑娘，我打他不過，咱們快想法子逃走。」王語嫣道：「他守在下面，咱們逃不了的。請你拿這件衫子過來。」

段譽道：「是！」伸手取過那農家女留下的一件舊衣。王語嫣道：「閉上眼睛，走過來。好！停住。給我披在身上，不許睜眼。」段譽一一照做。他原是志誠君子，對王語嫣又當天神一般崇敬，自絲毫不敢違拗，只是想到她衣不蔽體，一顆心不免怦怦而跳。

王語嫣待他給自己披好衣衫，說道：「行了。扶我起來。」段譽沒聽到她可以睜眼的號令，仍緊閉著雙眼，聽她說「扶我起來」，便伸出右手，不料一下便碰到她臉頰，只覺觸處柔膩滑嫩，不禁一驚，急忙縮手，連聲道：「對不起，對不起！」

王語嫣當要他替自己披上衣衫之時，早羞得雙頰通紅，這時見他閉了眼睛，伸掌在自己臉上亂摸，更加害羞，道：「喂，我叫你扶我起來啊！」段譽道：「是！是！」眼睛既緊緊閉住，一雙手就不知摸向那裏好，生怕碰到她身子，不由得手足無措，十分狼狽。王語嫣也心神激盪，隔了良久，才想到要他睜眼，嗔道：「你怎麼不睜眼？」

那西夏武士在下面嘿嘿冷笑，說道：「我叫你去學了武功來殺我，卻不是叫你二人打情罵俏，動手動腳。」

段譽睜開眼來，但見王語嫣的臉蛋便在他眼前，相距不過數寸，玉頰如火，嬌羞不勝，早是痴了，怔怔的凝視著她，西夏武士那幾句話全沒聽見。王語嫣道：「你扶我起來，坐在這裏。」段譽忙道：「是！是！」誠惶誠恐的扶著她身子，讓她坐上一張板櫈。

王語嫣雙手顫抖，勉力拉著身上衣衫，低頭凝思，過了半晌，說道：「他不露自己武功家數，我……我不知道怎樣才能打敗他。」段譽問道：「他很厲害，是不是？」王語嫣道：「適才他跟你動手，一共使了一十七種不同派別的武功。」段譽奇道：「甚麼？只這麼一會兒，便使了一十七種不同的武功？」

王語嫣道：「是啊！他剛才使單刀圈住你，東砍那一刀，是少林寺的降魔刀法；西劈那一刀，是廣西黎山洞黎老漢的柴刀十八路；迴轉而削的那一刀，又變作了江南史家的『迴風拂柳刀』。此後連使一十一刀，共是一十一種派別的刀法。後來反轉刀背，在你肩頭擊上一記，這是寧波天童寺心觀老和尚所創的『慈悲刀』，只制敵而不殺人。他用刀架在你頸中，那是本朝金刀楊老令公上陣擒敵的招數，是『後山三絕招』之一，本是長柄大砍刀的招數，他改而用於單刀。最後飛腳踢你個觔斗，那是西夏回人的彈腿。」她一招一招道來，當眞如數家珍，盡皆說明其源流派別，段譽聽著卻一竅不通，瞠目以對，無置喙之餘地。

王語嫣側頭想了良久，道：「你打他不過的，認了輸罷。」

段譽道：「我早就認輸了。」提高聲音說道：「喂，我無論如何打你不過，老兄肯不肯就此罷休？」那西夏武士冷笑道：「要饒你性命，那也不難，只須依我一件事。」段譽忙問：「甚麼事？」那人道：「自今而後，你一見到我面，便須爬在地下，向我磕三個響頭，高叫一聲：『大老爺饒了小的狗命！』」

段譽一聽，氣往上衝，說道：「士可殺而不可辱，要我向你磕頭求饒，再也休想，你要殺，現下就殺便是。」那人道：「你當眞不怕死？」段譽道：「怕死自然是怕的，可是每次見到你便跪下磕頭，那還成甚麼話？」那人冷笑道：「見到我便跪下磕頭，也不見得如何委屈了你。要是我日後做了中原皇帝，你見了我是不是要跪下磕頭？」

王語嫣聽他說「要是我日後做了中原皇帝」，心中一凜：「怎麼他也說這等話？」

段譽道：「見了皇帝磕頭，那又是另一回事。這是行禮，可不是求饒。」

那西夏武士道：「如此說來，我這條款你是不答允了？」段譽搖頭道：「對不起之至，歉難從命，萬乞老兄海涵一二。」那人道：「好，你下來罷，我一刀殺了你。」段譽向王語嫣瞧了一眼，心下難過，說道：「你既一定要殺我，那也無法可想，不過我也有一件事相求。」那人道：「甚麼事？」段譽道：「這位姑娘身中奇毒，肢體乏力，不能行走，請你行個方便，將她送回太湖曼陀山莊她的家裏。」

那人哈哈一笑，道：「我為甚麼要行這個方便？西夏征東大將軍頒下將令，是誰擒到這位博學多才的姑娘，賞賜黃金千兩，官封萬戶侯。」段譽道：「這樣罷，我寫下一封書信，你將這位姑娘送回她家中之後，便可持此書信，到大理國去取黃金五千兩，萬戶侯也照封不誤。」那人哈哈大笑，道：「你當我是三歲小孩子？你是甚麼東西？憑你這小子一封書信，便能給我黃金五千兩，官封萬戶侯？」

段譽心想此事原也難以令人入信，一時無法可施，雙手連搓，說道：「這……這……怎麼辦？我死不足惜，若讓小姐流落異鄉，身入匪人之手，我可萬死莫贖了。」

王語嫣聽他說得真誠，不由得也有些感動，大聲向那西夏人道：「喂，你若對我無禮，我表哥來給我報仇，定要攪得你西夏國天翻地覆，鷄犬不安。」那人道：「你表哥是誰？」王語嫣道：「我表哥是中原武林中大名鼎鼎的慕容公子，『姑蘇慕容』的名頭，想來你也聽到過。『以彼之道，還施彼身』，你對我不客氣，他會加十倍的對你不客氣。」

那人冷笑道：「慕容公子倘若見到你跟這小白臉如此親熱，怎麼還肯為你報仇？」

王語嫣滿臉通紅，說道：「你別瞎說，我跟這位段公子半點也沒……沒甚麼……」轉過話頭，問道：「喂，軍爺，你尊姓大名啊，敢不敢說與我知？」

那西夏武士道：「有甚麼不敢？本官行不改姓，坐不改名，西夏李延宗便是。」

王語嫣道：「嗯，你姓李，那是西夏的國姓。」

那人道：「豈但是國姓而已？精忠報國，呑遼滅宋，既除吐蕃，再併大理。」

段譽道：「閣下志向倒也不小。李將軍，我跟你說，你精通各派絕藝，要練成武功天下第一，並非難事，但要混壹天下，並非武功天下第一便能辦到。」

李延宗哼了一聲，並不答話。

王語嫣道：「就說要武功天下第一，你也未必能夠。」李延宗道：「何以見得？」王語嫣道：「當今之世，單以我所見，便有二人的武功遠遠在你之上。」李延宗踏上一步，仰起了頭，問道：「是那二人？」王語嫣道：「第一位是丐幫的前任幫主喬峯喬幫主。」李延宗哼了一聲，道：「名氣雖大，未必名副其實。第二個呢？」王語嫣道：「第二位便是我表哥，江南慕容復慕容公子。」

李延宗搖了搖頭，道：「也未必見得。你將喬峯之名排在慕容復之前，是爲公是爲私？」王語嫣問道：「甚麼爲公爲私？」李延宗道：「若是爲公，因你以爲喬峯的武功確在慕容復之上；若是爲私，則因慕容復與你有親戚之誼，你讓外人排名在先。」王語嫣道：「爲公爲私，都是一樣。我自然盼望我表哥勝過喬幫主，但眼前可還不能。」李延宗道：「眼前雖還不能，那喬峯所精者只是一家之藝，你表哥卻博知天下武學，將來技藝日進，便能武功天下第一了。」王語嫣嘆了口氣，說道：「那還是不成。到得將來，武功天下第一的，多半便是這位段公子了！」

李延宗仰天打個哈哈，說道：「你倒會說笑。這書獃子不過得你指點，學會了一門『凌波微步』，難道靠著抱頭鼠竄、龜縮逃生的本領，便能武功天下第一麼？」

王語嫣本想說：「他這『凌波微步』的功夫非我所授。他內力雄渾，根基厚實，無人可及。」但轉念一想：「這人似乎心胸狹窄，我若照實說來，只怕他非殺了段公子不可。我且激他一激。」便道：「他若肯聽我指點，習練武功，那麼三年之後，要勝過喬幫主或許仍然不能，要勝過閣下，卻易如反掌。」

李延宗道：「很好，我信得過姑娘之言。與其留下個他日的禍胎，不如今日一刀殺了。段公子，你下來罷，我要殺你了。」段譽忙道：「我當然不下來。你……你也不可上來，以免兩誤。」

王語嫣沒想到弄巧反拙，此人竟不受激，只得冷笑道：「原來你是害怕，怕他三年之後勝過了你。」李延宗道：「你使激將之計，要我饒他性命，嘿嘿，我李延宗是何等樣人，豈能輕易上當？要我饒他性命不難，我早有話在先，只須每次見到我磕頭求饒，我決不殺他。」

王語嫣向段譽瞧瞧，心想磕頭求饒這種事，他是決計不肯做的，爲今之計，只有死中求生，低聲問道：「段公子，你手指中的劍氣，有時靈驗，有時不靈，那是甚麼緣故？」段譽道：「我不知道。」王語嫣道：「你最好奮力一試，用劍氣刺他右腕，先奪下他的長劍，然後緊緊抱住了他，使出『六陽融雪功』來，消除他的功力。」段譽奇道：「甚麼『六陽融雪功』？」王語嫣道：「那日在曼陀山莊，你制服嚴媽媽救我之時，不是使過這門你大理段氏的神功麼？」段譽這才省悟。那日王語嫣誤以爲他的「北冥神功」是武林中衆所不齒的「化功大法」，自己一時不及解說，隨口說道這是他大理段氏家傳之學，叫做「六陽融雪功」。他信口胡謅，早已忘了，王語嫣卻於天下各門各派的武功無一不牢牢記在心中，何況這等了不起的奇功？

段譽點了點頭，心想除此之外，確也更無別法，但這法門實在毫無把握，總之是凶多吉少，於是整理了一下衣衫，說道：「王姑娘，在下無能，不克護送姑娘回府，實在慚愧抱憾。他日姑娘榮歸寶府，與令表兄成親大喜，勿忘了在曼陀山莊在下手植的那幾株茶花之旁，澆上幾杯酒漿，算是在下喝了你的喜酒。」

王語嫣聽到他說自己將來可與表哥成親，自是歡喜，但見他這般的出去讓人宰割，心下也是不忍，淒然道：「段公子，你的救命大恩，我有生之日，決不敢忘。」

段譽心想：「與其將來眼睜睜瞧著你和慕容公子成親，我傷心發狂，苦受煎熬，難以活命，還不如今日爲你而死，落得個心安理得。」回頭向她微微一笑，一步步從梯級走了下去，忽然心中轉過一個念頭：「倘若婉妹見到我如此走向死地，她一定會緊緊拉住我不放，說不定還要和我同死。決不會像王姑娘這般泰然自若、漠不在意。」

段譽走到樓下，向李延宗瞪了一眼，說道：「李將軍，你既非殺我不可，就動手罷！」說著一步踏出，跨的正是「凌波微步」。李延宗單刀舞動，唰唰唰三刀砍去，使的又是另外三種不同派別的刀法。王語嫣也不以爲奇，心想兵刃之中，以刀法派別家數最多，武學淵博之士，便連使七八十招，也不致將那一門那一派的刀法重複使到第二招。段譽這「凌波微步」一踏出，端的變幻精奇。李延宗要以刀勢將他圈住，好幾次明明已將他圍住，不知怎的，他竟又如鬼似魅的跨出圈外。王語嫣見段譽這一次居然能夠支持，心下多了幾分指望，只盼他奇兵突出，險中取勝。

段譽暗運功力，要將眞氣從右手五指中迸射出去，但每次總是及臂而止，莫名其妙的縮了回去。原來眞氣乃隨心意而運，段譽並未練過運使內力之法，若非內心惶急，勁力不出。總算他的「凌波微步」已走得熟極而流，李延宗出刀再快，也始終砍不到他身上。

李延宗曾眼見他以希奇古怪的指力連斃西夏高手，此刻見他又在指指劃劃，裝神弄鬼，自不知他是內力使不出來，還道是行使邪術之前唸咒施法，心想他諸般法門做齊，符咒念畢，這殺人於無形的邪術便要使出來了，不禁心中發毛，尋思：「這人除了腳法奇異之外，武功平庸之極，但邪術厲害，須當在他使出邪術之前殺了才好。但刀子總是砍他不中，那便如何？」一轉念間，已有計較，突然回手一掌，擊上水輪，將木葉子拍下了一大片，左手抄過，提在手裏，便向段譽腳上擲去。段譽行走如風，這片木板自擲他不中。但李延宗拳打掌劈，將碾坊中各種傢生器皿、竹籮米袋打碎了抓起，一件件都投到段譽腳邊。

碾坊中本已橫七豎八的躺滿了十餘具死屍，再加上這許多破爛傢生，段譽那裏還有落足之地？他那「凌波微步」全仗進退飄逸，有如風行水面，自然無礙，此刻每一步跨去，總是有物阻腳，不是絆上一絆，便是踏上死屍的頭顱身子。「凌波微步」變成了「踏屍蹶步」，這「飄行自在，有如御風」的要訣，那裏還做得到？他知道只消慢得頃刻，立時便送了性命，索性不瞧地下，只按照所練熟的腳法行走，至於一腳高、一腳低，腳底下發出甚麼怪聲、足趾頭踢到甚麼怪物，那是全然不顧的了。

王語嫣也瞧出不對，叫道：「段公子，你快奔出大門，自行逃命去罷，在這地方跟他相鬥，不免有性命之憂。」段譽叫道：「姓段的除非給人殺了，那是無法可想，只教有一口氣在，自當保護姑娘周全。」

李延宗冷笑道：「你這人武功膿包，倒是個多情種子，對王姑娘這般情深愛重。」段譽搖頭道：「非也非也。王姑娘是神仙般的人物，我段譽一介凡夫俗子，豈敢說甚麼情，談甚麼愛？她瞧得我起，肯隨我一起出來去尋她表哥，我便須報答她這番知遇之恩。」

李延宗道：「嗯，她跟你出來，是去尋她的表哥慕容公子，那麼她心中壓根兒便沒你這號人物。你如此痴心妄想，那不是癩蝦蟆想吃天鵝肉嗎？哈哈，哈哈！笑死人了！」

段譽並不動怒，一本正經的道：「你說我是癩蝦蟆，王姑娘是天鵝，這比喻很是得當。不過我這頭癩蝦蟆與眾不同，只求向天鵝看上幾眼，心願已足，別無他想。」

李延宗聽他說「我這頭癩蝦蟆與眾不同」，委實忍俊不禁，縱聲大笑，奇在儘管他笑聲響亮，臉上肌肉仍僵硬如恆，絕無半分笑意。段譽曾見過延慶太子這等連說話也不動嘴唇之人，李延宗狀貌雖怪，他也不覺如何詫異，道：「說到臉上木無表情，你和延慶太子相比，可還差得遠，跟他做徒弟也不配。」李延宗道：「延慶太子是誰？」段譽道：「他是大理國高手，你的武功頗不及他。」其實他於旁人武功高低，根本無法分辨，心想反正不久便要死在你手下，不妨多說幾句不中聽的言語，叫你生生氣也是好的。

李延宗哼了一聲，道：「我武功多高多低，你這小子還摸得出底麼？」他口中說話，手裏單刀縱橫翻飛，更加使得緊了。

王語嫣見段譽身形歪斜，腳步忽高忽低，情狀狼狽，叫道：「段公子，你快到門外去，要保護我，在門外也是一樣。」段譽道：「你身子不會動彈，孤身留在此處，我總不放心。這裏死屍很多，你一個女孩兒家，一定害怕，我還是在這裏陪你的好。」王語嫣嘆了口氣，心想：「這人當眞獃得可以，連我怕不怕死屍都顧到了，卻不顧自己轉眼間便要喪命。」

其時段譽腳下東踼西絆，好幾次敵人刀鋒從頭頂身畔掠過，相去僅爲厘毫。他早嚇得索索發抖，不住轉念：「他這麼一刀砍來，砍去我半邊腦袋，可不是玩的。大丈夫能屈能伸，爲了王姑娘，我就跪下磕頭，哀求饒命罷。」心中雖如此想，終究說不出口。

李延宗冷笑道：「我瞧你是怕得不得了，只想逃之夭夭。」段譽道：「生死大事，有誰不怕？一死之後，可甚麼都完了，我逃是想逃的，卻又不能逃。」李延宗道：「爲甚麼？」段譽道：「多說無益。我從一數到十，你再殺我不了，可不能再跟我糾纏不清了。你殺不了我，我也殺不了你，大家牛皮糖，捉迷藏，讓王姑娘在旁瞧著，可有多氣悶膩煩！」他也不等李延宗是否同意，張口便數：「一、二、三……」

李延宗道：「你發甚麼獃？」段譽數道：「四、五、六……」李延宗笑道：「天下居然有你這等無聊之人，委實辱沒了這個『武』字。」呼呼呼三刀連劈。段譽腳步加快，嘴裏數得也更快了：「七、八、九、十、十一、十二、十三……好啦，我數到了十三，你仍殺我不了，居然還不認輸，我看你肚子早就餓了，口也乾了，去無錫城裏松鶴樓喝上幾杯，吃些山珍海味，何等逍遙快活？」眼見對方不肯罷手，便想誘之以酒食。

李延宗心想：「我生平不知會過多少大敵，絕無一人跟他相似。這人說精不精，說傻不傻，武功說高不高，說低不低，實爲生平罕見。跟他胡纏下去，不知伊於胡底？只怕略一疏神，中了他邪術，反將性命送於此處。須得另出奇謀。」他知段譽對王語嫣十分關心，突然抬頭向著閣樓，喝道：「很好，你們快一刀將這姑娘殺了，下來助我。」

段譽大驚，只道眞有敵人上了閣樓，要加害王語嫣，急忙抬頭，便這麼腳下略略一慢，李延宗提腿橫掃，將他踢倒，左足踏住他胸膛，鋼刀架在他頸中。段譽伸指欲點，李延宗右手微微加勁，刀刃陷入他頸中肉裏數分，喝道：「你動一動，我立刻切下了你腦袋。」這時段譽已看清楚閣樓上並無敵人，心中登時寬了，笑道：「原來你騙人，王姑娘並沒危險。」

王語嫣聽他在極大危難之中，還因自己無險而歡喜，叫道：「李將軍，你若殺了他，除非也將我即刻殺死，否則總有一日我會殺了你給段公子報仇。」李延宗一怔，道：「你不是說要你表哥來找我麼？」王語嫣道：「我表哥的武功未必在你之上，我卻有殺你的把握。」李延宗冷笑道：「何以見得？」王語嫣道：「你武學所知雖博，但還及不上我一半。我初時見你刀法繁多，倒也佩服，但看到五十招後，覺得也不過如此，說你一句『黔驢技窮』，似乎刻薄，但總而言之，你所知遠不如我。」

李延宗道：「我所使刀法，迄今未有一招出於同一門派，你如何知道我所知遠不如你？焉知我不是尚有許多武功未曾顯露？」

王語嫣道：「適才你使了青海玉樹派那一招『大漠飛沙』之後，段公子快步而過，你若使太乙派的『羽衣刀』第十七招，再使靈飛派的『清風徐來』，早就將段公子打倒在地了，何必華而不實的去用山西郝家刀法？又何必行奸使詐、騙得他因關心我而分神，這才取勝？我瞧你於道家名門的刀法，全然不知。」李延宗順口道：「道家名門的刀法？」王語嫣道：「正是。我猜你以為道家只擅長劍法，殊不知道家名門的刀法剛中帶柔，另有一功。」

李延宗冷笑道：「你說得當真自負。如此說來，你對這姓段的委實是一往情深。」

王語嫣臉上一紅，道：「甚麼一往情深？我對他壓根兒便談不上個『情』字。只是他既為我而死，我自當決意為他報仇。」

李延宗問道：「你說這話決不懊悔？」王語嫣道：「自然決不懊悔！」

李延宗嘿嘿冷笑，從懷中摸出一個瓷瓶，抛在段譽身上，唰的一聲響，還刀入鞘，身形一晃，已到了門外。但聽得一聲馬嘶，接著蹄聲得得，竟爾騎著馬越奔越遠，就此去了。

段譽站起身來，摸了摸頸中的刀痕，兀自隱隱生痛，當眞如在夢中。王語嫣也大出意料之外。兩人一在樓上，一在樓下，你望望我，我望望你，又歡喜，又詫異。

過了良久，段譽才道：「他去了。」王語嫣也道：「他去了。」段譽笑道：「妙極，妙極！他居然不殺我。王姑娘，你武學上的造詣遠勝於他，他是怕了你。」王語嫣道：「那也未必，他殺你之後，只須又一刀將我殺了，豈非乾乾淨淨？」段譽搔頭道：「這話也對。不過……不過……嗯，他見到你天仙一般的人物，怎敢殺你？」

王語嫣臉上一紅，心想：「你這書獃子當我是天仙，這等心狠手辣的西夏武人，又怎懂得甚麼花容月貌，惜玉憐香？」想到竟在暗中自稱自讚，不禁害羞。

段譽見她忽有嬌羞之意，卻也不知原由，說道：「我拚著性命不要，定要護你周全，不料你固安然無恙，而我一條小命居然也還活了下來，可算便宜之至。」

他向前走得一步，噹的一聲，一個小瓷瓶掉在地下，正是李延宗投在他身上的，拾起一看，見瓶上寫著八個篆字：「悲酥清風，嗅之即解」。段譽沉吟道：「甚麼『悲酥清風』？嗯，多半是解藥。」一拔開瓶塞，一股奇臭難當的氣息直衝入鼻。他頭眩欲暈，晃了一晃，急忙蓋上瓶塞，叫道：「上當，上當，臭之極矣！尤甚於身入鮑魚之肆！」

王語嫣道：「請你拿來給我聞聞，說不定以毒攻毒，當能奏效。」段譽道：「是！」拿著瓷瓶上了閣樓，說道：「這東西奇臭難聞，你眞的要試試？」王語嫣點了點頭。

段譽拔開瓶塞，送到她鼻邊。王語嫣用力嗅了一下，驚道：「啊喲，當眞臭得緊。」

段譽道：「是嗎？我原說多半不管用。」便想將瓷瓶收入懷中。王語嫣道：「給我再聞一下試試。」段譽又將瓷瓶拿到她鼻邊，自己也不知到底盼望解藥有靈還是無靈。

王語嫣皺起眉頭，伸手掩住鼻孔，笑道：「我寧可不會動彈，也不聞這臭東西……啊！我的手，我的手會動了！」原來她在不知不覺之間，右手竟已舉了起來，掩住了鼻孔，在此以前，便要按住身上披著的衣衫，也十分費力，萬分艱難。她欣喜之下，從段譽手中接過瓷瓶，用力吸氣，既知這臭氣極具靈效，那就不再害怕，再吸得幾下，肢體間軟洋洋的無力之感漸漸消失，向段譽道：「請你下去，我要換衣。」

段譽忙道：「是，是！」快步下樓，瞧著滿地都是屍體，除了那一對農家青年之外，盡數是死在自己手下，心下抱憾無窮，自怨自艾，只見一名西夏武士兀自睜大了眼睛瞧著他，當眞死不瞑目。他深深一揖，說道：「我若不殺老兄，老兄便殺了我。那時候躺在這裏睜眼瞪人的，就不是老兄而是段譽了。在下無可奈何，心中卻眞歉仄之至，將來回到大理，定當延請高僧，誦唸經文，超度各位仁兄。」他轉頭向那對農家青年男女的屍體瞧了一眼，回頭又向西夏武士的衆屍說道：「你們要殺的是我，要捉的是王姑娘，卻又何必多傷無辜？」

王語嫣換罷衣衫，拿了濕衣，走下梯來，兀自有些手酸腳軟，見段譽對著一干死屍喃喃不休，笑問：「你說些甚麼？」段譽道：「我殺死了這許多人，心下不安。」

王語嫣沉吟道：「段公子，你想那姓李的西夏武士，爲甚麼要送解藥給我？」

段譽道：「這個……這個……我就不知道了……啊……我知道啦。他……他……」他連說幾個「他」字，本想接著道：「他定是對你起了愛慕之心。」但覺這樣粗魯野蠻的一個西夏武士，居然對王語嫣也起愛慕之心，豈不唐突佳人？她美麗絕倫，愛美之心，人盡皆然，如果人人都愛慕她，我段譽對她這般傾倒又有甚麼珍貴？我段譽還不是和普天下的男子一模一樣？唉，甘心爲她而死，那有甚麼了不起？何況我根本就沒爲她而死，想到此處，又道：「我……我不知道。」

王語嫣道：「說不定又會有大批西夏武士到來，咱們須得急速離開才好。你說到那裏去呢？」她心中所想的自然是去找表哥，但就這麼直截了當的說出來，又覺不好意思。

段譽對她的心事自知道得清清楚楚，說道：「你要去那裏呢？」問這句話時心中大感酸楚，只待她說出「我要去找表哥」，他也只有硬著頭皮說：「我陪你去。」

王語嫣玩弄著手中的瓷瓶，臉上一陣紅暈，道：「這個……這個……」隔了一會，道：「丐幫的衆位英雄好漢都中了這甚麼『悲酥清風』之毒，倘若我表哥在這裏，便能將解藥拿去給他們嗅上幾嗅。再說，阿朱、阿碧只怕也已失陷於敵手……」

段譽跳起身來，大聲道：「正是！阿朱、阿碧兩位姑娘有難，須當即速前去，設法相救。」他已認了阿碧做妹子，想到她或會遭難，便要趕去相救。

王語嫣心想：「這件事甚是危險，憑我們二人的本事，怎能從西夏武士手中救人？但阿朱、阿碧二人是表哥的心腹使婢，我明知她們失陷於敵，如何可以不救？一切只有見機行事了。」便道：「甚好，咱們去罷！」

段譽指著滿地屍首，說道：「總得將他們妥爲安葬才是，須當查知各人的姓名，在每人墳上立塊墓碑，日後他們家人要來找尋屍骨，遷回故土，也好有個憑依。」

王語嫣格的一笑，說道：「好罷，你留在這裏給他們料理喪事。大殮、出殯、發訃、開弔、讀祭文、做輓聯、作法事、放燄口，好像還有甚麼頭七、二七甚麼的，等七七四十九日之後，你再一一去通知他們家屬，前來遷葬。」

段譽聽出了她話中的譏嘲之意，自己想想也覺不對，陪笑道：「依姑娘之見，該當怎樣才是？」王語嫣道：「一把火燒得乾乾淨淨，豈不是好？」段譽道：「這個，嗯，好像太簡慢些了罷？」沉吟半晌，實在也別無善策，只得去覓來火種，點燃了碾坊中的稻草。兩人來到碾坊之外，霎時間烈燄騰空，火舌亂吐。

段譽恭恭敬敬的跪拜叩首，說道：「色身無常，不可長保。各位仁兄今日命喪我手，當是前生業報，只盼魂歸極樂，永脫輪迴之苦。莫怪，莫怪！」囉哩囉唆的說了一大片話，這才站起。

碾坊外樹上繫著十來匹馬，都是那批西夏武士騎來的，段譽與王語嫣各騎一匹，沿著大路而行。隱隱聽得鑼聲鏜鏜，人聲喧嘩，四鄰農民趕著救火來了。

段譽道：「好好一座碾坊因我而焚，我心中好生過意不去。」王語嫣道：「你這人婆婆媽媽，那有這許多說的？我母親雖是女流之輩，但行事爽快明決，說幹便幹。你是個男子漢大丈夫，卻偏有這許多顧慮規矩。」段譽心想：「你母親動輒殺人，將人肉做花肥，我如何能與她比？」說道：「我這次殺了這許多人，又放火燒人房子，不免有些心驚肉跳。」王語嫣點頭道：「嗯，那也說得是。日後做慣了，也就不在乎啦。」段譽一驚，連連搖手，說道：「萬萬不可！殺人放火，一之爲甚，其可再乎？」

王語嫣和他並騎而行，轉過頭來瞧著他，很感詫異，道：「江湖之上，殺人放火之事那一日沒有？段公子，你以後洗手不幹，不再混跡江湖了麼？」段譽道：「我伯父和爹爹要教我武功，我說甚麼也不肯學，不料事到臨頭，終於還是逼了上來。唉，我不知怎樣才好？」王語嫣微微一笑，道：「你的志向是要讀書做官，將來做學士、宰相，是不是？」段譽道：「那也不是，做官也沒甚麼味道。」王語嫣道：「那麼你想做甚麼？難道你，你和我表哥一樣，整天便想著要做皇帝？」段譽奇道：「慕容公子想做皇帝？」

王語嫣臉上一紅，無意中吐露了表哥的秘密。自經碾坊中這一役，她和段譽死裏逃生，共歷患難，只覺他性子平易近人，在他面前甚麼話都可以說，但慕容復一心一意要規復燕國舊邦的大志，畢竟不能洩露，說道：「這話我隨口說了，你可千萬別對第二人說，更不能在我表哥面前提起，否則他可要怪死我啦。」

段譽一陣難過，心道：「瞧你急成這副樣子，你表哥要怪責，讓他怪責去好了。」口中卻只得答應：「是了，我才不去多管你表哥的閒事呢。他做皇帝也好，做叫化也好，我全管不著。」王語嫣聽他語氣中有不悅之意，柔聲道：「段公子，你生氣了麼？」

段譽自和她相識以來，見她心中所想、口中所言，全是表哥慕容公子，這番第一次如此軟語溫存的對自己款款而言，不由得心花怒放，一歡喜，險些兒從鞍上掉了下來，忙坐穩身子，笑道：「沒有，沒有。我生甚麼氣？王姑娘，這一生一世，我是永遠永遠不會對你生氣的。」

王語嫣的一番情意盡數繫在表哥身上，段譽雖不顧性命的救她，她也只感激他的恩德，欽佩他的俠義心腸，這時聽他說「這一生一世，我是永遠永遠不會對你生氣的」，這句話說得誠摯已極，直如賭咒發誓，這才陡地醒覺：「他……他……他是在向我表白情意麼？」不禁羞得滿臉通紅，慢慢低下頭去，輕輕的道：「你不生氣，那就好了。」

段譽心下高興，一時不知說些甚麼話好，過了一會，說道：「我不想做皇帝，不想做大官。我甚麼也不想，只盼永如眼前一般，那就心滿意足，別無他求了。」所謂「永如眼前一般」，就是和她並騎而行。

王語嫣不願他再說下去，俏臉微微一沉，正色道：「段公子，今日相救的大德，我永不敢忘。但我心……我心早屬他人，盼你言語有禮，以留他日相見的地步，否則……」否則甚麼，她也難以啓齒。

這幾句話，便如一記沉重之極的悶棍，只打得段譽眼前金星飛舞，幾欲暈去。她這幾句話說得再也明白不過：「我的心早屬慕容公子，自今而後，你任何表露愛慕的言語都不可出口，否則我不能再跟你相見。你別自以爲有恩於我，便能痴心妄想。」這幾句話並不過份，段譽也非不知她的心意，只是由她親口說來，聽在耳中，那滋味可當眞難以忍受。他偷眼形相王語嫣的臉色，但見她寶相莊嚴，當眞和大理石洞中的玉像一模一樣，不由得隱隱忽生大禍臨頭之感，心道：「段譽啊段譽，你既遇到了這位姑娘，而她又早已心屬他人，你這一生注定是要受盡煎熬、苦不堪言的了。」

兩人默默無言的並騎而行，誰也不再開口。

王語嫣心道：「他多半是在生氣了，大大的生氣。我還是假裝不知的好。這一次我如向他道歉，以後他便會老是跟我說些不三不四的言語，我既難應付，倘若傳入表哥耳中，表哥定會不高興。」段譽心道：「我若再說一句吐露心事之言，豈非輕薄無聊，對她不敬？從今而後，段譽寧死也不再說半句這些話了。」王語嫣心想：「他一句話也不說，只管縱馬而行，想必知道到甚麼地方去相救阿朱、阿碧。」段譽也這般想：「她一句話也不說，只管縱馬而行，想必知道到甚麼地方去相救阿朱、阿碧。」

行了約莫一頓飯時分，來到了岔路口，兩人不約而同的問道：「向左，還是向右？」交換了一個疑問的眼色之後，同時又道：「你不識得路？唉，我以爲你是知道的。」這兩句話一出口，兩人均覺十分有趣，齊聲大笑。

可是兩人於江湖上的事情一竅不通，商量一會，也想不出該到何處去救人才是。最後段譽道：「他們擒獲了丐幫大批人衆，不論是殺了還是關將起來，總有些蹤跡可尋，咱們還是回到杏子林去瞧瞧再說。」王語嫣道：「回杏子林去？倘若那些西夏武士仍在那邊，咱們豈非自投羅網？」段譽道：「適才落了這麼一場大雨，他們定然走了。這樣罷，你在林外等我，我悄悄去張上一張，倘若敵人果眞還在，咱們轉身便逃就是。」

當下兩人說定，由段譽施展「凌波微步」，奔到朱碧雙姝面前，將那瓶臭藥給她二人聞上一陣，解毒之後，再設法相救。

兩人認明了道路，縱馬快奔，不多時已到了杏子林外。兩人下得馬來，將馬繫在一株杏子樹上。段譽手中拿了瓷瓶，躡手躡足的走入林中。

林中滿地泥濘，泥上有不少杏花的花瓣，草叢上都是水珠。段譽放眼四顧，空蕩蕩地竟不見有人，叫道：「王姑娘，這裏沒人。」王語嫣走進林來，說道：「他們果然走了。咱們到無錫城裏去探探消息罷。」段譽道：「很好。」想起又可和她並騎而行，多走一段路，心下大是歡喜，臉上不自禁的露出笑容。

玄慈突然朗聲唸道：「阿彌陀佛！罪過，罪過！」這八字一出口，三僧忽地飛身而起，轉到了佛像身後，一齊出掌，分向喬峯拍到。

一八　胡漢恩仇　須傾英雄淚

兩人按轡徐行，走向無錫。行出數里，忽見道旁松樹上懸著一具屍體，瞧服色是西夏武士。再行出數丈，山坡旁又躺著兩具西夏武士的死屍，傷口血漬未乾，死去未久。段譽道：「這些西夏人遇上了對頭，王姑娘，你想是誰殺的？」王語嫣道：「這人武功極高，舉手殺人，不費吹灰之力，眞是了不起。咦，那邊是誰來了？」

只見大道上兩乘馬並轡而來，馬上人一穿紅衫，一穿綠衫，正是朱碧雙姝。段譽大喜，叫道：「阿朱姑娘，阿碧小……姑娘，你們脫險啦！好啊，妙極！妙之極矣！」

四人縱馬聚在一起，都不勝之喜。阿朱道：「王姑娘，段公子，你們怎麼又回來啦？我和阿碧妹子正要來尋你們呢。」段譽道：「我們也正在尋你們。」說著向王語嫣瞧了一眼，覺得能與她合稱「我們」，實深有榮焉。王語嫣問道：「你們怎樣逃脫的？

聞了那個臭瓶沒有？」阿朱笑道：「眞是臭得要命，姑娘，你也聞過了？也是喬幫主救你的？」王語嫣道：「不是。是段公子救了我的。你們是得喬幫主相救？」

段譽聽到她親口說「是段公子救了我的」這句話，全身輕飄飄的如入雲端，跟著腦中一陣暈眩，幾乎便要從馬背上摔了下來。

阿朱道：「是啊，我和阿碧中了毒，迷迷糊糊的動彈不得，和丐幫衆人一起，都給那些西夏蠻子上了綁，放在馬背上。行了一會，天下大雨，一干人都分散了，分頭覓地避雨。幾個西夏武士帶著我和阿碧躲在那邊的一座涼亭裏，直到大雨止歇，這才出來。便在那時，後面有人騎了馬趕將上來，正是喬幫主。他見我二人給西夏人綁住了，很是詫異，還沒出口詢問，我和阿碧便叫：『喬幫主，救我！』那些西夏武士一聽到『喬幫主』三字，便紛紛抽出兵刃向他殺去。結果有的掛在松樹上，有的滾在山坡下，有的翻到了小河中。」王語嫣笑道：「那還是剛才的事，是不是？」

阿朱道：「是啊。我說：『喬幫主，咱姊妹中了毒，勞你的駕，在西夏蠻子身上找找解藥。』喬幫主在一名西夏武士屍身上搜出了一隻小瓷瓶，是香是臭，也不用說了。」

王語嫣問道：「喬幫主呢？」阿朱道：「他聽說丐幫人都中毒遭擒，說要救他們去，急匆匆的去了。他又問起段公子，甚是關懷。」段譽嘆道：「我這位把兄當眞義氣深重。」向阿碧瞧了一眼，覺得沒有救她，頗有歉意，心道：「結拜了兄弟，或者結拜了兄妹的，該當有義氣才成！」

阿朱道：「丐幫的人不識好歹，將好好一位幫主趕了出來，現下自作自受，正是活該。依我說呢，喬幫主壓根兒不用去相救，讓他們多吃些苦頭，瞧他們還趕不趕人？」段譽道：「我這把兄香火情重，他寧可別人負他，自己卻不肯負人。」

阿碧問道：「王姑娘，咱們現下去那裏？」王語嫣道：「我和段公子本來商量著要來救你們兩個。現下四個人都平平安安，眞再好不過。丐幫的事跟咱們不相干，依我說，咱們去少林寺尋你家公子去罷。」朱碧雙姝也正關懷慕容公子，聽她這麼一說，一齊拍手叫好。段譽心下酸溜溜地，悠悠的道：「你們這位公子，我委實仰慕得緊，定要見見。左右無事，便隨你們去少林寺走一遭。」

四人調過馬頭，轉向北行。王語嫣和朱碧雙姝有說有笑，將碾坊中如何遇險、段譽如何迎敵、西夏武士李延宗如何釋命贈藥等情細細說了，只聽得阿朱、阿碧驚詫不已。

三個少女說到有趣之處，格格輕笑，時時回過頭來瞧瞧段譽，用衣袖掩住了嘴，卻又不敢放肆嬉笑。段譽知道她們在談論自己的蠢事，心想自己雖醜態百出，終於還是保護王語嫣周全，不由得又羞慚，又有些驕傲；見這三個少女相互間十分親密，把自己全然當作了外人，此刻已是如此，待得見到慕容公子，自己自然更無容身之地，慕容復多半還會像包不同那樣，毫不客氣的將自己趕開，就算不趕罷，自己在勢也不得不遠遠避在一旁，想來實在無味之極，卻又無可奈何。

行出數里，穿過了一大片桑林，忽聽得林畔有兩個少年人的號哭之聲。四人縱馬上前，見是兩個十四五歲的小沙彌，僧袍上血漬斑斑，其中一人還傷了額頭。阿碧柔聲問道：「小師父，是誰欺侮你們麼？怎地受了傷？」

那額頭沒傷的沙彌哭道：「寺裏來了許許多多番邦惡人，殺了我們師父，又將咱二人趕了出來。」四人聽到「番邦惡人」四字，相互瞧了一眼，均想：「是那些西夏人？」阿朱問道：「你們的寺院在那裏？是些甚麼番邦惡人？」那小沙彌道：「我們是天寧寺的，便在那邊……」說著手指東北，又道：「那些番人捉了一百多個叫化子，到寺裏來躲雨，要酒要肉，又要殺鷄殺牛。師父說罪過，不讓他們在寺裏殺牛，他們將師父和寺裏十多位師兄都殺了，嗚嗚，嗚嗚。」阿朱問道：「他們走了沒有？」那小沙彌指著桑林後嬝嬝升起的炊煙，道：「他們正在煮牛肉，眞是罪過！菩薩保祐，把這些番人打入阿鼻地獄。」阿朱道：「你們快走遠些，如給那些番人捉到，別讓他們將你兩個宰來吃了。」兩個小沙彌一驚，踉踉蹌蹌的走了。

阿碧道：「丐幫衆人既都給囚在天寧寺裏，喬幫主趕向無錫城中，可撲了個空。」段譽道：「咱們去把丐幫這些傢伙救了出來，臊他們一臊，倒也不錯。」

阿朱心感喬峯相救之德，忽然異想天開，說道：「王姑娘，我想假扮喬幫主，混進寺中，將那臭瓶丟給衆叫化聞聞。他們脫險之後，必定好生感激喬幫主。」王語嫣微笑道：「喬幫主身材高大，你怎扮得他像？」阿朱笑道：「越艱難，越顯得阿朱的手段。」王語嫣笑道：「你扮得像喬幫主，卻冒充不了他的絕世神功。天寧寺中盡是西夏一品堂的高手，你如何能來去自如？依我說呢，扮作個火工道人，或是個鄉下賣菜婆婆，還容易混進去些。」阿朱道：「要我扮鄉下婆婆，沒甚麼好玩，那我就不去了。」

王語嫣向段譽望望，欲言又止。段譽問道：「姑娘想說甚麼？」王語嫣道：「我本來想請你扮一個人，和阿朱一塊兒去天寧寺，但想想又覺不妥。」段譽道：「要我扮甚麼人？」王語嫣道：「丐幫的英雄們疑心病好重，冤枉我表哥和喬幫主暗中勾結，害死了他們馬副幫主，倘若……倘若……我表哥和喬幫主去解了他們的困厄，他們就不會瞎起疑心了。」段譽心中酸溜溜地，說道：「你要我扮你表哥？」王語嫣粉臉一紅，說道：「天寧寺中敵人太強，你二人這般前去，甚是危險，還是不去的好。」

段譽心想：「你要我幹甚麼，我便幹甚麼，粉身碎骨，在所不辭。」突然想到：「我扮作了她的表哥，說不定她對我的神態便不同些，便享得片刻溫柔，也是好的。」隨即又想：「段譽啊段譽，你這無恥小人，想借著旁人身分，賺些溫柔艷福，豈不卑鄙？但王姑娘心中，確是盼我爲他表哥效力，佳人有命，豈可不從？」說道：「那有甚麼危險？逃之夭夭，正是我段譽的拿手好戲。」

王語嫣道：「我原說不妥呢，我表哥殺敵易如反掌，從來沒逃之夭夭的時候。」段譽一聽，一股涼氣登時從頂門上直撲下來，心想：「你表哥是大英雄、大豪傑，我原不配扮他。冒充了他而在人前出醜，豈不損了他的名聲。」阿碧見他悶悶不樂，便安慰道：「敵眾我寡，暫且退讓，勿要緊的。咱們只不過去救人，又不是比武決勝。」

阿朱一雙妙目向著段譽上上下下打量，點頭道：「段公子，要喬裝我家公子，本來挺不容易。好在丐幫諸人原本不識我家公子，他的聲音笑貌到底如何，只須得個大意也就是了。」段譽道：「你本事大，假扮喬幫主最合適，否則喬幫主是丐幫人眾朝夕見面之人，稍有破綻，立時便露出馬腳。」阿朱微笑道：「喬幫主是位偉丈夫，我要扮他反而容易。我家公子跟你身材差不多，年紀也大不了太多，大家都是公子哥兒、讀書相公，要你捨卻段公子的本來面目，變成一位慕容公子，實在甚難。」

段譽嘆道：「慕容公子是人中龍鳳，別人豈能邯鄲學步？我想倒還是扮得不大像的好，否則待會兒逃之夭夭起來，豈非有辱慕容公子的清名令譽？」

王語嫣臉上一紅，低聲道：「段公子，我說錯了話，你還在惱我麼？」段譽忙道：「沒有，沒有，我怎敢惱你？」王語嫣嫣然一笑，道：「阿朱姊姊，你們卻到那裏改裝去？」阿朱道：「須得到個小市鎮上，方能買到應用的物事。」

四個人撥過馬頭，轉而向西。行出七八里，到了一鎮，叫做馬郎橋。那市鎮甚小，並無客店，阿朱想出主意，僱了一艘船停在河裏，然後去買了衣物，關上船艙，在船裏改裝。江南遍地都是小河，船隻之多，不下於北方的牲口。

她先替段譽換了衣衫打扮，讓他右手持摺扇，穿一襲青色長袍，左手手指上戴個戒指，阿朱道：「我家公子戴的是漢玉戒指，這時卻那裏買去？用隻青田石的充充，也就行了。」段譽只是苦笑，心道：「慕容復是羊脂美玉，我是青田粗石，在這三個少女心目之中，我們二人的身價亦復如此。」

阿朱在他臉上塗些麵粉，加高鼻子，又使他面頰較為豐腴，再提筆改畫眉毛、眼眶，化裝已畢，笑問王語嫣：「姑娘，你說還有甚麼地方不像？」王語嫣不答，只痴痴的瞧著他，目光中脈脈含情，顯然是心搖神馳，芳心欲醉。

段譽和她這般如痴如醉的目光一觸，心中不禁一蕩，隨即想起：「她這時瞧的可是慕容復，並不是我段譽。」又想：「那慕容復又不知是如何英俊，如何勝我百倍，可惜我瞧不見自己。」心中一會兒歡喜，一會兒著惱。

兩人你瞧瞧我、我瞧瞧你，各自思湧如潮，不知阿朱、阿碧早到後艙改裝去了。過了良久，忽聽得一個男子的聲音粗聲道：「啊，你在這兒，找得我做哥哥的好苦。」段譽一驚，抬起頭來，見說話的正是喬峯，不禁大喜，說道：「大哥，是你，那好極了。咱們正想改扮了你去救人，現下你親自到來，阿朱姊姊也不用喬裝改扮了。」

喬峯道：「丐幫眾人將我逐出幫外，他們是死是活，喬某也不放在心上。好兄弟，來來來，咱哥兒倆上岸去鬥酒，喝他二十大碗。」段譽忙道：「大哥，丐幫羣豪都是你舊日的好兄弟，你還是去救他們一救罷。」喬峯怒道：「你書獃子知道甚麼？來，跟我喝酒去！」說著一把抓住了段譽手腕。段譽無奈，只得道：「好，我先陪你喝酒，喝完了酒再去救人！」忽覺抓住他的手掌甚小，掌心肌膚柔嫩，心感詫異。

喬峯突然間格格嬌笑，聲音清脆宛轉，一個魁梧大漢發出這種小女兒的笑聲，實是駭人。段譽一怔之下，立時明白，笑道：「阿朱姊姊，你易容改裝之術當眞神乎其技，難得連說話聲音也學得這麼像。」

阿朱改作了喬峯的聲音，說道：「好兄弟，咱們去罷，你帶好了那隻臭瓶子。」向王語嫣和阿碧道：「兩位姑娘在此等候好音便了。」說著攜著段譽之手，大踏步上岸。不知她在手上塗了甚麼東西，一隻柔膩粉嫩的小手，伸出來時居然也黑黝黝地，雖不及喬峯手掌粗大，但旁人一時之間卻也難以分辨。

王語嫣眼望段譽的後影，只想：「如果他眞是表哥，那就好了。表哥，這時候你也在想念我麼？」

阿朱和段譽乘馬來到離天寧寺五里之外，生怕給寺中西夏武士聽到蹄聲，將坐騎繫在一家農家的牛棚中，步行而前。

阿朱道：「慕容兄弟，到得寺中，我便大言炎炎，吹牛恐嚇，你乘機用臭瓶子給丐幫衆人解毒。」她說這幾句話時粗聲粗氣，已儼然是喬峯的口吻。段譽笑著答應。

兩人大踏步走到天寧寺外，見寺門口站著十多名西夏武士，手執長刀，貌相兇狠。阿朱和段譽一見之下，心中打鼓，都不由得惶恐。阿朱低聲道：「段公子，待會你得拉著我，急速逃走，否則他們要是找我比武，那可難以對付了。」段譽道：「是了。」這兩字說來聲音顫抖，心下也實在怕極。

兩人正細聲商量、探頭探腦之際，寺門口一名西夏武士已見到了，大聲喝道：「兀那兩個蠻子，鬼鬼祟祟的不是好人，做奸細麼？」呼喝聲中，四名武士奔將過來。

阿朱無可奈何，只得挺起胸膛，大踏步上前，粗聲說道：「快報與你家將軍知道，說道丐幫喬峯、江南慕容復，前來拜會西夏赫連大將軍。」

那爲首的武士一聽之下，大吃一驚，忙抱拳躬身，說道：「原來是丐幫喬幫主光降，多有失禮，小人立即稟報。」快步轉身入內，餘人恭恭敬敬的垂手侍立。

過不多時，只聽得號角聲響起，寺門大開，西夏一品堂堂主赫連鐵樹率領努兒海等一衆高手，迎了出來。葉二娘、南海鱷神、雲中鶴三人也在其內。段譽心中怦怦亂跳，低下了頭，不敢直視。

赫連鐵樹道：「久仰『姑蘇慕容』的大名，有道是『以彼之道，還施彼身』，今日得見高賢，榮幸啊榮幸。」說著向段譽抱拳行禮。他想西夏「一品堂」已與丐幫翻臉成仇，對喬峯就不必假客氣。

段譽急忙還禮，說道：「赫連大將軍威名及於海隅，在下早就企盼得見西夏一品堂的衆位英雄豪傑，今日來得魯莽，還望海涵。」說這些文謅謅的客套言語，原是他的拿手好戲，自是毫沒破綻。

赫連鐵樹道：「常聽武林中言道：『北喬峯，南慕容』，說到中原英傑，首推兩位，今日同時駕臨，幸如何之？請，請！」側身相讓，請二人入殿。

阿朱和段譽硬著頭皮，和赫連鐵樹並肩而行。段譽心想：「聽這西夏將軍的言語神態，似乎他對慕容公子的敬重，尚在對我喬大哥之上，難道那慕容復的武功人品，當眞比喬大哥猶勝一籌？我看，不見得啊，不見得！」

忽聽得一人怪聲怪氣的說道：「不見得啊，不見得！」段譽吃了一驚，側頭瞧那說話之人，正是南海鱷神。他瞇著一雙如豆小眼，斜斜打量段譽，只是搖頭。段譽心中大跳，暗道：「糟糕，糟糕！可給他認出了。」只聽南海鱷神說道：「瞧你骨頭沒三兩重，有甚麼用？喂，我來問你。人家說你會『以彼之道，還施彼身』，我岳老二可不相信。」段譽當即寬心：「原來他並沒認出我。」只聽南海鱷神又道：「我也不用你出手，我只問你，你可知我岳老二有甚麼拿手本事？你用甚麼他媽的功夫來對付我，才算是他媽的『以老子之道，還施老子之身』？」說著雙手叉腰，神態倨傲。

赫連鐵樹本想出聲制止，但轉念一想，慕容復名頭大極，是否名副其實，不妨便由這瘋瘋顛顛的南海鱷神來考他一考，便不插口。

說話之間，各人已進了大殿，赫連鐵樹請段譽上座，段譽卻以首位相讓阿朱。

南海鱷神大聲道：「喂，慕容小子，你且說說看，我最拿手的功夫是甚麼。」段譽微微一笑，心道：「旁人問我，我還眞的答不上來。你來問我，那可巧了。」當下打開摺扇，輕輕搖了幾下，說道：「南海鱷神岳老三，你本來最拿手的本領，是喀喇一聲，扭斷了旁人脖子，近年來功夫大有進步，現下最得意的武功，是鱷尾鞭和鱷嘴剪。我要對付你，自然是用鱷尾鞭與鱷嘴剪了。」

他一口說出鱷尾鞭和鱷嘴剪的名稱，南海鱷神固然驚得張大了口合不攏來，連葉二娘與雲中鶴也詫異之極。這兩件兵刃是南海鱷神新造乍練，從未在人前施展過，只在大理無量山峯巓與雲中鶴動手才用過一次，當時除木婉清外，更無外人得見。他們卻那裏料想得到，木婉清早已將此事原原本本的說與眼前這個假慕容公子知道。

南海鱷神側過了頭，又細細打量段譽。他爲人雖兇殘狠惡，卻有佩服英雄好漢之心，過了一會，大拇指一挺，說道：「好本事！」段譽笑道：「見笑了！」南海鱷神心想：「他連我新練的拿手兵刃也說得出來，我其餘的武功也不用問他了。可惜老大不在這兒，否則倒可好好的考他一考。啊，有了！」大聲說道：「慕容公子，你會使我的武功，不算希奇；倘若我師父到來，他的武功你一定不會。」

段譽微笑道：「你師父是誰？他又有甚麼了不起的功夫？」南海鱷神得意洋洋的笑道：「我的受業師父，去世已久，本領還算可以，不說也罷。我新拜的師父本事卻非同小可，不說別的，單是一套『凌波微步』，相信世上便無第二個會得。」

段譽沉吟道：『凌波微步』，嗯，那確是了不起的武功。大理段公子居然肯收閣下爲徒，我卻有些不信。」南海鱷神忙道：「我幹麼騙你？這裏許多人都曾親耳聽到，段公子親口叫我徒兒。」段譽心下暗笑：「初時他死也不肯拜我爲師，這時卻唯恐我不認他爲徒。」便道：「嗯，既是如此，閣下想必已學到了你師父的絕技？恭喜，恭喜！」

南海鱷神將腦袋搖得博浪鼓相似，說道：「沒有，沒有！你自稱於天下武功無所不知，無所不曉，如能走得三步『凌波微步』，岳老二便服了你。」

段譽微笑道：「凌波微步雖難，在下卻也曾學得幾步。岳三爺，你倒來捉捉我看。」說著長衫飄飄，站到大殿之中。西夏羣豪從來沒聽見過「凌波微步」之名，聽南海鱷神說得如此神乎其技，都企盼見識見識，各人分站大殿四角，要看段譽如何顯技。

南海鱷神一聲厲吼，左手前探，右手從左手掌底穿出，便向段譽抓去。段譽斜踏兩步，後退半步，身子如風擺荷葉，輕輕巧巧的避開了，只聽得噗的一聲響，南海鱷神收勢不及，右手五指插入了大殿的圓柱，陷入數寸。旁觀衆人見他如此功力，盡皆失色。南海鱷神快擊不中，吼聲更厲，縱身而起，從空搏擊。段譽毫不理會，自管自的踏著八卦步法，瀟洒自如的行走。南海鱷神加快撲擊，吼叫聲愈來愈響，渾如一頭猛獸。

段譽一瞥間見到他猙獰的面貌，心中一窒，忙轉過了頭，從袖中取出一條手巾，綁住了自己眼睛，說道：「我就算綁住眼睛，你也捉我不到。」

南海鱷神加快腳步，雙掌飛舞，猛力往段譽身上擊去，但總是差著這麼一點。旁人都代段譽慄慄危懼，手心中捏了一把冷汗。阿朱關心段譽，更加心驚肉跳，突然放粗了嗓子，喝道：「南海鱷神，慕容公子這凌波微步，比你師父如何？」

南海鱷神一怔，胸口一股氣登時洩了，立定了腳步，說道：「好極，好極！你能包住了眼睛走這怪步，只怕我師父也辦不到。好！姑蘇慕容，名不虛傳，我南海鱷神服了你啦！」

段譽拉去眼上手巾，返身回座。大殿上登時采聲有如春雷。

赫連鐵樹待兩人入座，端起茶盞，說道：「請用茶。兩位英雄光降，不知有何指教？」阿朱道：「敝幫有些兄弟不知怎地得罪了將軍，聽說將軍派出高手，以上乘武功將他們擒來此間。在下斗膽，要請將軍釋放。」她將「派出高手，以上乘武功將他們擒來此間」的話，說得特別著重，譏刺西夏人以下毒的卑鄙手段擒人。

赫連鐵樹微微一笑，說道：「話是不差。適才慕容公子大顯身手，果然名下無虛。喬幫主與慕容公子齊名，總也得露一手功夫給大夥兒瞧瞧，好讓我們西夏人心悅誠服，這才好放回貴幫的諸位英雄好漢。」

阿朱心下大急：「要我冒充喬幫主的身手，豈不立刻便露出馬腳？」正要飾詞推諉，忽覺手腳酸軟，想要移動一根手指也已不能，正與先前中了毒氣時一般無異，不禁大驚：「糟了，沒想到便在這片刻之間，這些西夏惡人又來重施故技，那便如何是好？」

段譽百邪不侵，渾無知覺，見阿朱軟癱在椅上，知她又已中了毒氣，忙從懷中取出那個臭瓶，拔開瓶塞，送到她鼻端。阿朱深深聞了幾下，其時中毒未深，四肢痲痺便去。她伸手拿住瓶子，仍不停聞嗅，心下好生奇怪，怎地敵人竟不出手干涉？瞧那些西夏人時，只見一個個軟癱在椅，毫不動彈，只眼珠骨溜溜亂轉。

段譽說道：「奇哉怪也！這干人作法自斃，怎地『以己之道，還施己身』？」阿朱走過去推了推赫連鐵樹。

大將軍身子歪倒，斜在椅中，眞是中了毒。他話還是會說的，喝道：「喂，是誰擅用『悲酥清風』？快取解藥，快取解藥來！」喝了幾聲，可是他手下衆人個個軟倒，都道：「稟報將軍，屬下動彈不得。」努兒海道：「一定有內奸，否則怎麼能知道『悲酥清風』的繁複使法。」赫連鐵樹怒道：「不錯！那是誰？你快快給我查明了，將他碎屍萬段！」努兒海道：「是！爲今之計，須得先取到解藥才是。」赫連鐵樹道：「這話不錯，你快去取解藥來！」努兒海眉頭皺起，斜眼瞧著阿朱手中瓷瓶，說道：「喬幫主，煩你將這瓶子中的解藥，給我們聞上一聞，我家將軍定有重謝。」

阿朱笑道：「我要去解救本幫兄弟要緊，誰來貪圖你家將軍的重謝？」

努兒海又道：「慕容公子，我身邊也有小瓶，煩你取出來，拔了瓶塞，給我聞聞。」段譽伸手到他懷裏，掏出一個小瓶，果然便是解藥，笑道：「解藥取出來了，卻不給你聞。」和阿朱並肩走向後殿，推開東廂房門，只見裏面擠滿了人，都是丐幫被擒的人衆。

阿朱一進去，吳長老便大聲叫了起來：「喬幫主，是你啊，謝天謝地。」阿朱將解藥給他聞了，說道：「這是解藥，你逐一給衆兄弟解去身上之毒。」吳長老大喜，待得手足能夠活動，便用瓷瓶爲宋長老解毒。段譽則用努兒海的解藥爲徐長老解毒。

阿朱道：「丐幫人多，如此逐一解毒，何時方了？吳長老，你到西夏人身邊搜搜去，且看是否尚有解藥。」

吳長老道：「是！」快步走向大殿，只聽得大殿上怒罵聲、嘈叫聲、噼啪聲大作，顯然吳長老一面搜解藥，一面打人出氣。過不多時，他捧了六個小瓷瓶回來，笑道：

「我專揀服飾華貴的胡虜去搜，果然穿著考究的，身邊便有解藥，哈哈，那傢伙可就慘了。」段譽笑問：「怎麼？」吳長老笑道：「我每人都給兩個嘴巴，身邊有解藥的，便下手特別重些。」

他忽然想起沒見過段譽，問道：「這位兄台高姓大名，多蒙相救。」段譽道：「在下複姓慕容，相救來遲，可讓各位委屈了，得罪，得罪！」

丐幫眾人聽到眼前此人竟便是大名鼎鼎的「姑蘇慕容」，都不勝駭異。

宋長老道：「咱們瞎了眼睛，冤枉慕容公子害死馬副幫主。今日若不是他和喬幫主出手相救，大夥兒落在這批西夏惡狗手中，還會有甚麼好下場？」吳長老大聲道：「喬幫主，大人不記小人過，你還是回來做咱們幫主罷！」

全冠清冷冷的道：「喬爺和慕容公子，果然是知交好友。」他稱喬峯為「喬爺」而不稱「喬幫主」，自是不再認他為幫主，而說他和慕容公子果然是知交好友，這句話甚為厲害。丐幫眾人疑心喬峯假手慕容復，借刀殺人而除去馬大元，喬峯一直否認與慕容復相識。今日兩人偕來天寧寺，有說有笑，神情親熱，顯然並非初識。

阿朱心想這干人個個是喬峯的舊交，時刻稍久，定會給他們瞧出破綻，便道：「幫中大事，慢慢商議不遲，我去瞧瞧那些西夏惡狗。」說著便向大殿走去。段譽隨後跟出。

兩人來到殿中，只聽得赫連鐵樹正在破口大罵：「快給我查明了，這王八羔子的西夏人叫甚麼名字？回去抄他的家，將他家中男女老幼殺個鷄犬不留。他奶奶的！他是西夏人，怎麼反而相助外人，偷了我的『悲酥清風』來胡亂施放？」段譽一怔，心道：「他在罵那個西夏人啊？」只聽赫連鐵樹罵一句，努兒海便答應一句。赫連鐵樹又道：「他在牆上寫這八個字，那不是明著譏刺咱們麼？」

段譽和阿朱抬頭看時，只見粉牆上龍蛇飛舞般寫著四行字，每行四字：

「以彼之道，還施彼身，迷人毒風，原璧歸君。」

墨瀋淋漓，兀自未乾，顯然寫字之人離去不久。

段譽「啊」的一聲，道：「這……這是慕容公子寫的嗎？」阿朱低聲道：「別忘了你自己是慕容公子。我家公子能寫各家字體，我辨不出這幾個字是不是他寫的。」

段譽向努兒海問道：「這是誰寫的？」

努兒海不答，只暗自躭心，不知丐幫衆人將如何對付他們，他們擒到丐幫羣豪之後，拷打侮辱，無所不至，他們只須「以彼之道，還施彼身」，那就難當得很了。

阿朱見丐幫中羣豪紛紛來到大殿，低聲道：「大事已了，咱們去罷！」大聲道：「我另有要事，須得和慕容公子同去辦理，日後再見。」說著快步出殿。吳長老等大叫：「幫主慢走，幫主慢走。」阿朱那敢多停，反而和段譽越走越快。丐幫中羣豪對喬峯向來敬畏，誰也不敢上前阻攔。

兩人行出里許，阿朱笑道：「段公子，說來也眞巧，你那個醜八怪徒兒正好要你試演凌波微步的功夫，還說你比他師父更行呢。」段譽「嗯」了一聲。阿朱又道：「不知是誰暗放迷藥？那西夏將軍口口聲聲說是內奸，我看多半是西夏人自己幹的。」

段譽陡然間想起一個人，說道：「莫非是李延宗？便是咱們在碾坊中相遇的那西夏武士？」阿朱沒見過李延宗，無法置答，只道：「咱們去跟王姑娘說，請她參詳參詳。」

正行之間，馬蹄聲響，大道上一騎疾馳而來，段譽遠遠見到正是喬峯，喜道：「是喬大哥！」正要出口招呼，阿朱忙一拉他的衣袖，道：「別嚷，正主兒來了！」轉過了身子。段譽省悟：「阿朱扮作喬大哥的模樣，給他瞧見了可不大妙。」不多時喬峯已縱馬馳近。段譽不敢和他正面相對，心想：「喬大哥和丐幫羣豪相見，眞相便即大白，不知會不會怪責阿朱如此惡作劇？」

喬峯救了阿朱、阿碧二女之後，得知丐幫衆兄弟爲西夏人所擒，心下焦急，四處追尋。但江南鄉間處處稻田桑地，水道陸路，縱橫交叉，不比北方道路單純，喬峯尋了大半天，好容易又撞到天寧寺的那兩個小沙彌，問明方向，這才趕向天寧寺來。他見段譽神采飛揚，狀貌英俊，心想：「這位公子和我那段譽兄弟倒是一時瑜亮。」阿朱早背轉了身子，他便沒加留神，心中掛懷丐幫兄弟，快馬加鞭，疾馳而過。

來到天寧寺外，只見十多名丐幫弟子正綁住一個個西夏武士，押著從寺中出來。喬峯大喜：「丐幫衆兄弟原來已反敗爲勝。」

羣丐見喬峯去而復回，紛紛迎上，說道：「幫主，這些賊虜如何發落，請你示下。」喬峯道：「我早已不是丐幫中人，『幫主』二字，再也休提起。大夥兒有損傷沒有？」

寺中徐長老等得報，都快步迎出，此外智光大師、趙錢孫、譚氏夫婦、單正父子等本來一起中毒受擒，也均給救出，他們見到喬峯，或羞容滿面，或喜形於色。宋長老大聲道：「幫主，昨天在杏子林中，本幫派在西夏的探子送來緊急軍情，徐長老自作主張，不許你看，你道那是甚麼？徐長老，快拿出來給幫主看。」言語之間已頗不客氣。

徐長老臉有慚色，取出本來藏在蠟丸中的那小紙團，嘆道：「是我錯了。」遞給喬峯。喬峯搖頭不接。宋長老夾手搶過，攤開那張薄薄的皺紙，大聲讀道：

「啓稟幫主：屬下探得，西夏赫連鐵樹將軍率同大批一品堂好手，前來中原，想對付我幫。他們有一樣厲害毒氣，放出來時全無氣息，令人不知不覺的就動彈不得。跟他們見面之時，千萬要先塞住鼻孔，或者先打倒他們的頭腦，搶來臭得要命的解藥，否則危險萬分。要緊，要緊。大信舵屬下易大彪火急稟報。」

宋長老讀罷，與吳長老、奚長老等齊向徐長老怒目而視。奚長老道：「易大彪兄弟這火急稟報，倒是及時趕到了，可惜咱們沒及時拆閱。好在衆兄弟只受了一場鳥氣，倒也沒人損傷。幫主，咱們都得向你請罪才是。你大仁大義，唉，當眞沒得說的。」

吳長老道：「幫主，你一離開，大夥兒便即著了道兒，若不是你和慕容公子及時趕來相救，丐幫全軍覆沒。你不回來主持大局，做大夥兒的頭兒，那便決計不成。」喬峯奇道：「甚麼慕容公子？」吳長老道：「全冠淸這些人胡說八道，你莫聽他的。結交朋友，又是甚麼難事？我信得過你和慕容公子是今天才相識的。」喬峯道：「慕容公子？你是說慕容復麼？我從未見過他面。」

徐長老和奚、宋、陳、吳四長老面面相覷，都驚得呆了，均想：「只不過片刻之前，他和慕容公子攜手進來給衆人解毒，怎麼這時忽然又說不識慕容公子？」宋長老凝思片刻，恍然大悟，道：「啊，是了，適才那靑年公子自稱複姓慕容，但並不是慕容復。天下雙姓『慕容』之人何止千萬，那有甚麼希奇？」陳長老道：「他在牆上自題『以彼之道，還施彼身』，卻不是慕容復是誰？」

忽然有個怪聲怪氣的聲音說道：「那娃娃公子甚麼武功都會使，而且鬥鬥功夫比原來的主兒更加精妙，那還不是慕容復？當然是他！一定是他！」衆人向說話之人瞧去，只見他鼠目短髯，面皮焦黃，正是南海鱷神。他中毒後受綁，卻忍不住揷嘴說話。

喬峯奇道：「那慕容復來過了麼？」南海鱷神怒道：「放你娘的臭屁！剛才你和慕容復攜手進來，不知用甚麼鬼門道，將老子用痲藥痲住了。你快快放了老子便罷，否則的話，哼哼，哼哼……」他接連說了幾個「哼哼」，但「否則的話」那便如何，卻說不上來，想來想去，也只「哼哼」而已。

喬峯道：「瞧你也是一位武林好手，怎地如此胡說八道？我幾時來過了？甚麼和慕容復攜手進來，更加荒謬之極。」

南海鱷神氣得哇哇大叫：「喬峯，他媽的喬峯！枉你是一幫之主，竟敢撒這漫天大謊！喂，喂，剛才喬峯是不是來過？咱家將軍是不是請他上坐，請他喝茶？」一衆西夏人都道：「是啊，慕容復試演『凌波微步』，喬峯在旁鼓掌喝采，難道是假的？」

吳長老扯了扯喬峯袖子，低聲道：「幫主，明人不做暗事，剛才的事，那是抵賴不了的。」喬峯苦笑道：「吳四哥，難道剛才你也見過我來？」吳長老將那盛放解藥的小瓷瓶遞了過去，道：「幫主，這瓶子還給你，說不定將來還會有用。」喬峯道：「還給我？甚麼還給我？」吳長老道：「這解藥是你剛才給我的，你忘了麼？」喬峯道：「怎麼？吳四哥，你當眞剛才見過我？」吳長老見他絕口抵賴，心下既不快，又不安。

喬峯雖精明能幹，卻怎猜得到竟會有人假扮了他，在片刻之前，來到天寧寺中解救衆人？他料想這中間定然隱伏著一個重大陰謀。吳長老、宋長老等都是直性子人，不會幹甚麼卑鄙勾當，但那玩弄權謀之人策略厲害，自能妥爲布置安排，使得自己的所作所爲，在衆人眼中看出來處處顯得荒唐邪惡。

丐幫羣豪得他解救，本來人人感激，但聽他矢口否認，卻都大爲驚詫。有人猜想他這幾天中多遭變故，以致神智錯亂；有人以爲喬峯另有對付西夏人的秘計密謀，因此不肯在西夏敵人之前直認其事；有人料想馬大元確是他假手於慕容復所害，生怕奸謀敗露，索性絕口否認識得慕容復其人；有人猜想他圖謀重任丐幫幫主，在安排甚麼計策；更有人深信他是爲契丹出力，既反西夏，亦害大宋。各人心中的猜測不同，臉上便有惋惜、崇敬、難過、憤恨、鄙夷、仇視等種種神色。

喬峯長嘆一聲，說道：「各位均已脫險，喬峯就此別過。」說著一抱拳，翻身上馬，鞭子一揚，疾馳而去。

忽聽得徐長老叫道：「喬峯，將打狗棒留了下來！」喬峯陡地勒馬，道：「打狗棒？在杏子林中，我不是已交出來了嗎？」徐長老道：「咱們失手遭擒，打狗棒落在西夏衆惡狗手中。此時遍尋不見，想必又爲你取去。」

喬峯仰天長笑，聲音悲涼，大聲道：「我喬峯和丐幫再無瓜葛，要這打狗棒何用？徐長老，你也將喬峯瞧得忒也小了。」雙腿一夾，胯下馬匹四蹄翻飛，向北馳去。

喬峯自幼父母對他慈愛撫育，及後得少林僧玄苦大師授藝，再拜丐幫汪幫主爲師，行走江湖，雖多歷艱險，但師父朋友，無不對他赤心相待。這兩天中，卻是天地間斗起風波，一向威名赫赫、至誠仁義的幫主，竟給人認作是賣國害民、無恥無信的小人。他任由坐騎信步而行，心中混亂已極：「倘若我眞是契丹人，過去十餘年中，我殺了不少契丹人，破敗了不少契丹的圖謀，豈不是大大的不忠？如果我父母確是在雁門關外爲漢人害死，我反拜殺害父母的仇人爲師，三十年來認別人爲父爲母，豈不是大大的不孝？喬峯啊喬峯，你如此不忠不孝，有何面目立於天地之間？倘若三槐公不是我的父親，那麼我自也不是喬峯了？我姓甚麼？我親生父親給我起了甚麼名字？嘿嘿，我不但不忠不孝，抑且無名無姓。」

轉念又想：「可是，說不定這一切都是出於一個大奸大惡之人的誣陷，我喬峯堂堂大丈夫，給人擺布得身敗名裂，萬劫不復，倘若激於一時之憤，就此一走了之，對丐幫從此不聞不問，大好一個丐幫，就此給人挑了，豈非枉自讓奸人陰謀得逞？嗯，總而言之，須得查究明白才是。」

心下盤算，第一步是趕回河南少室山，向三槐公詢問自己的身世來歷，第二步是去少林寺叩見受業恩師玄苦大師，請他賜示眞相。這兩人對自己素來愛護有加，決不致有所隱瞞。籌算既定，心下便不煩惱。他從前是丐幫之主，行走江湖，當眞四海如家，此刻不但不能再到各處分舵食宿，而且爲了免惹麻煩，反處處避道而行。只行得兩天，身邊零錢花盡，只得將那匹從西夏人處奪來的馬匹賣了，以作盤纏。

不一日，來到嵩山腳下，逕向少室山行去。這是他少年時所居之地，處處景物，皆是舊識。自從他出任丐幫幫主以來，以丐幫乃江湖上第一大幫，少林派是武林中第一大派，丐幫幫主來到少林，種種儀節排場，驚動甚多，是以他從未回來，只每年派人向父母和恩師奉上衣食之敬、請安問好而已。這時重臨故土，自己身處嫌疑，情狀尷尬，而身世大謎不多時便可揭開，饒是他鎮靜沉穩，心下也不禁惴惴。

他舊居是在少室山之陽的一座山坡邊。喬峯快步轉過山坡，只見菜園旁那株大棗樹下放著一頂草笠、一把舊茶壺。茶壺柄子已斷，喬峯認得是父親喬三槐之物，胸間陡然感到一陣暖意：「爹爹勤勉節儉，這把破茶壺已用了幾十年，仍不捨得丟掉。」

看到那株大棗樹時，又憶起兒時每逢棗熟，父親總攜著他小手，一同擊打棗子。紅熟的棗子飽脹皮裂，甜美多汁，自離開故鄉之後，從未再嘗到過如此好吃的棗子。喬峯心想：「就算他們不是我親生的爹娘，對我這番養育之恩，總是終身難報。不論我身世眞相如何，我決不可改了稱呼。」

他走到那三間土屋之前，只見屋外一張竹席上晒滿了菜乾，一隻母雞帶領了一羣小雞，正在草間啄食。他不自禁的微笑：「今晚娘定要殺雞做菜，款待她久未見面的兒子。」他大聲叫道：「爹、娘，孩兒回來了！」

叫了兩聲，不聞應聲，心想：「啊，是了，二老耳朵聾了，聽不見了。」推開板門進去，堂上板桌板櫈、犁耙鋤頭，宛然與他離家時的模樣並無大異，卻不見人影。

喬峯又叫了兩聲：「爹！娘！」仍無應聲，他微感詫異，自言自語：「都到那裏去啦？」探頭向臥房中一張，不禁大吃一驚，只見喬三槐夫婦二人都橫臥在地，動也不動。

喬峯急縱入內，先扶起母親，只覺她呼吸已然斷絕，但身子尚有微溫，顯是死去還不到一個時辰，再抱起父親時，也是這般。喬峯又驚慌，又悲痛，抱著父親屍身走出屋門，在陽光下細細檢視，察覺他胸口肋骨根根斷絕，竟是爲武學高手以極厲害的掌力擊斃，再看母親屍首，也然如此。喬峯心中混亂：「我爹娘是忠厚老實的農夫農婦，怎會引得武功高手向他們下此毒手？那自是因我之故了。」

他在三間屋內，以及屋前、屋後，和屋頂上仔細察看，要查知兇手是何等樣人。但下手之人竟連腳印也不留下一個。喬峯滿臉眼淚，越想越悲，忍不住放聲大哭。

只哭得片刻，忽聽得背後有人說道：「可惜，可惜，咱們來遲了一步。」喬峯倏地轉身，見是四個中年僧人，服飾打扮是少林寺中的。喬峯雖曾在少林派學藝，但授他武功的玄苦大師每天入夜之後方來他家中傳授，因此少林寺的僧人他多數不識。他此時心中悲苦，雖見來了外人，一時也難收淚。

一名高高的僧人滿臉怒容，大聲喝道：「喬峯，你這人當眞豬狗不如！喬三槐夫婦就算不是你親生父母，十餘年養育之恩，卻也非同小可，如何竟忍心下手殺害？」喬峯泣道：「在下適才歸家，見父母遭害，正要查明兇手，爲父母報仇，大師何出此言？」那僧人怒道：「契丹人狼子野心，果然行同禽獸！你竟親手殺害義父義母，咱們只恨相救來遲。姓喬的，你要到少室山來撒野，可還差著這麼一大截。」說著呼的一掌，便向喬峯胸口劈到。

喬峯正待閃避，只聽得背後風聲微動，有人從後偷襲，他不願這般不明不白的和這些少林僧人動手，左足一點，輕飄飄的躍出丈許，果然另一名少林僧一足踢了個空。

四名少林僧見他如此輕易避開，臉上均顯驚異。那高大僧人罵道：「你武功雖強，卻又怎地？你想殺了義父義母滅口，隱瞞你出身來歷，只可惜你是契丹孽種，此事早已轟傳武林，江湖上那個不知，那個不曉？你行此大逆之事，只有更增你的罪孽！」另一名僧人罵道：「你先殺馬大元，再殺喬三槐夫婦，哼哼，就能遮蓋得了你的醜事麼？」

喬峯聽得兩僧如此醜詆辱罵，心中卻只有悲痛，殊無絲毫惱怒之意，他生平臨大事，決大疑，遭逢過不少爲難之事，這時很能沉得住氣，抱拳行禮，說道：「請教四位大師法名如何稱呼？是少林寺的高僧麼？」

一個中等身材的和尚脾氣最好，說道：「咱們都是少林弟子。唉，你義父、義母一生忠厚，卻落得如此慘報。喬峯，你們契丹人，下手忒也狠毒了。」

喬峯心想：「他們既不肯宣露法名，多問也是無益。那高個子的和尚說道，他們相救來遲，當是得到了訊息而來救援，卻是誰去通風報訊的？是誰預知我爹娘要遭遇凶險？」便道：「四位大師慈悲爲懷，趕下山來救我爹娘，只可惜遲了一步……」

那高個兒的僧人性烈如火，提起醋缽大的拳頭，呼的一拳，又向喬峯打來，喝道：「咱們遲了一步，才讓你行此忤逆大惡，虧你還在自鳴得意，出言譏刺。」

喬峯明知他四人一片好心，得到訊息後即來救援自己爹娘，實不願跟他們動手過招，但若不將他們制住，就永遠弄不明白眞相，便道：「在下感激四位好意，今日事出無奈，多有得罪！」說著轉身如風，伸手往第三名僧人肩頭拍去。那僧人喝道：「當眞動手麼？」一句話剛說完，肩頭已爲喬峯拍中，身子一軟，坐倒在地。

喬峯受業於少林派，於四僧武功家數爛熟於胸，接連出掌，將四名僧人一一拍倒，說道：「得罪了！請問四位師父，你們說相救來遲，何以得知我爹娘身遭厄難？是誰將這音訊告知四位師父的？」

那高個兒僧人怒道：「你不過想查知報訊之人，又去施毒手加害。少林弟子豈能屈於你契丹賤狗的逼供？你縱使毒刑，也休想從我口中套問出半個字來。」

喬峯心下暗嘆：「誤會越弄越深，我不論問甚麼話，他們都當是盤問口供。」伸手在每人背上推拿了幾下，解開四僧被封的穴道，說道：「若要殺人滅口，我此刻便送了四位的性命。是非眞相，總盼將來能有水落石出之日。」

忽聽得山坡旁一人冷笑道：「要殺人滅口，也未必能這麼容易！」

喬峯一抬頭，只見山坡旁站著十餘名少林僧，手中均持兵器。爲首二僧都是五十上下年紀，手中各提一柄方便鏟，鏟頭精鋼月牙發出青森森的寒光，那二僧目光炯炯，一見便知內功深湛。喬峯雖然不懼，但知來人武功不弱，只要一交上手，若不殺傷數人，就不易全身而退。他雙手抱拳，說道：「喬峯無禮，謝過諸位大師。」突然間身子倒飛，背脊撞破板門，進了土屋。

這一下變故來得快極，衆僧齊聲驚呼，五六人同時搶上，剛到門邊，一股勁風從門中激射而出。這五六人各舉左掌，奮力擋格，蓬的一聲大響，塵土飛揚，門內拍出的掌力剛猛之極，那五六人都給逼得倒退了四五步。待得站定身子，均感胸口氣血翻湧，各人面面相覷，心下都已明白：「喬峯這一掌力道雖猛，卻尚留有餘力，第二掌再擊將過來，未必能擋得住。」各人認定他是窮兇極惡之徒，只道他要蓄力再發，沒想到他其實是掌下留情，不欲傷人。

衆僧蓄勢戒備，隔了半晌，爲首的兩名僧人舉起方便鏟，同時使一招「雙龍入洞」，勢挾勁風，二僧身隨鏟進，並肩搶入土屋。噹噹噹雙鏟相交，織成一片光網，護住身子，卻見屋內空蕩蕩地，那裏有喬峯的人影？更奇的是，連喬三槐夫婦的屍首也已影蹤不見。

這使方便鏟的二僧，是少林寺「戒律院」中職司監管本派弟子行爲的「持戒僧」與「守律僧」，平時行走江湖，查察門下弟子功過，本身武功固然甚強，見聞之廣更爲同侶所不及。他二人見喬峯在這頃刻間走得不知去向，已極難能，竟能攜同喬三槐夫婦的屍首而去，更屬不可思議。衆僧在屋前屋後、炕頭灶邊，翻尋了個遍。戒律院二僧疾向山下追去，直追出二十餘里，卻那裏有喬峯的蹤跡？

誰也料不到喬峯挾了爹娘的屍首，反向少室山上奔去。他竄向一個人所難至、林木茂密的陡坡，將爹娘掩埋了，跪下來恭恭敬敬的磕了八個頭，心中暗祝：「爹，娘，是何人下此毒手，害你二老性命，兒子定要拿到兇手，到二老墳前剜心活祭。」

想起此次歸家，便只遲得一步，不能再見爹娘一面，否則爹娘見到自己已長得如此雄健魁梧，一定好生歡喜。倘若三人能聚會一天半日，也得有片刻的快活。想到此處，忍不住泣不成聲。他自幼便甚硬氣，極少哭泣，今日實是傷心到了極處，悲憤到了極處，淚如泉湧，難以抑止。突然間心念一轉，暗叫：「啊喲，不好！我的受業恩師玄苦大師別要又遭凶險。」

陡然想明白了幾件事：「那兇手殺我爹娘，並非時刻如此湊巧，恰好在我回家前的半個時辰中下手，那是他早有預謀，下手之後，立即去通知少林寺僧人，說我正趕上少室山來，要殺我爹娘滅口。那些少林僧俠義爲懷，一心想救我爹娘，卻撞到了我。當世知我身世眞相的，還有玄苦師父，須防那兇徒更下毒手，將罪名栽在我身上。」

一想到玄苦大師或將因己之故而遭危難，不由得五內如焚，拔步便向少林寺飛奔。他明知寺中高手如雲，達摩堂中幾位老僧更各具非同小可的絕技，自己只要一露面，衆僧羣起而攻，脫身就非易事，是以儘揀荒僻小徑急奔。繞此小徑上山，路程遠了一大半，奔得一個多時辰，才攀到了少林寺後。其時天色已然昏暗，他心中一喜一憂，喜的是黑暗中自己易於隱藏身形，憂的是兇手乘黑偷襲，不易發見他的蹤跡。

他近年來縱橫江湖，罕逢敵手，但這一次所遇大敵，武功固然高強，而心計之工、謀算之毒，自己更從未遇過。少林寺雖是龍潭虎穴般的所在，卻並未防備有人要來加害玄苦大師，倘若有人偷襲，只怕難免遭其暗算。喬峯何嘗不知自己已處嫌疑極重之地，倘若此刻玄苦大師已遭毒手，又沒人見到兇手模樣，自己如再爲人發見偷偷摸摸的潛入寺中，當眞百喙莫辯。他此刻若要遠避兇嫌，自是離少林寺越遠越好，但一來關懷恩師安危，二來想就此捉拿眞兇，爲爹娘報仇，查明奸謀眞相，至於干冒大險，卻也顧不得了。

他雖在少室山中住了十餘年，卻從未進過少林寺，寺中殿院方向，全不知悉，自更不知玄苦大師居於何處，心想：「但盼恩師安然無恙。我見了恩師之面，稟明經過，請他老人家小心提防，再叩問我的身世來歷，說不定恩師能猜到眞兇是誰。」

少林寺中殿堂院落，何止數十，東一座，西一座，散落山坡之間。玄苦大師在寺中並不執掌職司，「玄」字輩的僧人少說也有二十餘人，各人服色相同，黑暗中卻往那裏找去？喬峯心下盤算：「唯一的法子，是抓到一名少林僧人，逼他帶我去見玄苦師父，見到之後，我再說明種種不得已之處，向他鄭重賠罪。但少林僧人大都尊師重義，倘以爲我是要不利於玄苦師父，多半寧死不屈，決計不肯說出他的所在。嗯，我不妨去廚下找個火工來帶路，可是這些人卻又未必知道我師父的所在。」

一時徬徨無計，每經過一處殿堂廂房，便俯耳窗外，盼能聽到甚麼線索，他雖長大魁偉，但身手矯捷，竄高伏低，直似靈貓，竟沒給人知覺。

一路找去，行到一座小舍旁，忽聽得窗內有人說道：「方丈有要事奉商，請師叔即到『證道院』去。」另一個蒼老的聲音道：「是！我立即便去。」喬峯心想：「方丈集人議事，或許我師父也會去。我且跟著此人上『證道院』去。」只聽得「呀」的一聲，板門推開，出來兩名僧人，年老的一個往西，年少的匆匆向東，想是再去傳人。

喬峯心想，方丈請這老僧前去商議要事，此人行輩身分必高，少林寺不同別處寺院，凡行輩高者，武功亦必高深。他不敢緊隨其後，只望著他的背影，遠遠跟隨，眼見他一逕向西，走進了最西的一座屋宇。喬峯待他進屋帶上了門，才繞圈走到屋子後面，聽明白四周無人，方始伏到窗下。

他既悲憤，又恚怒，自忖：「喬峯行走江湖以來，對待武林中正派同道，那一件事不是光明磊落，大模大樣？今日卻迫得我這等偷偷摸摸，萬一行蹤敗露，喬某英名盡喪，這張臉卻往那裏擱去？」隨即轉念：「當年師父每晚下山授我武藝，縱然大風大雨，亦從來不停一晚。這等重恩，我便粉身碎骨，亦當報答，何況小小羞辱？」

只聽得門外腳步聲響，先後來了四人，過不多時，又來了兩人，窗紙上映出人影，共有十餘人聚集。喬峯心想：「倘若他們商議的是少林派中機密要事，給我偷聽到了，我雖非有意，總是不妥。還是離得遠些爲是。師父若在屋裏，這裏面高手如雲，任他多厲害的兇手也傷他不著，待得集議已畢，羣僧分散，我再設法和師父相見。」

正想悄悄走開，忽聽得屋內十餘僧人一齊唸經。喬峯不懂他們唸的是甚麼經文，但聽得出聲音莊嚴肅穆，有幾人的誦經聲中又頗有悲苦之意。這一段經文唸得甚久，他漸覺不妥，尋思：「他們似乎是在做甚麼法事，又或是參禪研經，我師父或者不在此處。」側耳細聽，果然在羣僧齊聲誦經的聲音之中，聽不出有玄苦大師那沉著厚實的嗓音在內。

他一時拿不定主意是否要再等一會，只聽得誦經之聲止歇，一個威嚴的聲音說道：「玄苦師弟，你還有甚麼話要說麼？」喬峯大喜：「師父果在此間，他老人家安好無恙。原來他適才沒一起唸經。」

只聽得一個渾厚的聲音說起話來，喬峯聽得明白，正是他的受業師父玄苦大師，但聽他說道：「小弟受戒之日，先師給我取名爲玄苦。佛祖所說八苦，乃是生、老、病、死、怨憎會、愛別離、求不得、五陰熾盛。小弟努力脫此八苦，說來慚愧，勉能渡己，不能渡人。這『怨憎會』的苦，原是人生必有之境。宿因所種，該當有此業報。衆位師兄、師弟見我償此宿業，該當爲我歡喜才是。」喬峯聽他語音平靜，只他所說的都是佛家言語，不明其意所指。

又聽那威嚴的聲音道：「玄悲師弟數月前命喪奸人之手，咱們全力追拿兇手，似違我佛勿嗔勿怒之戒。然降魔誅奸，是爲普救世人，我輩學武，本意原爲宏法，學我佛大慈大悲之心，解除衆生苦難……」喬峯心道：「這聲音威嚴之人，想必是少林寺方丈玄慈大師了。」只聽他繼續說道：「……除一魔頭，便是救無數世人。師弟，那人可是姑蘇慕容麼？」

喬峯心道：「這事又牽纏到了姑蘇慕容氏身上。聽說少林派玄悲大師在大理國境內遭人暗算，難道他們也疑心是慕容公子下的毒手？」

只聽玄苦大師說道：「方丈師兄，小弟不願讓師兄和衆位師兄弟爲我操心，以致更增我業報。那人如能放下屠刀，自然回頭是岸，倘若執迷不悟，唉，他也是徒然自苦而已。此人形貌如何，那也不必多說了。」

方丈玄慈大師說道：「是！師弟大覺高見，做師兄的太過執著，頗落下乘了。」玄苦道：「小弟意欲靜坐片刻，默想懺悔。」玄慈道：「是，師弟多多保重。」

只聽得板門呀的一聲打開，一個高大瘦削的老僧當先緩緩走出。他行出丈許，後面魚貫而出，共是一十七名僧人。十八位僧人都雙手合什，低頭默唸，神情莊嚴。

待得衆僧遠去，屋內寂靜無聲，喬峯爲這周遭的情境所懾，一時不敢現身叩門，忽聽得玄苦大師說道：「佳客遠來，何以徘徊不進？」

喬峯吃了一驚，自忖：「我屏息凝氣，旁人縱然和我相距咫尺，也未必能察覺我潛身於此。師父耳音如此，內功修爲當眞了得。」當下恭恭敬敬的走到門口，說道：「師父安好，弟子喬峯叩見師父！」

玄苦輕輕「啊」了一聲，道：「是峯兒？我這時正在想念你，只盼和你會見一面，快進來！」聲音中充滿喜悅。

喬峯大喜，搶步而進，便即跪下叩頭，說道：「弟子平時少有侍奉，多勞師父掛念。師父清健，孩兒不勝之喜。」說著抬起頭來，仰目瞧向玄苦。

玄苦大師本來臉露微笑，油燈照映下見到喬峯的臉，突然臉色大變，站起身來，顫聲道：「你……你……原來便是你，你便是喬峯，我……我親手調教出來的好徒兒？」

但見他臉上又驚駭，又痛苦，又混和著深深的憐憫和惋惜之意。

喬峯見師父瞬息間神情大異，心中驚訝之極，說道：「師父，孩兒便是喬峯。」

玄苦大師道：「好，好，好！」連說三個「好」字，便不說話了。

喬峯不敢再問，靜待他有何教訓指示，那知等了良久，玄苦大師始終不言不語。喬峯再看他臉色時，見他臉上肌肉僵硬不動，一副神氣和適才全然一模一樣，不禁嚇了一跳，伸手去摸他手掌，但覺頗有涼意，忙再探他鼻息，原來早已氣絕多時。這一下喬峯只嚇得目瞪口呆，腦中一片混亂：「師父一見我，就此嚇死了？決計不會，我又有甚麼可怕？多半他是早已受傷。」卻又不敢逕去檢視他身子。

他定了定神，心意已決：「我若此刻悄然避去，豈是喬峯鐵錚錚好漢子的行逕？今日之事，縱有萬般凶險，也當查問個水落石出。」他走到屋外，朗聲叫道：「方丈大師，玄苦師父圓寂了！玄苦師父圓寂了！」這兩句呼聲遠遠傳送出去，山谷鳴響，闔寺俱聞。呼聲雖然雄渾，卻極其悲苦。

玄慈方丈等一行人尚未回歸各自房舍，猛聽得喬峯的呼聲，一齊轉身，快步回到「證道院」來。只見一條長大漢子站在院門之旁，伸袖拭淚，衆僧均覺奇怪。玄慈關心玄苦安危，不及向那漢子細看，便搶步進屋，只見玄苦僵立不倒，更是一怔。衆僧一齊入內，垂首低頭，誦唸經文。

喬峯最後進屋，跪地暗許心願：「師父，弟子報訊來遲，你已遭人毒手。弟子和那奸人的仇恨又深了一層。弟子縱然歷盡萬難，也要找到這奸人來碎屍萬段，爲恩師報仇。」

玄慈方丈唸經完畢後，轉眼見到喬峯的容貌，吃了一驚，問道：「適才呼叫的便是施主嗎？」喬峯道：「是，弟子喬峯！弟子見到師父圓寂，悲痛不勝，以致驚動方丈。」

玄慈聽了喬峯的話，身子一顫，臉上現出異樣神色，向他凝視半晌，才道：「施主你……你……你便是丐幫的……前任幫主？」

喬峯聽到他說「丐幫的前任幫主」這七個字，心想：「江湖上的訊息傳得好快，他既知我已不是丐幫幫主，自也知道我被逐出丐幫的原由。」說道：「正是！」

玄慈問道：「施主何以黃夜闖入敝寺？又怎生見到玄苦師弟圓寂？」

喬峯心有千言萬語，一時不知如何說才好，只得道：「玄苦大師是弟子的受業恩師，但不知我恩師受了甚麼傷，是何人下的毒手？」

玄慈方丈垂淚道：「玄苦師弟受人偷襲，胸間吃了人一掌重手，肋骨齊斷，五臟破碎，仗著內功深厚，這才支持到此刻。我們問他敵人是誰，他說並不相識，又問兇手形貌年歲。他卻說道佛家八苦，『怨憎會』乃其中一苦，既遇上了冤家對頭，正好就此解脫，兇手的形貌，他決不肯說。」

喬峯恍然而悟：「原來適才衆僧已知師父身受重傷，唸經誦佛，乃是送他西歸。」他含淚說道：「衆位高僧慈悲爲念，不記仇冤。弟子是俗家人，務須捉到這下手的兇手，千刀萬剮，爲師父報仇。貴寺門禁森嚴，不知那兇人如何能闖得進來？」

玄慈沉吟未答，一名身材矮小的老僧忽然冷冷的道：「施主闖進少林，咱們沒能阻攔察覺，那兇手當然也能自來自去、如入無人之境了。」

喬峯躬身抱拳，說道：「弟子以事在緊迫，不及在山門外通報求見，多有失禮，還懇諸位師父見諒。弟子出身少林，淵源極深，決不敢有絲毫輕忽冒犯之意。」他最後那兩句話意思是說，如果少林派失了面子，我也連帶丟臉，心知自己闖入少林後院，直到自行呼叫才有人知覺，這件事傳將出去，於少林派的顏面實在大有損傷。

正在這時，一個小沙彌捧著一碗熱氣騰騰的藥走進房來，向著玄苦的屍體道：「師父，請用藥。」他是服侍玄苦的沙彌，在「藥王院」中煎好了一服療傷靈藥「九轉回春湯」，送來給師父服用。他見玄苦直立不倒，不知已死。

喬峯心中悲苦，哽咽道：「師父他……」那小沙彌轉頭向他瞧了一眼，突然大聲驚呼：「是你！你……又來了！」嗆啷一聲，藥碗失手掉落在地，瓷片藥汁，四散飛濺。那小沙彌向後躍開兩步，靠在牆上，尖聲道：「是他！打傷師父的便是他！」

他這麼一叫，衆人無不大驚。喬峯更加惶恐，大聲道：「你說甚麼？」那小沙彌不過十二三歲年紀，見了喬峯十分害怕，躲到了玄慈方丈身後，拉住他衣袖，叫道：「方丈，方丈！」玄慈道：「青松，不用怕，你說好了，你說是他打了師父？」

小沙彌青松道：「是的，他用手掌打師父的胸口，我在窗口看見的。師父，師父，你打還他啊！」直到此刻，他兀自未知玄苦已死。玄慈方丈道：「你瞧得仔細些，別認錯了人。」青松道：「我瞧得清清楚楚的，他身穿灰布直綴，方臉蛋，眉毛這般上翹，大口大耳朵，正是他。方丈，快打他，快打他！」

喬峯一股涼意從背脊上直瀉下來，心道：「是了，那兇手正是裝扮作我的模樣，要嫁禍於我。師父聽到我回來，本極歡喜，但一見到我臉，見我和傷他的兇手一般形貌，這才說道：『原來便是你，你便是喬峯，我親手調教出來的好徒兒。』師父和我十餘年不見，我自孩童變爲成人，相貌早不同了。」再想到玄苦大師臨死之前連說的那三個「好」字，當眞心如刀割：「師父中人重手，卻不知敵人是誰，待得見到了我，認出我和兇手的形貌相似，心中大悲，一慟而死。師父身受重傷，本已垂危，自不會細想：倘若眞是我下手害他，何以第二次又來相見。」

忽聽得人聲喧嘩，一羣人快步奔來，到得「證道院」外止步不進。兩名僧人躬著身子，恭恭敬敬的進來，正是在少室山腳下和喬峯交過手的持戒、守律二僧。那持戒僧只說得一聲：「稟告方丈……」便已見到喬峯，臉上露出驚詫憤怒的神色，不知他何以竟在此處。其餘衆僧也都橫眉怒目，狠狠的瞪著喬峯。

玄慈方丈神色莊嚴，緩緩的道：「施主雖已不在丐幫，終是武林中的成名人物。今日駕臨敝寺，出手擊死玄苦師弟，不知所爲何來，還盼指教。」

喬峯長嘆一聲，對著玄苦的屍身拜伏在地，說道：「師父，你臨死之時，還道是弟子下手害你，以致飲恨而歿！弟子雖萬萬不敢冒犯師父，但奸人所以加害，正是因弟子而起。弟子今日一死以謝恩師，殊不足惜，但從此師父的大仇便不得報了。弟子有犯少林尊嚴，師父恕罪。」猛地呼呼兩聲，吐出兩口長氣。堂中兩盞油燈應聲而滅，登時黑漆一團。

喬峯出言禱祝之時，心下已盤算好了脫身之策。他一吹滅油燈，左手揮掌擊在守律僧背心，這一掌力聚陰柔，不傷他內臟，但將他一個肥大的身軀拍得穿堂破門而出。衆僧黑暗中羣僧聽得風聲，都道喬峯出門逃走，各使擒拿手法，抓向守律僧身上。衆僧都是一般的心思，不願下重手將喬峯打死，要擒住了詳加盤問，他害死玄苦大師，到底所爲何來。這十餘位高僧均是少林寺第一流好手，各人擒拿手法並不相同，卻各有獨到之處。一時之間，擒龍手、鷹爪手、虎爪功、金剛指、握石掌……各種各式少林派最高明的擒拿手法，都抓在守律僧身上。衆高僧武功也眞了得，黑暗中單聽風聲，出手不差釐毫。那守律僧這一下可吃足了苦頭，霎時之間，周身要穴著了諸般擒拿手法，身子凌空而懸，作聲不得，這等經歷，只怕自古以來從未有人受過。

這些高僧閱歷既深，應變的手段自也了得，當下立時便有人飛身上屋，守住屋頂。證道院的各處通道和前門後門，片刻間便有高手僧人佔住要衝。

小沙彌青松取過火刀火石，點燃了堂中油燈，衆僧立即發覺是抓錯了守律僧。

達摩院首座玄難大師傳下號令，全寺僧衆各守原地，不得亂動。羣僧均想，喬峯膽子再大，也決不敢孤身闖進少林寺這龍潭虎穴來殺人，必定另有強援，多半乘亂另有圖謀，可別中了調虎離山之計。

證道院中的十餘高僧和持戒僧所率領的一干僧衆，在證道院鄰近各處細搜，幾乎每一塊石頭都翻了轉來，每一片草叢都有人用棍棒拍打。這麼一來，衆位大和尙雖說慈悲爲懷，有好生之德，但蝦蟆、地鼠、蚱蜢、螞蟻，卻也誤傷了不少。

忙碌了一個多時辰，只差著沒將土地挖翻，卻那裏找得著喬峯？各人都嘖嘖連聲，稱奇道怪，偶爾不免口出幾句辱罵之言，佛家十戒雖戒「惡語」，那也顧不得了。當下將玄苦大師的法體移入「舍利院」中火化，將守律僧送到「藥王院」去施藥治傷。羣僧垂頭喪氣，相對默然，都覺這一次的臉實在丟得厲害。少林寺高手如雲，以這十餘位高僧的武功聲望，每一個在武林中都叫得出響噹噹的字號，竟讓喬峯赤手空拳，獨來獨往，別說殺傷擒拿，連他如何逃走，竟也摸不著半點頭腦。

原來喬峯料到變故一起，羣僧定然四處追尋，但於適才聚集的室中，卻決計不會著意，是以將守律僧一掌拍出之後，身子一縮，悄沒聲的鑽到了玄苦大師生前所睡的床下，十指揷入床板，身子緊貼床板。雖也有人曾向床底匆匆一瞥，卻看不到他。待得玄苦大師的法體移出，執事僧將證道院的板門帶上，更沒人進來了。

喬峯橫臥床底，耳聽得羣僧擾攘了半夜，人聲漸息，尋思：「等到天明，脫身可又不易了，此時不走，更待何時？」從床底悄悄鑽出，輕推板門，閃身躲在樹後。

心想此刻人聲雖止，但少林衆高僧豈能就此罷休，放鬆戒備？證道院是在少林寺的極西之處，只須更向西行，即入叢山。只要一出少林寺，羣僧人手分散，縱然遇上，也攔截他不住。但他雅不欲與少林僧衆動手，只盼日後擒到眞兇，帶入寺來，說明原委。今日多與一僧動手，多勝一人，便多結一個無謂的怨家，倘若自己失手傷人殺人，更不堪設想。自己在寺西失蹤，羣僧看守最嚴的，必是寺西通向少室山的各處山徑。他略一盤算，心想最穩妥的途徑，反是穿寺而過，從東方離寺。

當下矮著身子，在樹木遮掩下悄步而行，橫越過四座院舍，躲在一株菩提樹之後，忽見對面樹後伏著兩僧。那兩名僧人絲毫不動，黑暗中絕難發覺，但他眼光銳利，見到一僧手中所持戒刀上的微微閃光，心道：「好險！我剛才倘若走得稍快，行藏非敗露不可。」在樹後守了一會，那兩名僧人始終不動，這個「守株待兔」之策倒也厲害，自己只要一動，便給二僧發見，可是又不能長期僵持，始終不動。

他略一沉吟，拾起一塊小石子，向西彈出，勁道使得甚巧，初緩後急，石子飛出時無甚聲音，到得七八丈外，破空之聲方厲，擊在一株大樹上，啪的一響，發出異聲。

那二僧矮著身子，疾向那大樹撲去。喬峯待二僧越過自己，縱身躍起，翻入了身旁的院子，月光下瞧得明白，一塊匾額上寫著「菩提院」三字。他知那二僧不見異狀，定然去而復回，當下更不停留，直趨後院，穿過菩提院前堂，斜身奔入後殿。

一瞥眼間，只見一條大漢的人影迅捷異常的在身後一閃而過，身法之快，直是罕見。喬峯吃了一驚：「好身手，這人是誰？」迴掌護身，回過頭來，不由得啞然失笑，只見對面也是一條大漢單掌斜立，護住面門，含胸拔背，氣凝如嶽，原來後殿的佛像之前安著一座屏風，屏風上裝著一面極大銅鏡，擦得晶光淨亮，鏡子將自己的人影照了出來。銅鏡上鐫著四句經偈，佛像前點著幾盞油燈，昏黃的燈光之下，依稀看到是：「一切有為法，如夢幻泡影，如露亦如電，當作如是觀。」

喬峯一笑回頭，正要舉步，猛然間心頭似被甚麼東西猛力一撞，登時呆了，他只知在這一霎時間，想起了一件異常重要之事。然而是甚麼事，卻模模糊糊的捉摸不住。

怔立片刻，無意中回頭又向銅鏡瞧了一眼，見到了自己背影，猛地省悟：「我不久之前曾見過我自己的背影，那是在甚麼地方？我又從來沒見過這般大的鏡子，怎能如此清晰的見到我自己的背影？」正自出神，忽聽得院外腳步聲響，有數人走進院來。

百忙中無處藏身，見殿上並列著三尊佛像，當即竄上神座，躲到了第三座佛像身後。聽腳步聲共是六人，排成兩列，並肩來到後殿，各自坐上一個蒲團。喬峯從佛像後窺看，見六人都是青年僧人，心想：「我此刻竄向後殿，這六僧如均武功平平，便不致發見，但只要其中一人內功深湛，耳目聰明，就能知覺。且靜候片刻再說。」

忽聽得右首一僧道：「師兄，這菩提院中空蕩蕩地，有甚麼經書？師父爲甚麼叫咱們來看守？說甚麼防敵人偷盜？」左首一僧微微一笑，道：「這是菩提院的秘密，多說無益。」右首的僧人道：「哼！我瞧你也未必知道。」左首的僧人受激不過，說道：「我怎不知道？『一夢如是』……」他說了這半句話，驀地驚覺，突然住口。右首的僧人問道：「甚麼叫做『一夢如是』？」坐在第二個蒲團上的僧人道：「虛清師弟，你平時從來不多嘴多舌，怎地今天問個不休？你要知道菩提院的秘密，去問你師父罷。」

那名叫虛清的僧人便不再問，過了一會，道：「我到後面方便去。」說著站起。他自右首走向左邊側門，經過自左數來第五名僧人的背後時，忽然右腳提起，踢中了那僧後心「懸樞穴」。懸樞穴在人身第十三脊椎之下，那僧在蒲團上盤膝而坐，懸樞穴正在蒲團邊緣，給虛清足尖踢中，身子緩緩向右倒去。這虛清出足極快，卻又悄無聲息，跟著便去踢那第四僧的「懸樞穴」，接著又踢第三僧，霎時間接連踢倒三僧。

喬峯在佛像後看得明白，心下大奇，不知這些少林僧何以忽起內鬨。只見那虛清伸足又踢左首第二僧，足尖剛碰上他穴道，那遭他踢中穴道的三僧之中，有兩僧從蒲團上跌了下來，腦袋撞到殿上磚地，砰砰有聲。左首那僧一驚，躍起身來察看，瞥眼見到虛清出足將他身右的僧人踢倒，更是驚駭，叫道：「虛清，你幹甚麼？」虛清指著外面道：「你瞧，是誰來了？」那僧人掉頭向外看去，虛清飛起右腳，往他後心疾踢。

這一下出足極快，本來非中不可，但對面銅鏡將這一腳偷襲照得清清楚楚，那僧斜身避過，反手還掌，叫道：「你瘋了麼？」虛清出掌如風，鬥到第八招時，那僧人小腹中拳，跟著又給踹了一腳。喬峯見虛清出招陰柔險狠，絕非少林派家數，心下更奇。

那僧人情知不敵，大聲呼叫：「有奸細，有奸細……」虛清跨步上前，左拳擊中他胸口，那僧人登時暈倒。

虛清奔到銅鏡之前，伸出右手食指，在鏡上那首經偈第一行第一個「一」字上一揿。喬峯從鏡中見他跟著又在第二行的「夢」字上揿了一下，心想：「那僧人說秘密是『一夢如是』，鏡上共有四個『如』字，不知該揿那一個？」

但見虛清伸指在第三行的第一個「如」字上一揿，又在第四行的「是」字上一揿。他手指未離鏡面，只聽得軋軋聲響，銅鏡已緩緩翻起。

喬峯這時如要脫身而走，原是良機，但他好奇心起，要看個究竟，爲甚麼這少林僧要戕害同門，銅鏡後面又有甚麼東西，說不定這事和玄苦大師被害之事有關。

左首第一僧爲虛清擊倒之前曾大聲呼叫，少林寺中正有百餘名僧衆在四處巡邏，一聽得叫聲，紛紛趕來。但聽得菩提院東南西北四方都有腳步聲傳到。

喬峯心下猶豫：「莫要給他們發見了我的蹤跡。」但想羣僧一到，目光都射向虛清，自己脫身之機甚大，也不必急於逃走。只見虛清探手到銅鏡後的一個小洞中去摸索，卻似摸不到甚麼。便在這時，從北而來的腳步聲已近菩提院門外。

虛清一頓足，顯然十分失望，正要轉身離開，忽然矮身往銅鏡的背面一張，低聲喜呼：「在這裏了！」伸手從銅鏡背面摘下一個小小包裹，揣在懷裏，便欲覓路逃走，但這時四面八方羣僧大集，已無去路。虛清四面張望，當即從菩提院前門中奔出。

喬峯心想：「此人這麼出去，非立時遭擒不可。」便在此時，只覺風聲颯然，有人撲向他藏身之處，喬峯聽風辨形，左手伸出，已抓住了那人左腕腕門，右手搭出，按在他背心神道穴上，內力吐處，那人全身酸麻，已不能動彈。喬峯拿住敵人，凝目瞧他面貌，竟見此人就是虛清。他一怔之下，隨即明白：「是了！這人如我一般，也到佛像之後藏身，湊巧也挑中了這第三尊佛像，想因這尊佛像身形最爲肥大。他爲甚麼先從前門奔出，卻又悄悄從後門進來？嗯，地下躺著五個和尚，待會旁人進來一問，那五個和尚都說他從前門逃走了，大家就不會在這菩提院中搜尋。嘿，此人倒也工於心計。」

喬峯手上仍拿住虛清不放，將嘴唇湊到他耳邊，低聲道：「你若聲張，我一掌便送了你性命，知不知道？」虛清點了點頭。

便在這時，大門中衝進七八個和尚，其中三人手持火把，大殿上登時一片光亮。衆僧見到殿上五僧橫臥在地，登時吵嚷起來：「喬峯那惡賊又下毒手！」「嗯，是虛湛、虛淵師兄他們！」「啊喲，不好！這銅鏡怎麼給掀起了？喬峯盜去了菩提院的經書！」「快稟報方丈！」喬峯聽到這些人紛紛議論，不禁苦笑：「這筆帳又算在我身上。」片刻之間，殿上聚集的僧衆愈來愈多。

喬峯只覺得虛清掙扎了幾下，想要脫身逃走，已明其意：「此刻羣僧集在殿上，虛湛、虛淵他們未醒。這虛清僧若要逃走，這時正是良機，他便大搖大擺的在殿上出現，也沒人起疑，人人都道我是兇手。」隨即心中又是一動：「看來這虛清還不夠機靈，他當時何必躲在這裏？他從殿中出去，怎會有人盤問於他？」

突然之間，殿上人聲止息，誰都不再開口說一句話，跟著衆僧齊聲道：「參見方丈，參見達摩院首座，參見戒律院首座。」

只聽得啪啪輕響，有人出掌將虛湛、虛淵等五僧拍醒，又有人問道：「是喬峯作的手腳麼？他怎麼會得知銅鏡中的秘密？」虛湛道：「不是喬峯，是虛清……」突然縱躍聲起，接著罵道：「好，好！你爲甚麼暗算同門？」

喬峯在佛像之後，沒法看到他在罵誰。

只聽得一人大聲驚叫：「虛湛師兄，你拉我幹麼？」虛湛怒道：「你踢倒我等五人，盜去經書，這般大膽！稟告方丈，叛賊虛清，私開菩提院銅鏡，盜去藏經！」那人叫道：「甚麼？我一直在方丈身邊，怎會來盜甚麼藏經？」

一個蒼老嘶啞的聲音森然道：「先關上銅鏡，將經過情形說來。」

虛淵走過去將銅鏡放回原處。這一來，殿上羣僧的情狀，喬峯在鏡中瞧得清清楚楚。只見一僧指手劃腳，甚是激動，喬峯向他瞧了一眼，不由得吃了一驚，原來這人正是虛清。喬峯一驚之下，自然而然的再轉頭去看身旁被自己擒住那僧，只見這人的相貌和殿上的虛清僧全然相同，細看之下，或有小小差異，但一眼瞧去，殊無分別。喬峯尋思：「世上形貌如此相像之人，極是罕有。是了，想他二人是孿生兄弟。這法子倒妙，一個到少林寺來出家，一個在外邊等著，待得時機到來，另一個扮作和尚到寺中來盜經。那眞虛清寸步不離方丈，自無人會對他起疑。」

只聽得虛湛將虛清如何探問銅鏡秘密，自己如何不該隨口說了四字，虛清如何假裝出外方便、偷襲踢倒四僧，又如何和自己動手、將自己打倒等情，一一說了。虛湛講述之時，虛淵等四僧不住附和，證實他的言語全無虛假。

玄慈方丈臉上神色一直不以爲然，待虛湛說完，緩緩問道：「你瞧清楚了？確是虛清無疑？」虛湛和虛淵等齊道：「稟告方丈，我們怎敢誣陷虛清？」

玄慈嘆道：「此事定有別情。剛才虛清一直在我身邊，並未離開。達摩院首座也在一起。」方丈此言一出，殿上羣僧誰也不敢作聲。達摩院首座玄難大師說道：「正是。我也瞧見虛清陪著方丈師兄，他怎能到菩提院來盜經？」戒律院首座玄寂問道：「虛湛，那虛清和你動手過招，拳腳中有何特異之處？」他便是那語音蒼老嘶啞之人。

虛湛大叫一聲：「啊也！我怎麼沒想起來？那虛清和弟子動手，使的不是本門武功。」玄寂道：「是那一門那一派的功夫，你能瞧得出來嗎？」見虛湛臉上一片茫然，無法回答，又問：「是長拳呢，還是短打？擒拿手？還是地堂、六合、通臂？」虛湛道：「他……他的功夫陰毒得緊，弟子幾次都莫名其妙的著了他道兒。」

玄寂、玄難等幾位行輩最高的老僧和方丈互視一眼，均想，今日寺中來了本領極高的敵人，伎倆巧妙，教人如墮五里霧中。爲今之計，只有加緊搜查，同時鎭定從事，見怪不怪，否則寺中驚擾起來，只怕禍患更難收拾。

玄慈雙手合什，說道：「菩提院中所藏經書，乃本寺前輩高僧所著闡揚佛法、渡化世人的大乘經論，佛門弟子得了去，唸誦鑽研，頗能宏揚佛法。但如世俗之人得去，不加尊重，罪過不小。各位師弟師姪，自行回歸本院安息，有職司者照常奉行。」

羣僧遵囑散去，只虛湛、虛淵等，仍對著虛清嘮叨不休。玄寂向他們瞪了一眼，虛湛等吃了一驚，不敢再說甚麼，和虛清並肩而出。

羣僧退去，殿上只留下玄慈、玄難、玄寂三僧，坐在佛像前蒲團之上。玄慈突然朗聲唸道：「阿彌陀佛！罪過，罪過！」這八字一出口，三僧忽地飛身而起，轉到了佛像身後，一齊出掌，分向喬峯拍到。

喬峯沒料到這三僧竟已在銅鏡中發見了自己蹤跡，更想不到這三個老僧老態龍鍾，說打便打，出掌如此迅捷威猛。一霎時間，已覺呼吸不暢，胸口氣閉，少林寺三高僧合擊，當眞非同小可。百忙中分辨掌力來路，只覺上下左右及身後五個方位，已全爲三僧掌力封住，倘若硬闖，非使硬功不可，不是擊傷對方，便是自己受傷。一時不及細想，雙掌運力向身前推出，喀喇喇聲音大響，身前佛像給他連座推倒。喬峯順手提起虛清，縱身而前，只覺背心上掌風凌厲，掌力未到，風勢已及。

喬峯不願與少林高僧對掌鬥力，右手抓起身前那座裝有銅鏡的屏風，迴臂轉腕，將屏風如盾牌般擋在身後，只聽得噹的一聲大響，玄難一掌打上銅鏡，只震得喬峯右臂隱隱酸痲，鏡周屏風碎成數塊。

喬峯借著玄難這一掌之力，向前縱出丈餘，忽聽得身後有人深深吸了口氣，聲音大不尋常。喬峯立知有一位少林高僧要使「劈空神拳」這一類武功，自己雖然不懼，卻也不欲和他以掌力相拚，當即又將銅鏡擋到身後，內力也貫到了右臂之上。

便在此時，只覺得對方的拳風傾斜而至，方位殊爲怪異。喬峯一愣，立即醒覺，那老僧的拳力不是擊向他背心，卻是對準了虛清的後心。喬峯和虛清素不相識，原無救他之意，但既將他提在手中，自然而然起了照顧的念頭，一移銅鏡，已護住了虛清，只聽得啪的一聲悶響，銅鏡聲音啞了，原來這鏡子已爲玄難先前的掌力打裂，這時再受到玄慈方丈的金剛劈空拳，便聲若破鑼。

喬峯迴鏡擋架之時，已提著虛淸躍向屋頂，只覺他身子甚輕，和他魁梧的身材殊不相稱，但那破鑼似的聲音一響，自己竟在屋簷上立足不穩，膝間一軟，又摔了下來。他自行走江湖以來，從沒遇到過如此厲害的對手，不由得一驚，一轉身，便如淵停嶽峙般站在當地，氣度沉雄，渾不以身受強敵圍攻爲意。

玄慈說道：「阿彌陀佛！喬施主，你到少林寺來殺人之餘，又再損毀佛像。」

玄寂喝道：「吃我一掌！」雙掌自外向裏轉了個圓圈，緩緩向喬峯推了過來。他掌力未到，喬峯已感胸口呼吸不暢，頃刻之間，玄寂的掌力如怒潮般洶湧而至。

喬峯抛去銅鏡，右掌還了一招「降龍廿八掌」中的「亢龍有悔」。兩股掌力相交，嗤嗤有聲，玄寂和喬峯均退了三步。喬峯一霎時只感全身乏力，脫手放下虛淸，但一提眞氣，立時便又精神充沛，不等玄寂第二掌再出，叫道：「失陪了！」提起虛淸，飛身上屋而去。

玄難、玄寂二僧同時「咦」的一聲，駭異無比。玄寂適才所出那一掌，實是畢生功力之所聚，叫作「一拍兩散」，所謂「兩散」，是指拍在石上，石屑「散」飛；拍在人身，魂飛魄「散」。這路掌法就只這麼一招，只因掌力太過雄渾，臨敵時用不著使第二招，敵人便已斃命，而這一掌以如此排山倒海般的內力爲根基，要想變招換式，亦非人力之所能。不料喬峯接了這一招，非但不當場倒斃，居然在極短的時間之中便即回力，攜人上屋而走。

玄難嘆道：「此人武功，當眞了得！」玄寂道：「須當及早除去，免成無窮大患。」玄難連連點頭。玄慈方丈卻遙望喬峯去路的天邊，怔怔出神。

喬峯臨去時回頭一瞥，只見銅鏡爲玄慈方丈那一拳打得碎成數十塊，散在地下，每塊碎片之中，都映出了他的後影。喬峯又是沒來由的一怔：「爲甚麼每次我看到自己背影，總是心下不安？到底其中有甚麼古怪？」其時急於遠離少林，心頭雖浮上這層疑雲，在一陣急奔之下，便又忘懷了。

少室山中的道路他極熟悉，竄向山後，儘揀陡削的窄路行走，奔出數里，耳聽得並無少林僧衆追來，心下稍定，放落虛清，喝道：「你自己走罷！可別想逃走。」不料虛清雙足一著地，便即軟癱委頓，蜷成一團，似乎早已死了。喬峯一怔，伸手探他鼻息，只覺呼吸若有若無，極是微弱，再去搭他脈搏，也跳動極慢，看來立時便要斷氣。

喬峯心想：「我心中存著無數疑團，正要問你，可不能讓你如此容易便死。這和尚落在我手中，生怕陰謀敗露，多半是服了烈性毒藥自殺。」伸手到他胸口去探他心跳，只覺著手輕軟，這和尙竟是個女子！

喬峯急忙縮手，大奇：「他……他是個女子所扮？」黑暗中沒法細察此人形貌。他豪邁豁達，不拘小節，可不像段譽那麼知書識禮，顧忌良多，提著虛淸後心拉了起來，喝問：「你到底是男人，還是女人？你不說實話，我可要剝光你衣裳來查明眞相了？」虛淸口唇動了幾動，想要說話，卻說不出半點聲音，顯是命在垂危，如懸一線。

喬峯心想：「不論此人是男是女，是好是歹，總不能讓他就此死去。」伸出右掌，抵在他後心，自己丹田中眞氣鼓盪，自腹至臂，自臂及掌，傳入了虛淸體內，就算救不了他性命，至少也要在他口中問到若干線索。過不多時，虛淸脈搏漸強，呼吸也順暢起來。喬峯見他一時不致便死，心下稍慰，尋思：「此處離少林寺未遠，不能逗留太久。」雙手將虛淸橫抱於臂彎，邁開大步，向西北方行去。

這時更覺虛淸身軀極輕，和他魁梧的身材極不相稱，心想：「我除你衣衫雖然不妥，難道鞋襪便脫不得？」伸手扯下他右足僧鞋，一揑他腳板，只覺著手堅硬，不是生人肌肉，微微使力一扯，一件物事應手而落，竟是一隻木製假腳，再去摸虛淸的腳時，那才是柔軟細巧的一隻腳掌。喬峯哼了一聲，暗道：「果然是個女子。」

當下展開輕功，越行越快，奔到天色黎明，估計離少林寺已有五十餘里，抱著虛淸走到右首小樹林中，見一條清溪穿林而過，走到溪旁，掬些清水洒在虛淸臉上，再用她僧袍的衣袖擦了幾下，突然之間，她臉上肌肉一塊塊的落下來。喬峯嚇了一跳：「怎麼她肌膚爛成了這般模樣？」凝目細看，只見她臉上的爛肉之下，露出光滑晶瑩的肌膚。

虛淸給喬峯抱著疾走，一直昏昏沉沉，這時臉上給淸水一濕，睜開眼來，見到喬峯，勉強笑了一笑，輕輕說道：「喬幫主！」叫了這聲後，又閉上眼睛。

喬峯將她僧袍的衣袖在溪水中浸得濕透，在她臉上用力擦洗幾下，灰粉簌簌應手而落，露出一張嬌美的少女臉蛋來。喬峯失聲叫道：「是阿朱姑娘！」

喬裝虛淸混入少林寺菩提院的，正是慕容復的侍婢阿朱。她改裝易容之術，妙絕人寰，踩木腳增高身形，以棉花聳肩凸腹，更用麵粉糊漿堆腫了面頰，戴上僧帽，穿上僧袍，竟連與虛淸日常見面的虛湛、虛淵等人也認不出來。

她迷迷糊糊之中，聽得喬峯叫她「阿朱姑娘」，想要答應，又想解釋爲甚麼混入少林寺中，但半點力氣也無，連舌頭也不聽使喚，竟連「嗯」的一聲也答應不出。

喬峯初時認定虛淸奸詐險毒，自己父母和師父之死，定和他有極大關連，是以不惜耗費眞力，救他性命，要著落在他身上查明眞相，早已打定主意，如他不說，便要以種種慘酷難熬的毒刑拷打逼迫。那知此人眞面目一現，竟是那個嬌小玲瓏、俏美可喜的小姑娘阿朱，當眞做夢也料想不到。喬峯雖和阿朱、阿碧二人見過數面，又曾從西夏武士的手中救了她二人出來，卻不知阿朱精於改裝之術，若換作段譽，便早猜到了。

喬峯這時已辨明她並非中毒，乃是受了拳力之傷，略一沉吟，已知其理，先前玄慈方丈發劈空拳擊來，自己以銅鏡擋架，雖未擊中阿朱，但其時自己左手中提著她，這凌厲之極的拳力已傳到了她身上，想明此節，不由得暗自歉仄：「倘若我不是多管閒事，任由她自來自去，她早已脫身溜走，決不致遭此大難。」他心中好生看重慕容復，愛屋及烏，對他的侍婢也不免青眼有加。心想：「她所以受此重傷，全係因我之故。義不容辭，非將她治好不可。須得到市鎮上請大夫醫治。」說道：「阿朱姑娘，我抱你到鎮上去治傷。」阿朱道：「我懷裏有傷藥。」說著右手動了動，卻沒力氣伸入懷中。

喬峯伸手將她懷中物事都取了出來，除了有些碎銀，見有一個金鎖片打造得十分精致，鎖片上鐫著兩行小字：「天上星，亮晶晶，永燦爛，長安寧。」此外有隻小小的白玉盒子，正是譚公在杏子林中送給她的。喬峯心頭一喜，知這傷藥極具靈效，可說是天下傷藥之最，說道：「救你性命要緊，得罪莫怪。」伸手便解開她衣衫，將一盒寒玉冰蟾膏盡數塗在她胸脯上。阿朱羞不可抑，傷口又感劇痛，登時便即暈去。

喬峯給她扣好衣衫，把白玉盒子和金鎖片放回她懷裏，碎銀子則自己取了，伸手抄起她身子，快步向北而行。行出二十餘里，到了一處人煙稠密的大鎮，叫做許家集。喬峯找到當地最大一家客店，將阿朱安頓好了，請了個醫生來看她傷勢。

那醫生把了阿朱的脈搏，不住搖頭，說道：「姑娘的病是沒藥醫的，這張方子只聊盡人事而已。」喬峯看藥方上寫了些甘草、薄荷、桔梗、半夏之類，都是些連尋常肚痛也未必能治的溫和藥物。

他也不去買藥，心想：「倘若連譚公的靈奇傷藥也治她不好，這鎮上庸醫的藥更有何用？」當下又運眞氣，以內力輸入她體內。頃刻之間，阿朱的臉上現出紅暈，說道：「喬幫主，多謝你救我，要是落入了那些賊禿手中，可要了我命啦。」喬峯聽她說話中氣甚足，大喜道：「阿朱姑娘，我眞躭心你好不了呢。」阿朱道：「你別叫我姑娘甚麼的，直截了當的叫我阿朱便是了。喬幫主，你到少林寺去幹甚麼？」喬峯道：「我早不是甚麼幫主啦，以後別再叫我幫主。」阿朱道：「嗯，對不住，我叫你喬大爺！」

喬峯道：「我先問你，你到少林寺去幹甚麼？」阿朱笑道：「唉，說出來你可別笑我胡鬧。我聽說我家公子到了少林寺，便和王姑娘、阿碧妹子前來找他。我們客客氣氣的要進寺拜佛，守山門的那虛淸和尙卻兇霸霸的說道，女子不能進少林寺。我跟他爭吵，他反而罵我。我偏要進去，而且還扮作了他的模樣，瞧他有甚麼法子？」

喬峯微微一笑，說道：「你易容改裝，終於進了少林寺，那些大和尙們可並不知你是女子啊。最好你進去之後，再以本來面目給那些大和尙們瞧瞧。他們氣破了肚子，可半點奈何你不得。」他本來對少林寺極是尊敬，但一來玄苦已死，二來羣僧不問靑紅皀白，便冤枉他弒父、弒母、弒師，犯了天下最惡的三件大罪，心下自不免氣惱。

阿朱坐起身來，拍手笑道：「喬大爺，你這主意眞高。待我身子好了，我便男裝進寺，再改穿女裝，大搖大擺的走到大雄寶殿去居中一坐，讓個個和尙氣得在地下打滾，那才好玩呢！啊……」她一口氣接不上來，身子軟軟彎倒，伏在床上，一動不動了。

喬峯一驚，食指在她鼻孔邊一探，似乎呼吸全停了。他心中焦急，忙將掌心貼在她背心「靈台穴」上，將眞氣送入她體內。不到一盞茶時分，阿朱慢慢仰起身來，歉然笑道：「啊喲，怎麼說話之間，我便睡著了，喬大爺，眞對不住。」喬峯知情形不妙，說道：「你身子尙未復元，且睡一會養養神。」阿朱道：「我倒不疲倦，不過你累了半夜，你請去歇一會兒罷。」喬峯道：「好，過一會我來瞧你。」

他走到客堂中，要了五斤酒，兩斤熟牛肉，自斟自飲。此時心下煩惱，酒入愁腸易醉，五斤酒喝完，竟便微有醺醺之意。他拿了兩個饅頭，到阿朱房中去給她吃，進門後叫了兩聲，不聞回答，走到床前，見她雙目微閉，臉頰凹入，竟似死了。伸手去摸她額頭，幸喜尙有暖氣，忙以眞氣相助。阿朱慢慢醒轉，接過饅頭，高高興興的吃了起來。

這一來，喬峯知道她此刻全仗自己的眞氣續命，只要不以眞氣送入她體內，不到一個時辰便即氣竭而死，那便如何是好？

阿朱見他沉吟不語，臉有憂色，說道：「喬大爺，我受傷甚重，連譚老先生的靈藥也治不了，是麼？」喬峯忙道：「不！沒甚麼，將養幾天，也就好了。」阿朱道：「你別瞞我。我自己知道，只覺得心中空蕩蕩地，半點力氣也沒有。」喬峯道：「你安心養病，我總有法子醫好你。」阿朱聽他語氣，知道自己實是傷重，不禁害怕，不由得手一抖，一個吃了一半的饅頭掉在地下。喬峯只道她內力又盡，便又伸掌按她靈台穴。

阿朱這一次神智卻尚清醒，只覺一股暖融融的熱氣從喬峯掌心傳入自己身體，登時四肢百駭，處處舒服。她微一沉吟，已明白自己其實已垂危數次，都靠喬峯以眞氣救活，心中又感激，又驚惶。她人雖機伶，畢竟年紀幼小，怔怔的流下淚來，說道：「喬大爺，我不願死！請你別拋下我在這裏不理我。」

喬峯聽她說得可憐，安慰她道：「決計不會的，你放心好啦。我喬峯是甚麼人，怎能捨棄身遭危難的朋友？」阿朱道：「我不配做你朋友。喬大爺，我要死了麼？人死了之後會不會變鬼？」喬峯道：「你不用多疑。你年紀這麼小，受了這一點兒輕傷，怎麼就會死？」阿朱道：「你會不會騙人？」喬峯道：「不會的！」阿朱道：「你是武林中大大的英雄好漢，人家都說：『北喬峯，南慕容』，你和我家公子爺南北齊名，你生平有沒說過不算數的話？」喬峯微笑道：「小時候，我常說謊。後來在江湖上行走，便不騙人啦。」阿朱道：「你說我傷勢不重，是不是騙我？」

喬峯心想：「你若知道自己傷勢極重，心中一急，那就更加難救。爲了你好，說不得，只好騙你一騙。」便道：「我不會騙你的。」阿朱嘆了口氣，說道：「好，我便放心了。喬大爺，我求你一件事。」喬峯道：「甚麼事？」阿朱道：「今晚你在我房裏陪我，別離開我！」她想喬峯這一走開，自己只怕挨不到天明。喬峯道：「很好，你便不說，我也會坐在這裏陪你。你別說話，安安靜靜的睡一會兒。」

阿朱閉上眼睛，過了一會，又睜開眼來，說道：「喬大爺，我睡不著，我求你一件事，行不行？」喬峯道：「甚麼事？」阿朱道：「我小時候睡不著，我媽便在我床邊唱歌兒給我聽。只唱得三支歌，我便睡熟啦。」喬峯微笑道：「這會兒去找你媽媽，可不容易。」阿朱嘆了口氣，幽幽的道：「我爹爹、媽媽不知在那裏，也不知是不是還活在世上。喬大爺，你唱幾支歌兒給我聽罷！」

喬峯不禁苦笑，他這樣個大男子漢，唱歌兒來哄一個少女入睡，可當眞不成話，便道：「唱歌我確不會。」阿朱道：「你小時候，你媽媽可有唱歌給你聽？」喬峯搔了搔頭，道：「好像有的，不過我都忘了。就算記得，我也唱不來。」阿朱嘆道：「你不肯唱，那也沒法子。」喬峯歉然道：「我不是不肯唱，眞是不會。」阿朱忽然想起一事，拍手笑道：「啊，有了，喬大爺，我再求你一件事，這一次你可不能不答允。」

喬峯覺得這個小姑娘天眞爛漫，說話行事卻往往出人意表，她說再求自己一件事，不知又是甚麼精靈古怪的玩意，說道：「你先說來聽聽，能答允就答允，不能答允就不答允。」阿朱道：「這件事，世上之人，只要滿得四五歲，那就誰都會做，你說容易不容易？」喬峯不肯上當，道：「到底是甚麼事，你總得說明白在先。」阿朱嫣然一笑，道：「好罷！你講幾個故事給我聽，兔哥哥也好，狼婆婆也好，我就睡著了。」

喬峯皺起眉頭，臉色尷尬。不久之前，他還是個叱吒風雲、領袖羣豪、江湖第一大幫的幫主。數日之間，給人逼得免去幫主，逐出丐幫，父母、師父三個世上最親之人在一日內逝世，再加上自己是胡是漢，身世未明，卻又負了叛師弒親的三條大罪，如此重重打擊加上身來，沒一人爲他分憂，那也罷了，不料在這客店之中，竟要陪伴一個重傷的小姑娘唱歌講故事。這等婆婆媽媽的無聊事，他從前只要聽到半句，立即就掩耳疾走。他生平只愛和衆兄弟喝酒猜拳、講武論劍、喧嘩叫嚷，酒酣耳熱之餘，便縱談軍國大事，講論天下英雄。甚麼講個故事聽聽，兔哥哥、狼婆婆的，眞是笑話奇談了。

然而一瞥眼間，見阿朱眼光中流露出熱切盼望的神氣，又見她容顏憔悴，心想：「她受了如此重傷，只怕已難痊愈，一口氣接不上來，隨時便能喪命。她想聽故事，我便隨口說一個罷。」便道：「好，我就講個故事給你聽，就怕你會覺得不好聽。」

阿朱喜上眉梢，道：「一定好聽的，你快講罷。」

喬峯雖答允了，眞要他說故事，可實在說不上來，過了好一會，才道：「嗯，我說一個狼故事。從前，有一個老公公，在山裏行走，看見有隻狼，給人縛在一隻布袋裏，那狼求他釋放，老公公便解開布袋，將狼放了出來。那狼……」阿朱接口道：「那狼說牠肚子餓了，要吃老公公，是不是？」喬峯道：「唉，這故事你聽見過的？」阿朱道：「這是中山狼的故事。我不愛聽書上的故事，我要你講眞的故事。」

喬峯沉吟道：「不是書上的，要眞的故事。」心想：「丐幫和契丹人爭鬥兇殺的那些故事，說來驚心動魄，這小姑娘卻未必愛聽，嗯，只得說個小孩子的故事。」便道：「好，我講一個鄉下孩子的故事給你聽。

「從前，山裏有一家窮人家，爹爹和媽媽只有一個孩子。那孩子長到七歲時，身子已很高大，能幫著爹爹上山砍柴了。有一天，爹爹生了病，他們家裏窮，請不起大夫，買不起藥。可是爹爹的病一天天重起來，不吃藥可不行，於是媽媽將家中僅有的六隻母鷄、一簍鷄蛋，拿到鎮上去賣。

「母鷄和鷄蛋賣得了四錢銀子，媽媽便去請大夫。可是那大夫說，山裏路太遠，不願去看病，媽媽苦苦哀求他，那大夫總搖頭不允。媽媽跪下來求懇。那大夫說：『到你山裏窮人家去看病，沒的惹了一身瘴氣窮氣。你四錢銀子，又治得了甚麼病？』媽媽拉著他袍子的衣角，那大夫用力掙脫，不料媽媽拉得很緊，嗤的一聲，袍子便撕破了一條長縫。那大夫大怒，將媽媽推倒在地下，又使力踢了她一腳，還拉住她要賠袍子，說這袍子是新縫的，值得二兩銀子。」

阿朱聽他說到這裏，輕聲道：「這大夫眞可惡！」

喬峯仰頭瞧著窗外慢慢暗將下來的暮色，緩緩說道：「那孩子陪在媽媽身邊，見媽媽給人欺侮，便衝上前去，向那大夫又打又咬。但他只是個孩子，有甚麼力氣，給那大夫抓了起來，攢到了大門外。媽媽忙奔到門外去看那孩子。那大夫怕那女人再來糾纏，便關上了大門。孩子額頭撞在石塊上，流了很多血。媽媽怕事，不敢再在大夫門前逗留，便一路哭泣，拉著孩子的手回家去了。

「那孩子經過一家鐵店門前，見攤子上放著幾把殺豬殺牛的尖刀。打鐵師傅正招呼客人買犁耙、鋤頭，忙得緊，那孩子便偷了一把尖刀，藏在身邊，連媽媽也沒瞧見。

「到得家中，媽媽也不將這事說給爹爹聽，生怕爹爹氣惱，更增病勢，要將那四錢銀子取出來交給爹爹，不料一摸懷中，銀子卻不見了。

「媽媽又驚慌又奇怪，出去問兒子，只見孩子拿著一把明晃晃的新刀，正在石頭上磨，媽媽問他：『刀子那裏來的？』孩子不敢說是偷的，便撒謊道：『是人家給的。』媽媽自然不信，這樣一把尖頭新刀，市集上總得賣錢半二錢銀子，怎麼會隨便送給孩子？問他是誰送的，那孩子卻又說不上來。媽媽嘆了口氣，說道：『孩子，爹爹媽媽窮，平日沒能買甚麼玩意兒給你，當眞委屈了你。你買了把刀子來玩，男孩子家，也沒甚麼。多餘的錢你給媽媽，爹爹有病，咱們買斤肉來煨湯給他喝。』那孩子一聽，瞪著眼道：『甚麼多餘的錢？』媽媽道：『咱們那四錢銀子，你拿了去買刀子，是不是？』那孩子急了，叫道：『我沒拿錢，我沒拿錢！』爹爹媽媽從來不打他罵他，雖然只是個幾歲大的孩子，也當他客人一般，一向客客氣氣的相待……」

喬峯說到這裏，心中一凜：「為甚麼這樣？天下父母親對待兒子，可從來不是這樣的，就算溺愛憐惜，也決不會這般尊重客氣。」自言自語：「為甚麼這樣奇怪？」

阿朱問道：「甚麼奇怪啊？」說到最後兩字時，已氣若遊絲。喬峯知她體內眞氣又竭，當即伸掌抵在她背心，以內力送入她體內。

阿朱精神漸復，嘆道：「喬大爺，你每給我渡一次氣，自己的內力便消減一次，練武功之人，眞氣內力是第一要緊的。你這般待我，阿朱……如何報答？」喬峯笑道：「我只須靜坐吐納，練上幾個時辰，眞氣內力便又恢復如常，又說得上甚麼報答？我和你家主人慕容公子千里神交，雖未見面，我心中已將他當作了朋友。你是他家人，何必跟我見外？」阿朱黯然道：「我每隔一個時辰，體氣便漸漸消逝，你總不能……總不能永遠……」喬峯道：「你放心，咱們總能找到一位醫道高明的大夫，給你治好。」

阿朱微笑道：「只怕那大夫嫌我窮，怕沾上瘴氣窮氣，不肯給我醫治。喬大爺，你那故事還沒說完呢，甚麼事好奇怪？」

喬峯道：「嗯，我說溜了嘴。媽媽見孩子不認，也不說了，便回進屋中。過了一會，孩子磨完了刀回進屋去，只聽媽媽正低聲和爹爹說話，說他偷錢買了一柄刀子，卻不肯認。他爹爹道：『這孩子跟著咱們，從來沒甚麼玩的，他要甚麼，由他去罷，咱們一向挺委屈了他。』二人說到這裏，見孩子進屋，便住口不說了。爹爹和顏悅色的摸著他頭，道：『乖孩子，以後走路小心些，怎麼頭上跌得這麼厲害？』至於不見了四錢銀子和他買了把新刀子的事，爹爹一句不提，甚至連半點不高興的樣子也沒有。

「孩子雖只七歲，卻已很懂事，心想：『爹爹媽媽疑心我偷了錢去買刀子，要是他們狠狠的打我一頓，罵我一場，我倒不在乎。可是他們偏偏仍待我這麼好。』他心中不安，向爹爹道：『爹，我沒偷錢，這把刀子也不是買來的！』爹爹道：『你媽多事，錢不見了，打甚麼緊？大驚小怪的查問，婦道人家就心眼兒小。好孩子，你頭上痛不痛？』那孩子只得答道：『還好！』他想辯白，卻無從辯起，悶悶不樂，晚飯也不吃，便去睡了。他在床上翻來覆去，說甚麼也睡不著，又聽得媽媽輕輕哭泣，想是既憂心爹爹病重，又氣惱日間受了那大夫的辱打。孩子悄悄起身，從窗子裏爬了出去，連夜趕到鎮上，到了那大夫門外。那屋子前門後門都關得緊緊地，沒法進去。孩子身子小，便從狗洞裏鑽進屋去，見一間房的窗紙上透出燈光，大夫還沒睡，正在煎藥。孩子推開了房門……」

阿朱爲那孩子擔憂，說道：「這小孩兒半夜裏摸進人家家裏，只怕要吃大虧。」

喬峯搖頭道：「沒有。那大夫聽得開門的聲音，頭也沒抬，問道：『誰？』孩子一聲不出，走近身去，拔出尖刀，一刀便戳了過去。他身子矮，這一刀戳在大夫的肚子上。那大夫只哼了幾聲，便倒下了。」

阿朱「啊」的一聲，驚道：「這孩子將大夫刺死了？」

喬峯點了點頭，道：「不錯。孩子又從狗洞裏爬將出來，回到家裏。黑夜之中來回數十里路，也累得他慘了。第二天早上，大夫的家人才發見他死了，肚破腸流，死狀很慘，但大門和後門都緊緊閉著，裏面好好的上了閂，外面的兇手怎麼能進屋來？大家都疑心是大夫家中自己人幹的。知縣老爺將大夫的兄弟、妻子都捉去拷打審問，鬧了幾年，大夫的家也就此破了。這件事始終成爲許家集的一件疑案。」

阿朱道：「你說許家集？那大夫……便是這鎮上的麼？」

喬峯道：「不錯。這大夫姓許。本來是這鎮上最出名的醫生，遠近數縣，都是知名的。他家在鎮西，本來是高大的白牆，現下都破敗了。剛才我去請醫生給你看病，還到那屋子前面去看來。」阿朱問道：「那個生病的老爹呢？他的病好了沒有？」喬峯道：「後來少林寺一位和尚送了藥，治好了他的病。」阿朱道：「少林寺中倒也有好和尚。」

喬峯道：「自然有。少林寺中有幾位高僧仁心俠骨，著實令人可敬！」說著心下黯然，想到了受業恩師玄苦大師。

阿朱「嗯」的一聲，沉吟道：「那大夫瞧不起窮人，不拿窮人的性命當一回事，固然可惡，但也罪不至死。這個小孩子，也太野蠻了。我眞不信有這種事情，七歲大的孩子，怎地膽敢動手殺人？啊，喬大爺，你說的這個故事，是眞的麼？」喬峯道：「是眞的事情。」阿朱嘆息一聲，輕聲道：「這樣兇狠的孩子，倒像是契丹的惡人！」

喬峯突然全身一顫，跳起身來，顫聲道：「你……你說甚麼？」

阿朱見到他臉上變色，一驚之下，驀地裏甚麼都明白了，說道：「喬大爺，對不起，我……我不是有意用言語傷你。當眞不是故意……」喬峯呆立片刻，頹然坐下，道：「你猜到了？」阿朱點點頭。喬峯道：「無意中的言語，往往便是眞話。我這麼下手不容情，當眞由於是契丹種的緣故麼？」阿朱柔聲道：「喬大爺，阿朱胡說八道，你千萬別介懷。那大夫踢你媽媽，你自小英雄氣概，殺了他是理所當然。這人該死！」

喬峯雙手抱頭，說道：「那也不單因爲他踢我媽媽，還因他累得我受了冤枉。媽媽那四錢銀子，定是在大夫家中拉拉扯扯時掉在地下了。我……我生平最受不得給人冤枉！」

可是，便在這一日之中，他身遭三樁奇冤。自己是不是契丹人，還沒法知曉，但喬三槐夫婦和玄苦大師，卻明明不是他下手殺的，然而殺父、殺母、殺師這三件大罪的罪名，卻都安在他頭上。到底兇手是誰？如此陷害他的是誰？

便在這時，又想到了另一件事：「爲甚麼爹爹媽媽都說，我跟著他們是委屈了我？父母窮，兒子自然也窮，有甚麼委屈不委屈的？只怕我的確不是他們親生兒子，是旁人寄養在他們那裏的。想必交託寄養之人身分甚高，因此爹媽待我十分客氣，不但客氣，簡直是敬重。那寄養我的人，多半便是汪幫主，或是那個帶頭大哥了？」他父母待他，全不同尋常父母之對待親兒，以他生性之精明，照理早該察覺，然而從小便是如此，習以爲常，再精明的人也不會去細想，只道他父母特別溫和慈祥而已。此刻想來，只覺事事都證實自己是契丹夷種。

阿朱安慰他道：「喬大爺，他們說你是契丹人，我看定是誣衊造謠。別說你慷慨仁義，四海聞名，單是你對我如此一個微不足道的小丫鬟，也這般盡心看顧，契丹人殘毒如虎狼一般，跟你是天上地下，如何能比？」

喬峯道：「阿朱，倘若我眞是契丹人呢，你還受不受我看顧？」

其時中土漢人對契丹切齒痛恨，視作毒蛇猛獸一般，阿朱一怔，說道：「你別胡思亂想，那決計不會。契丹族中要是能出如你這樣的好人，咱們大家也不會痛恨契丹人了。」

喬峯默然不語，心道：「如果我眞是契丹人，連阿朱這樣的小丫鬟也不會理我了。」霎時之間，只覺天地雖大，竟無自己容身之所，思湧如潮，胸口熱血沸騰，自知爲阿朱接氣多次，內力消耗不少，當下盤膝坐在床畔椅上，緩緩吐納運氣。

阿朱也閉上了眼睛。

玄難光了一雙膀子，露出瘦骨稜稜的兩條長臂，狂怒之下，臉色鐵青，雙臂直上直下，展開太祖長拳，向喬峯猛攻而前。

一九　雖萬千人吾往矣

喬峯運功良久，忽聽得西北角上高處傳來閣閣兩聲輕響，知有武林中人在屋頂行走，跟著東南角上也這麼兩響。聽到西北角上響聲時，喬峯尚不以爲意，但如此兩下湊合，多半是衝著自己而來，低聲向阿朱道：「我出去一會，即刻就回來，你別怕！」阿朱點了點頭。喬峯也不吹滅燭火，房門本是半掩，他側身挨出，繞到後院窗外，貼牆而立。

只聽得客店靠東一間上房中有人說道：「是向八爺麼？請下來罷。」西北角上那人笑道：「關西祁老六也到了。」房內那人道：「好極，好極！一塊兒請進。」屋頂兩人先後躍下，走進房中。

喬峯心道：「關西祁老六人稱『快刀祁六』，是關西聞名的好漢。那向八爺想必是湘東的向望海，聽說此人家財豪富，武功了得。這兩人不是奸險之輩，跟我素無糾葛，決不是衝著我來，倒是瞎疑心了。房中那人說話聲有些耳熟，卻是何人？」

只聽向望海道：「『閻王敵』薛神醫突然大撒英雄帖，遍邀江湖同道，勢頭又這般緊迫，說甚麼『英豪見帖，便請駕臨』。鮑大哥，你可知爲了何事？」

喬峯聽到「閻王敵薛神醫」六個字，登時驚喜交集：「薛神醫是在附近麼？我只道他遠在甘州。若在近處，阿朱這小丫頭可有救了。」

他早聽說薛神醫是當世醫中第一聖手，只因「神醫」兩字太出名，連他本來名字大家也都不知道了。江湖上傳說更加誇大，說他連死人也醫得活，至於活人，不論受了多麼重的傷，生了多麼重的病，他總能有法子治好，因此令得陰間的閻羅王也大爲頭痛，派了無常小鬼去拘人，往往給薛神醫從旁阻撓，攔路奪人。這薛神醫不但醫道如神，武功也頗了得。他愛和江湖上的朋友結交，給人治了病，往往向對方請敎一兩招武功。對方感他活命之恩，傳授時自然決不藏私，敎他的都是自己最得意的功夫。

只聽得快刀祁六問道：「鮑老闆，這幾天做了甚麼好買賣啊？」喬峯心道：「難怪房中那人的聲音聽來耳熟，原來是『沒本錢』鮑千靈。此人劫富濟貧，頗有俠名，當年我就任丐幫幫主，他也曾參與典禮。」

他既知房中是向望海、祁六、鮑千靈三人，便不想聽人陰私，尋思：「明日一早去拜訪鮑千靈，向他探問薛神醫的落腳之地。」正要回房，忽聽得鮑千靈嘆了口氣，道：

「唉，這幾天心境挺壞，提不起做買賣興致，今天聽到他殺父、殺母、殺師的惡行，更加氣憤！」說著伸掌在桌上重重一擊。

喬峯聽到「殺父、殺母、殺師」這幾個字，心中一凜：「他是在說我了。」

向望海道：「喬峯這廝一向名頭很大，假仁假義，倒給他騙了不少人，那想得到竟會幹出這等滔天罪行來。」鮑千靈道：「當年他出任丐幫幫主，我和他也有過一面之緣。這人過去的爲人，我一向是十分佩服的。聽趙老三說他是契丹夷種，我還力斥其非，和趙老三爲此吵得面紅耳赤，差些兒動手打上一架。唉，夷狄之人，果然與禽獸無異，他隱瞞得一時，到得後來，終於兇性大發。」祁六道：「沒想到他居然出身少林，玄苦大師是他師父。」鮑千靈道：「此事本來極爲隱秘，連少林派中也極少人知。但喬峯既殺了他師父，少林派可就瞞不住了。這姓喬的惡賊只道殺了他父母和師父，便能隱瞞他的出身來歷，跟人家來個抵死不認，沒料到弄巧成拙，罪孽越來越大。」

喬峯站在門外，聽到鮑千靈如此估量自己的心事，尋思：「『沒本錢』鮑千靈跟我算得上是有點交情的，此人決非信口雌黃之輩，連他都這樣說，旁人自是更加說得不堪之極了。唉，喬某遭此不白奇冤，又何必費神去求洗刷？從此隱姓埋名，十餘年後，教江湖上的朋友都忘了有我這樣一號人物，也就是了。」霎時之間，不由得萬念俱灰。

卻聽得向望海道：「依兄弟猜想，薛神醫大撒英雄帖，就是爲了商議如何對付喬峯。這位『閻王敵』嫉惡如仇，又聽說他跟少林寺的玄難、玄寂兩位大師交情著實不淺。」鮑千靈說道：「不錯，我想江湖上近來除了喬峯行惡之外，也沒別的甚麼大事。向兄、祁兄，來來來，咱們乾上幾斤白酒，今夜來個抵足長談。」

喬峯心想，他們就是說到明朝天亮，也不過是將我加油添醬的臭罵一夜而已，當下不願再聽，回到阿朱房中。

阿朱見他臉色慘白，神情難看，問道：「喬大爺，你遇上了敵人嗎？」心下擔憂，怕他受了內傷。喬峯搖了搖頭。阿朱仍不放心，問道：「你沒受傷，是不是？」

喬峯自踏入江湖以來，只有為友所敬、為敵所懼，那有像這幾日中如此受人輕賤卑視，他聽阿朱這般詢問，不由得傲心登起，大聲道：「沒有。那些無知小人對我喬某造謠誣衊，倒是不難，要出手傷我，未必有這麼容易。」突然之間，將心一橫，激發了英雄氣概，說道：「阿朱，明日我去給你找一個天下最好的大夫治傷，你放心安睡罷！」

阿朱瞧著他這副睥睨傲視的神態，心中又敬仰，又害怕，只覺眼前這人跟慕容公子全然不同，可是又有很多地方相同，兩人都是天不怕、地不怕，都是又驕傲、又神氣。但喬峯粗獷豪邁，像一頭雄獅，慕容公子卻溫文瀟洒，像一隻鳳凰。

喬峯心意已決，更無掛慮，坐在椅上便睡著了。

阿朱見黯淡的燈光照在他臉上，過了一會，聽得他發出輕輕鼾聲，臉上的肌肉忽然微微扭動，咬著牙齒，方方的面頰兩旁肌肉凸了出來。阿朱忽起憐憫之意，只覺得眼前這粗壯的漢子心中很苦，比自己實在不幸得多。

次日清晨，喬峯以內力替阿朱接續眞氣，付了店帳，命店伴去僱了一輛騾車。他扶著阿朱坐入車中，然後走到鮑千靈的房外，大聲道：「鮑兄，小弟喬峯拜見。」

鮑千靈和向望海、祁六三人罵了喬峯半夜，倦極而眠，這時候還沒起身，忽聽得喬峯呼叫，都大吃一驚，齊從炕上跳了下來，抽刀的抽刀，摸鞭的摸鞭。三人兵刃一入手，登時呆了，只見自己兵刃上貼著一張小小白紙，寫著「喬峯拜上」四個小字。三人互望了幾眼，心下駭然，才知昨晚睡夢之中，已給喬峯做下了手腳，他若要取三人性命，當眞易如反掌。其中鮑千靈更加慚愧，他外號叫作「沒本錢」，日走千家，夜闖百戶，飛簷走壁，取人錢財，最是他的拿手本領，不料夜中著了喬峯道兒，直到此刻方始知覺。

鮑千靈將軟鞭纏還腰間，心知喬峯若有傷人之意，昨晚便已下手，當即搶到門口，說道：「鮑千靈的項上人頭，喬兄何時要取，隨時來拿便是。鮑某專做沒本錢生意，全副家當蝕在喬兄手上，也沒甚麼。閣下連父親、母親、師父都殺，對鮑某這般泛泛之交，下手何必容情？」他一見到軟鞭上的字條，便已打定了主意，知道今日之事凶險無比，索性跟他強橫到底，眞的沒法逃生，也只好將一條性命送在他手中了。

喬峯抱拳道：「當日山東青州府一別，忽忽數年，鮑兄風采如昔，可喜可賀。」鮑千靈哈哈一笑，說道：「苟且偷生，直到如今，總算還沒死。」喬峯道：「聽說『閻王敵』薛神醫大撒英雄帖，在下頗想前去見識見識，便與三位一同前往如何？」

鮑千靈大奇，心想：「薛神醫大撒英雄帖，爲的就在對付你。你沒的活得不耐煩了，竟敢孤身前往，到底有何用意？久聞丐幫喬幫主膽大心細，智勇雙全，若不是有恃無恐，決不會去自投羅網，我可別上了他當才好。」

喬峯見他遲疑不答，道：「喬某有事相求薛神醫，還盼鮑兄引路。」

鮑千靈心想：「我正愁逃不脫他毒手，將他引到英雄宴中，羣豪圍攻，他便有三頭六臂，終究寡不敵衆。不過跟他一路同行，可眞九死一生。」雖心下惴惴，總想還是將他領到英雄會中去的爲妙，便道：「這英雄大宴，便設在此去東北七十里的聚賢莊。喬兄肯去，再好也沒有了。鮑千靈有言在先，自來會無好會，宴無好宴，喬兄此去凶多吉少，莫怪鮑千靈事先不加關照。」

喬峯淡淡一笑，道：「鮑兄好意，喬某心領。英雄宴既設在聚賢莊上，那麼做主人的是游氏雙雄了？聚賢莊的所在，那也容易打聽，三位便請先行，小弟過得一個時辰，慢慢再去不遲，也好讓大夥兒先有預備。」

鮑千靈回頭向祁六和向望海兩人瞧了一眼，兩人緩緩點頭。鮑千靈道：「既是如此，我們三人在聚賢莊上恭候喬兄大駕。」

鮑、祁、向三人匆匆結了店帳，跨上坐騎，加鞭向聚賢莊進發。一路催馬而行，時時回頭張望，只怕喬峯忽乘快馬，自後趕到，幸好始終不見。鮑千靈固是個機靈之極的人物，祁六和向望海也均閱歷豐富、見聞廣博。但三人一路上商量推測，始終捉摸不透喬峯說要獨闖英雄宴有何用意。

祁六忽道：「鮑大哥，你見到喬峯身旁的那輛大車沒有，這中間只怕有古怪。」向望海道：「難道車中埋伏有甚麼厲害人物？」鮑千靈道：「就算車中重重疊疊的擠滿了人，擠到七八個，那也塞得氣都透不過來了。加上喬峯，不足十人，到得英雄宴中，只不過如大海中的一隻小船，那又濟得甚事？」

說話之間，一路上遇到的武林同道漸多，都是趕到聚賢莊去赴英雄宴的。這次英雄宴是臨時所邀，發的是無名帖，帖上不署賓客姓名，見者有份，只要是武林中人，一概歡迎。接到請帖之人連夜快馬轉邀同道，一個轉一個，一日一夜之間，帖子竟也已傳得極遠。只因時間迫促，來到聚賢莊的，大都是少林寺左近方圓數百里內的人物。但河南是中州之地，交通要滙，除本地武人之外，北上南下的武林知名之士得到訊息，盡皆來會，人數著實不少。

這次英雄宴由聚賢莊游氏雙雄和「閻王敵」薛神醫聯名邀請。游氏雙雄游驥、游駒家財豪富，交遊廣闊，武功了得，名頭響亮，但在武林中既沒甚麼了不起的勢力，也算不上如何德高望重，原本請不到這許多好漢。那薛神醫卻是人人都想與他結交的。武學之士儘管大都自負了得，卻很少有人自信能夠打遍天下無敵手，就算眞的自以爲當世武功第一，也難保不生病受傷。如能交上了薛神醫這位朋友，就是多了一條性命，只消不是當場斃命，薛神醫肯伸手醫治，那便死裏逃生了。因此游氏雙雄請客，收到帖子的不過自覺臉上有光，這薛神醫的帖子，卻不啻是一道救命的符籙。人人都想，今日跟他攀上了交情，日後自己有甚麼三長兩短，他便不能袖手不理，而在刀頭上討生活之人，誰又保得定沒有兩短三長？請帖上署名是「薛慕華、游驥、游駒」三個名字，其後附了一行小字：「游驥、游駒附白：薛慕華先生人稱『薛神醫』。」若不是有這行小字，收到帖子的多半還不知薛慕華是何方高人，來到聚賢莊的只怕連三成也沒有了。

鮑千靈、祁六、向望海三人到得莊上，游老二游駒親自迎了出來。進得大廳，只見廳上已黑壓壓的坐滿了人。鮑千靈有識得的，有不相識的，一進廳中，四面八方都是人聲，多半說：「鮑老闆，發財啊！」「老鮑，這幾天生意不壞啊。」鮑千靈連連拱手，和各路英雄招呼。他可眞還不敢大意，這些江湖英雄慷慨豪邁的固多，氣量狹窄的可也著實不少，一個不小心向誰少點了一下頭，沒笑上一笑答禮，說不定無意中便得罪了人，因此而惹上無窮後患，甚至釀成殺身之禍，也非奇事。

游駒引著他走到東首主位之前。薛神醫站起身來，說道：「鮑兄、祁兄、向兄三位大駕光降，當眞往老朽臉上貼金，感激之至！」鮑千靈連忙答禮，說道：「薛老爺子見召，鮑千靈便病得動彈不得，也要叫人抬了來。」游老大游驥笑道：「你當眞病得動彈不得，更要叫人抬了來見薛老爺子啦！」旁邊的人都哈哈大笑。游駒道：「三位路上辛苦，請到後廳去用些點心。」

鮑千靈道：「點心慢慢吃不遲，在下有一事請問。薛老爺子和兩位游爺這次所邀的賓客之中，有沒喬峯在內？」薛神醫和游氏雙雄聽到「喬峯」兩字，均微微變色。游驥說道：「我們這次發的是無名帖，見者統請。鮑兄提起喬峯，是何意思？鮑兄與喬峯那廝頗有交情，是也不是？」

鮑千靈道：「喬峯那廝說要到聚賢莊來，參與英雄大宴。」

他此言一出，登時羣相聳動。大廳上衆人本來各自在高談闊論，喧嘩嘈雜，突然之間，大家都靜了下來。站得遠的人本來聽不到鮑千靈的話，但忽然發覺誰都不說話了，自己說了一半的話也就戛然而止。霎時之間，大廳上鴉雀無聲，後廳的鬧酒聲、走廊上的談笑聲，卻遠遠傳了過來。

薛神醫問道：「鮑兄如何得知喬峯那廝要來？」

鮑千靈道：「是在下與祁兄、向兄親耳聽到的。說來慚愧，在下三人，昨晚栽了個大觔斗。」向望海向他連使眼色，叫他不可述說昨晚的醜事。但鮑千靈知道薛神醫和游氏雙雄固然精幹，而英雄會中智能之士更是不少，自己稍有隱瞞，定會惹人猜疑。這一件事非同小可，自己已給捲入了漩渦之中，一個應付不當，立時身敗名裂。他緩緩從腰間解下軟鞭，那張寫著「喬峯拜上」四字的小紙條仍貼在鞭上。他將軟鞭雙手遞給薛神醫，說道：「喬峯命在下三人傳話，說道今日要到聚賢莊來。」跟著便將如何見到喬峯、他有何言語等情，一字不漏、絲毫不易的說了一遍。向望海連連跺腳，滿臉羞得通紅。

鮑千靈泰然自若的將經過情形說完，最後說道：「喬峯這廝乃契丹狗種，就算他大仁大義，咱們也當將他除了，何況他惡性已顯，爲禍日烈。倘若他遠走高飛，那可不易追捕。也眞冥冥中自有天意，居然要來自投羅網。」

游駒沉吟道：「素聞喬峯智勇雙全，其才頗足以濟惡，倒也不是個莽撞匹夫，難道他眞敢到這英雄大宴中來？」鮑千靈道：「只怕他另有奸謀，卻不可不防。人多計長，咱們大夥兒來合計合計。」

說話之間，外面又來了不少英雄豪傑，有「鐵面判官」單正和他的五個兒子，譚公、譚婆夫婦和趙錢孫一干人。這些人當日都曾在杏子林中爲西夏人的「悲酥淸風」所毒倒，之後得丐幫救脫，又聽說是喬峯送來解藥救人，他們都想喬峯決不會反來相救，多半是丐幫中人故意歸功於昔日幫主，紮一紮丐幫的面子。其後得知游氏雙雄和薛神醫廣撒英雄帖，便也來參與其事。過不多時，少林派的玄難、玄寂兩位高僧也到了。薛神醫和游氏兄弟一一歡迎款接。說起喬峯爲惡，人人均大爲憤怒。

忽然知客的管家進來稟報：「丐幫徐長老率同傳功、執法二長老，以及奚宋陳吳四長老齊來拜莊。」

衆人都是一凜。丐幫是江湖上第一大幫，非同小可。向望海道：「丐幫大舉前來，果然爲喬峯聲援來了。」單正道：「喬峯已破門出幫，不再是丐幫的幫主，我親眼見到他們已反臉成仇。」向望海道：「故舊的香火之情，未必就此盡忘。」游驥道：「丐幫衆位長老都是鐵錚錚的好漢子，豈能不分是非？倘若仍相助喬峯，那不成了漢奸賣國賊麼？」衆人點頭稱是，都道：「丐幫衆首腦都是英雄好漢，決不能做漢奸賣國賊！」

薛神醫和游氏雙雄迎出。只見丐幫來者不過十二三人，羣雄心下先自寬了，均想：「莫說這些叫化頭兒不會袒護喬峯，就算不懷好意，這十二三人又成得甚麼氣候？」羣雄與徐長老等略行寒暄，迎進大廳，只見丐幫諸人都臉有憂色，顯然懷著極重的心事。

各人分賓主坐下。徐長老開言道：「薛兄，游家兩位老弟，今日邀集各路英雄在此，可是爲了武林中新出的這個禍胎喬峯麼？」

羣雄聽他稱喬峯爲「武林中新出的禍胎」，大家對望了一眼，不約而同的吁了口氣。游驥道：「正是為此。徐長老和貴幫諸位長老一齊駕臨，確是武林大幸。咱們撲殺這番狗，務須得到貴幫諸長老點頭，否則要是惹起甚麼誤會，傷了和氣，大家都不免抱憾了。」

徐長老長嘆一聲，說道：「此人喪心病狂，行止乖張。本來嘛，他曾為敝幫立過不少大功，便在最近，咱們誤中奸人暗算，也是他出手相救的。可是大丈夫立身處世，總當以大節為重，一些小恩小惠，也只好置之腦後了。他是我大宋的死仇，敝幫諸長老雖都受過他的好處，卻不能以私恩而廢公義。常言道大義滅親，何況他眼下早已不是本幫的甚麼親人。」他此言一出，羣雄紛紛鼓掌喝采。

游驥接著說起喬峯也要來赴英雄大宴。諸長老聽了都不勝駭異，各人跟隨喬峯日久，知他行事素來有勇有謀，倘若當眞單槍匹馬闖到聚賢莊來，那就奇怪之至了。

向望海忽道：「我猜想喬峯那廝乃故布疑陣，讓大夥兒在這裏空等，他卻溜了個不知去向。這叫做金蟬脫殼之計。」吳長老伸手重重在桌上一拍，罵道：「脫你媽的臭殼！喬峯是何等樣人物，他說過了的話，那有不作數的？」向望海給他罵得滿臉通紅，怒道：「你要為喬峯出頭，是不是？向某第一個就不服氣，來來來，咱們較量較量。」

吳長老聽到喬峯殺父母、殺師父、大鬧少林寺種種訊息，心下鬱悶之極，滿肚子怨氣怒火，正不知向誰發作才好，這向望海不知趣的來向他挑戰，眞是求之不得。他身形一晃，縱入大廳前的庭院，大聲道：「喬峯是契丹狗種，還是堂堂漢人，此時還未分明。倘若他眞是契丹胡虜，我吳某第一個跟他拚了。要殺喬峯，數到第一千個，也輪不到你向望海這臭王八蛋。你是甚麼東西，在這裏囉裏囉唆，脫你奶奶的金蟬臭殼！滾過來，老子來教訓教訓你。」

向望海臉色早已鐵青，唰的一聲，從刀鞘中拔出單刀，一看到刀鋒，登時想起「喬峯拜上」那張字條來，不禁一怔。

游驥勸道：「兩位都是游某的貴客，衝著游某面子，不可失了和氣。」徐長老也道：「吳兄弟，行事不可莽撞，須得顧全本幫的名聲。」

人叢中忽然有人細聲細氣的說道：「丐幫出了喬峯這樣一位人物，名聲果然好得很啊，眞要好好顧全一下才是啊！」

丐幫羣豪一聽，紛紛怒喝：「是誰在說話？」「有種的站出來，躲在人堆裏做矮子，是甚麼好漢了？」「是那個混帳王八蛋？」

但那人說了那句話後，就此寂然無聲，誰也不知是何人說話。丐幫羣豪給人這麼冷言冷語的譏刺了兩句，都十分惱怒，但找不到認頭之人，卻也無法可施。丐幫雖是江湖上第一大幫，但幫中羣豪都是化子，終究不是甚麼講究禮儀的上流人物，有的吆喝呼叫，有的更連人家祖宗十八代也罵到了。

薛神醫眉頭一皺，說道：「衆位暫息怒氣，聽老朽一言。」羣丐漸漸靜了下來。

人叢中忽又發出那冷冷的聲音：「很好，很好，喬峯派了這許多厲害傢伙來臥底，待會定有一場好戲瞧了。」

吳長老等一聽，更加惱怒，只聽得唰唰之聲不絕，刀光耀眼，不少人都抽出了兵刃。其餘賓客只道丐幫衆人要動手，也有許多人取出兵刃，一片喝罵叫嚷之聲，亂成一團。薛神醫和游氏兄弟勸告大家安靜，但他三人的呼叫只有更增廳上喧嘩。

便在這紛亂之中，一名管家匆匆進來，走到游驥身邊，在他耳邊低聲說了一句話。游驥臉上變色，問了一句話。那管家手指門外，臉上充滿驚駭和詫異的神色。游驥在薛神醫耳邊說了一句話，薛神醫的臉色也立時變了。游駒走到哥哥身邊，游驥向他說了一句話，游駒也頓時變色。這般一個傳兩個，兩個傳四個，四個傳八個，越傳越快，頃刻之間，嘈雜喧嘩的大廳中寂然無聲。

因爲每個人都聽到了四個字：「喬峯拜莊！」

薛神醫向游氏兄弟點點頭，又向玄難、玄寂二僧望了一眼，說道：「有請！」那管家轉身走了出去。

羣豪心中都怦怦而跳，明知己方人多勢衆，衆人一擁而上，立時便可將喬峯亂刀分屍，但此人威名實在太大，孤身而來，顯是有恃無恐，實猜不透他有甚奸險陰謀。

一片寂靜之中，只聽得蹄聲答答，車輪在石板上隆隆滾動，一輛騾車緩緩駛到了大門前，卻不停止，從大門中直駛進來。游氏兄弟眉頭深皺，只覺此人肆無忌憚，無禮已極。只聽得咯咯兩聲響，騾車輪子輾過了門檻，一條大漢手執鞭子，坐在車夫位上。騾車帷子低垂，不知車中藏的是甚麼。羣豪不約而同的都瞧著那趕車大漢。

但見他方面長身，寬胸粗膀，眉目間不怒自威，正是丐幫的前任幫主喬峯。

喬峯將鞭子往座位上一擱，躍下車來，抱拳說道：「聞道薛神醫和游氏兄弟在聚賢莊擺設英雄大宴，喬某不齒於中原豪傑，豈敢厚顏前來赴宴？只是今日有急事相求薛神醫，來得冒昧，還望恕罪。」說著深深一揖，神態甚是恭謹。

喬峯越禮貌周到，衆人越料定他必安排下陰謀詭計。游駒左手一擺，他門下四名弟子悄悄從兩旁溜了出去，察看莊子前後有何異狀。薛神醫拱手還禮，說道：「喬兄有甚麼事要在下效勞？」喬峯退了兩步，揭起騾車的帷幕，伸手將阿朱扶了出來，說道：「只因在下行事魯莽，累得這個小姑娘中了別人拳力，身受重傷。當今之世，除了薛神醫外，無人再能治得，是以不揣冒昧，趕來請薛神醫救命。」

羣豪一見騾車，早就在疑神疑鬼，猜想其中藏著甚麼古怪，有的猜是毒藥炸藥，有的猜是毒蛇猛獸，更有的猜想是薛神醫的父母妻兒，給喬峯捉了來作爲人質，卻沒一個料到車中出來的，竟是個十六七歲的小姑娘，而且是來求薛神醫治傷，無不大爲詫異。

只見這少女身穿淡黃衫子，顴骨高聳，著實難看。原來阿朱想起姑蘇慕容氏在江湖上怨家太多，那薛神醫倘若得知自己來歷，說不定不肯醫治，因此在許家集鎮上買了衣衫，在大車中改了容貌，但醫生要搭脈看傷，要裝成男子或老年婆婆，卻是不成。

薛神醫聽了這幾句話，也大出意料之外。他一生之中，旁人千里迢迢的趕來求他治病救命，那是尋常之極，幾乎天天都有，但眼前大家正在設法擒殺喬峯，這無惡不作、神人共憤的兇徒居然自己送上門來，實令人難以相信。

薛神醫上上下下打量阿朱，見她容貌頗醜，何況年紀幼小，喬峯決不會是受了這稚女的美色所迷。他忽爾心中一動：「莫非這小姑娘是他妹子？嗯，那決計不會，他對父母和師父都下毒手，豈能爲一個妹子而甘冒殺身大險。難道是他女兒？可沒聽說喬峯曾娶過妻子，看來也不像是私生女兒。」他精於醫道，於各人的體質形貌，一望便知其特點，眼見喬峯和阿朱兩人，一個壯健粗獷，一個纖小瘦弱，沒半分相似之處，可以斷定決無骨肉關連。他微一沉吟，問道：「這位姑娘尊姓，跟閣下有何瓜葛？」

喬峯一怔，他和阿朱相識以來，只知道她叫「阿朱」，到底是否姓朱，卻說不上來，便問阿朱道：「你可是姓朱？」阿朱微笑道：「我姓阮。」喬峯點了點頭，道：「薛神醫，她原來姓阮。我也是此刻才知。」

薛神醫更是奇怪，問道：「如此說來，你跟這位姑娘並無深交？」喬峯道：「她是我一位朋友的丫鬟。」薛神醫道：「閣下那位朋友是誰？想必與閣下情如骨肉，否則怎能如此推愛？」喬峯搖頭道：「那位朋友我只是神交，從來沒見過面。」

他此言一出，廳上羣豪都「啊」的一聲，羣相嘩然。一大半人心中不信，均想世上那有此事，他定是借此爲由，要行使甚麼鬼計。但也有不少人知道喬峯生平不打誑語，儘管他作下了不少兇橫惡毒之事，但他自重身分，多半不會公然撒謊騙人。

薛神醫伸出手去，給阿朱搭了搭脈，只覺她脈息微弱，體內卻眞氣鼓盪，兩者極不相稱，再搭她左手脈搏，已知其理，向喬峯道：「這位姑娘若不是敷了太行山譚公的治傷靈藥，又得閣下以內力續命，早已死在玄慈大師的大金剛拳力之下了。」

羣雄一聽，又都羣相聳動。譚公、譚婆面面相覷，心道：「她怎麼會敷上我們的治傷靈藥？」玄難、玄寂二僧更是奇怪，均想：「方丈師兄幾時以大金剛拳力打過這小姑娘？倘若她眞是中了方丈師兄的大金剛拳力，那裏還能活命？」玄難道：「薛居士，我方丈師兄數年未離本寺，而少林寺中向無女流入內，這大金剛拳力決非出於我師兄之手。」

薛神醫皺眉道：「世上更有何人能使這門大金剛拳？」

玄難、玄寂相顧默然。他二人在少林寺數十年，和玄慈是一師所授，用功不可謂不勤，用心不可謂不苦，但這大金剛拳始終以天資所限，無法練成。他二人倒也不感抱憾，早知少林派往往要隔上百餘年，方有一個特出的奇才可練成這門拳法。練功的訣竅等等，上代高僧詳細記入武經，有時全寺數百僧衆竟無一人練成，卻也不致失傳。

玄寂想問：「她中的眞是大金剛拳？」但話到口邊，便又忍住，這句話若問了出口，那是對薛神醫的醫道有存疑之意，可說大大不敬，轉頭向喬峯道：「前晚你潛入少林寺，害死我玄苦師兄，曾擋過我方丈師兄的一招大金剛拳。我方丈師兄那一拳，倘若打在這小姑娘身上，她怎麼還能活命？」喬峯搖頭道：「玄苦大師是我恩師，我對他大恩未報，寧可自己性命不在，也決不能以一指加於恩師。」玄寂怒道：「你還想抵賴？那麼你擄去那少林僧呢？這件事難道也不是你幹的？」

喬峯心道：「我擄去的那『少林僧』，此刻明明便在你眼前。」說道：「大師硬栽在下擄去了一位少林高僧，請問那位高僧是誰？」

玄寂和玄難對望一眼，張口結舌，都說不出話來。前晚玄慈、玄難、玄寂三大高僧合擊喬峯，爲他脫身而去，明明見他還擒去了一名少林僧，可是其後查點全寺僧衆，竟一個也沒缺少，此事之古怪，實在百思不得其解。

薛神醫插口道：「喬兄孤身一人，前晚進少林、出少林，自身毫髮不傷，居然還擄去一位少林高僧，這可奇了。這中間定有古怪，你說話大是不盡不實。」

喬峯道：「玄苦大師是在下恩師，絕非在下所害，我前晚也決計沒從少林寺中擄去一位少林高僧。你們有許多事不明白，我也有許多事不明白。」玄難道：「不管怎樣，這小姑娘總不是我方丈師兄所傷。想我方丈師兄乃有道高僧，一派掌門之尊，如何能出手打傷這樣一個小姑娘？這小姑娘再有千般不是，我方丈師兄也決不會跟她一般見識。」

喬峯心念一動：「這兩個和尚堅決不認阿朱為玄慈方丈所傷，那再好沒有。否則的話，薛神醫礙於少林派的面子，無論如何是不肯醫治的。」當下順水推舟，便道：「是啊，玄慈方丈是有德高僧，慈悲為懷，決不會以重手傷害這樣一個小姑娘。多半是有人冒充少林寺的高僧，招搖撞騙，胡亂出手傷人。」玄寂與玄難對望一眼，緩緩點頭，先後說道：「你雖行事乖張，這幾句話倒也在理。」

阿朱心中暗暗好笑：「喬大爺這話一點也不錯，果然是有人冒充少林寺僧人，招搖撞騙，胡亂出手傷人。不過所冒充的不是玄慈方丈，而是虛清和尚。」可是玄寂、玄難和薛神醫等，又怎猜得到喬峯言語中的機關？

薛神醫見玄寂、玄難二位高僧都這麼說，料知無誤，便道：「如此說來，世上居然還有旁人能使這門大金剛拳了。此人下手之時，受了甚麼阻擋，拳力消了十之七八，是以阮姑娘才不致當場斃命。此人拳力雄渾，只怕能和玄慈方丈並駕齊驅。」

喬峯心下欽佩：「玄慈方丈這一拳確是我用銅鏡擋過了，消去了大半拳力。這位薛神醫當眞醫道如神，單是搭一下阿朱的脈搏，便將當時動手過招的情形說得一點不錯，看來他定有治好阿朱的本事。」言念及此，臉上露出喜色，說道：「這位小姑娘倘若死在大金剛拳拳力之下，於少林派的面子須不大好看，請薛神醫慈悲。」說著深深一揖。

玄寂不等薛神醫回答，問阿朱道：「出手傷你的是誰？你在何處受的傷？此人現下在何處？」他顧念少林派聲名，又想世上居然有人會使大金剛拳，急欲問個水落石出。

阿朱天性極爲頑皮，她可不像喬峯那樣，每句話都講究分寸，她胡說八道，瞎三話四，乃家常便飯，心念一轉：「喬大爺爲了救我，孤身一人與這裏千百位英雄好漢爲敵，勢力太過孤單。我如抬出姑蘇慕容的名頭來，嚇他們一嚇，可以大增喬大爺的聲勢。反正少林寺對我家公子本就不大客氣，索性氣氣他們，那又如何？」便道：「那人是個青年公子，相貌瀟洒英俊，約莫二十七八歲年紀。我跟這位喬大爺正在客店裏談論薛神醫的醫道出神入化，別說舉世無雙，甚且是空前絕後，前無古人，後無來者，只怕天上神仙也有所不及……」

世人沒一個不愛聽恭維的言語。薛神醫生平不知聽到過多少稱頌讚譽，但這些言語出之於一個韶齡少女之口，卻是首次得聞，何況她不怕難爲情的大加誇張，他聽了忍不住拈鬚微笑。喬峯卻眉頭微皺，心道：「那有此事？小妞兒信口開河。」

阿朱續道：「那時候我說：『世上既有了這位薛神醫，大夥兒也不用學甚麼武功啦？』喬大爺問道：『爲甚麼？』我說：『打死了的人，薛神醫都能救得活來，那麼練拳、學劍還有甚麼用？你傷一個，他救一個，你殺兩個，他救一雙，大夥兒這可不是白累麼？』」她伶牙俐齒，聲音清脆，雖在重傷之餘，一番話說來仍如珠落玉盤，動聽之極。衆人都是一樂，有的更加笑出聲來。

阿朱卻一笑也不笑，繼續說道：「鄰座有個公子爺一直在聽我二人說話，忽然冷笑道：『天下拳力，大都輕飄飄的沒眞力，那姓薛的醫生由此而浪得虛名。倘若是少林派最厲害的大金剛拳，瞧他也治得好麼？』他說了這幾句話，就向我發拳凌空擊來。我見他和我隔著數丈遠，只道他是隨口說笑，不以爲意，也沒想要閃避。喬大爺卻大吃一驚……」

玄寂問道：「他就出手擋架麼？」

阿朱搖頭道：「不是！喬大爺若出手擋架，那青年公子就傷不到我了。喬大爺離我甚遠，來不及相救，忙提起一張椅子從橫裏擲來。他勁力使得恰到好處，只聽得喀喇喇一聲響，椅子已給那青年公子的劈空拳力擊碎。那位公子說的滿口是軟綿綿的蘇州話，那知手上的功夫卻一點也不軟綿綿了。我登時只覺全身輕飄飄地，像是飛進了雲端裏一樣，半分力氣也無，只聽那公子說道：『你去叫薛神醫多翻翻醫書，先練上一練，日後給玄慈大師治傷之時，就不會手足無措了。』」

羣雄「哦」的一聲，好幾人同時說道：「以彼之道，還施彼身！」又有幾人道：「果然是姑蘇慕容！」所以用到「果然是」這三字，意思說他們事先早已料到了。卻不知阿朱為了喬峯勢孤，抬了個「姑蘇慕容」出來，以壯聲勢。

游駒忽道：「喬兄適才說道是有人冒充少林高僧，招搖撞騙，打傷了這位姑娘。這位姑娘卻又說打傷她的是個青年公子。到底是誰的話對？」

阿朱忙道：「那青年公子打傷我之後，喬大爺十分氣惱，問他：『閣下是少林派的麼？』那公子道：『天下甚麼門派，我都算上一份，你說我是少林派，也無不可。』他這麼說，我瞧多半是冒充少林派。不過眞正冒充少林高僧之人，也是有的，我就瞧見兩個和尙自稱是少林僧人，卻去偷了人家一條黑狗，宰來吃了。」她知謊話中露出破綻，便東拉西扯，換了話題。

薛神醫也知她的話不盡不實，一時拿不定主意是否該當給她治傷，向玄寂、玄難瞧瞧，向游驥、游駒望望，又向喬峯和阿朱看看。

喬峯道：「薛先生今日救了這位姑娘，喬峯日後不敢忘了大德。」薛神醫嘿嘿冷笑，道：「日後不敢忘了大德？難道今日你還想能活著走出這聚賢莊麼？」喬峯道：「是活著出去也好，死著出去也好，那也管不了這許多。這位姑娘的傷勢，總得請你醫治才是。」薛神醫淡淡的道：「我爲甚麼要爲她治傷？」喬峯道：「薛先生在武林中廣行功德，眼看這位姑娘無辜喪命，想必能打動先生的惻隱之心。」

薛神醫道：「不論是誰帶這姑娘來，我都給她醫治。哼，單單是你帶來，我便不治。」喬峯臉上變色，森然道：「眾位今日羣集聚賢莊，爲的是商議對付喬某，姓喬的豈有不知？」阿朱插嘴道：「喬大爺，既然如此，你就不該爲了我而到這裏來冒險啦！」喬峯道：「我想眾位都是堂堂丈夫，是非分明，要殺之而甘心的只喬某一人，跟你小小姑娘無涉。薛先生竟將痛恨喬某之意，牽連到阮姑娘身上，豈非大大不該？」

薛神醫給他說得啞口無言，過了一會，才道：「是否給人治病救命，全憑我自己的喜怒好惡，豈是旁人強求得了的？喬峯，你罪大惡極，我們正在商議圍捕，要將你亂刀分屍，祭你的父母、師父。你自己送上門來，那再好也沒有了。你便自行了斷罷！」

他說到這裏，右手一擺，羣雄齊聲吶喊，紛紛拿出兵刃。大廳上密密麻麻的寒光耀眼，說不盡各種各樣的長刀短劍、雙斧單鞭。跟著又聽得高處吶喊聲大作，屋簷和屋角上露出不少人來，也都手執兵刃，把守著各處要津。

喬峯雖見過不少大陣大仗，但往常都是率領丐幫與人對敵，己方總也是人多勢眾，從不如這一次般孤身陷入重圍，還攜著一個身受重傷的少女，到底如何突圍，半點計較也無，心中也不禁惴惴。

阿朱更是害怕，哇的一聲，哭了出來，說道：「喬大爺，你快自己先走。不用管我！他們跟我無怨無仇，不會害我的。」

喬峯心念一動：「不錯，這些人都是俠義之輩，決不會無故加害於她。我還是及早離開這是非之地爲妙。」但隨即又想：「大丈夫救人當救徹。薛神醫尚未答允治傷，不知她死活如何，我喬峯豈能貪生怕死，一走了之？」

縱目四顧，一瞥間便見到不少武學高手，這些人倒有一大半相識，俱是身懷絕藝之輩。他一見之下，登時激發了雄心豪氣，心道：「喬峯便血濺聚賢莊，給人亂刀分屍，那又算得甚麼？大丈夫生亦何歡，死又何懼？」哈哈一笑，說道：「你們都說我是契丹人，要除我這心腹大患。嘿嘿，是契丹人還是漢人，喬某此刻自己也不明白……」

人叢中忽有一個細聲細氣的聲音說道：「是啊，你是雜種，自己也不知道是甚麼種！」這人便是先前曾出言譏刺丐幫的，只是他擠在人叢之中，說得一兩句話便即住口，誰也不知到底是誰，羣雄幾次向聲音發出處注目查察，始終沒見到是誰口唇在動。若說那人身材矮小，這羣人中也無特異矮小之人。

喬峯聽了這幾句話，凝目瞧了半晌，點了點頭，不加理會，向薛神醫續道：「倘若我是漢人，你今日如此辱我，喬某豈能善罷干休？倘若我果然是契丹人，決意和大宋豪傑爲敵，第一個便要殺你，免得我傷一個大宋英雄，你便救一位大宋好漢。是也不是？」薛神醫道：「不錯，不管怎樣，你都是要殺我的了。」喬峯道：「我求你今日救了這位姑娘，一命還一命，喬某永遠不動你一根寒毛便是。」薛神醫嘿嘿冷笑，道：「老夫生平救人治病，只有受人求懇，從不受人脅迫。」喬峯道：「一命還一命，甚是公平，也說不了是甚麼脅迫。」

人叢中那細聲細氣的聲音忽然又道：「你羞也不羞？你自己轉眼便要給人亂刀斬成肉醬，還說甚麼饒人性命？你……」

喬峯突然一聲怒喝：「滾出來！」聲震屋瓦，樑上灰塵簌簌而落。羣雄個個耳中雷鳴，心跳加劇。人叢中一條大漢應聲而出，搖搖晃晃的站立不定，便似醉酒一般。這人身穿青袍，臉色灰敗，羣雄都不認得他是誰。

譚公忽然叫道：「啊，他是追魂杖譚青。是了，他是『惡貫滿盈』的弟子。」丐幫羣豪聽得他是「四大惡人」之首「惡貫滿盈」的弟子，更加怒不可遏，齊聲喝罵，心中卻也均慄慄危懼。原來那日西夏赫連鐵樹將軍，以及一品堂衆高手中了自己「悲酥清風」之毒，盡爲丐幫所擒。不久「惡貫滿盈」段延慶趕到，丐幫羣豪無一是他敵手。段延慶以奇臭解藥解除一品堂衆高手所中毒質，羣起反戈而擊，丐幫反而吃了大虧。羣丐對段延慶又惱且懼，均覺丐幫中既沒了喬峯，此後再遇上這「天下第一大惡人」，終究仍難抗拒。

只見追魂杖譚青臉上肌肉扭曲，顯得全身痛楚已極，雙手不住亂抓胸口，從他身上發出話聲道：「我……我和你無怨無仇，何……何故破我法術？」說話仍細聲細氣，只是斷斷續續、上氣不接下氣，口唇卻絲毫不動。各人見了，盡皆駭然。大廳上只有寥寥數人才知他這門功夫是腹語之術，和上乘內功相結合，能迷得對方心神迷惘，失魂而死。但若遇上了功力比他更深的對手，施術不靈，卻會反受其害。

薛神醫怒道：「你是『惡貫滿盈』的弟子？我這英雄之宴，請的是天下英雄好漢，你這種無恥敗類，如何也混將進來？」

忽聽得遠處高牆上有人說道：「甚麼英雄之宴，我瞧是狗熊之會！」他開言時相隔尚遠，說到最後一個「會」字時，人隨聲到，從高牆上飄然而落，身形奇高，行動卻是快極。屋頂上不少人發拳出刀阻擋，都不免慢了一步，爲他閃身搶過。大廳上不少人認得，此人是「窮兇極惡」雲中鶴。

雲中鶴飄落庭中，身形微晃，已奔入大廳，抓起譚青，疾向薛神醫衝來。廳上衆人都怕他傷害薛神醫，登時有七八人搶上相護。那知雲中鶴早已算定，使的是以進爲退、聲東擊西之計，見衆人奔上，早已閃身後退，上了高牆。

這英雄會中好手著實不少，眞實功夫勝得過雲中鶴的，就沒七八十人，也有五六十人，可是給他佔了先機，誰都猝不及防。加之他輕功極高，一上了牆頭，那就再也追他不上。羣雄中不少人探手入囊，要待掏摸暗器，原在屋頂駐守之人也紛紛呼喝，過來攔阻，但眼看均已不及。

喬峯喝道：「留下罷！」揮掌凌空拍出，掌力疾吐，便如有一道無形兵刃，擊在雲中鶴背心。

雲中鶴悶哼一聲，重重摔落，背心著地，口中鮮血狂噴，有如泉湧。那譚青卻仍直立，只不過忽而蹌踉向東，忽而蹣跚向西，口中咿咿啊啊的胡言亂語，甚是滑稽。大廳上卻誰也沒笑，只覺眼前情景可怖之極，生平從所未睹。

薛神醫知雲中鶴受傷雖重，尚有可救，譚青心魂俱失，天下已無靈丹妙藥能救他性命了。他想喬峯只輕描淡寫的一聲斷喝、一掌虛拍，便有如斯威力，若要取自己性命，未必有誰能阻他得住。他沉吟之間，只見譚青直立不動，再無聲息，雙眼睁得大大的，竟已氣絕。

適才譚青出言侮辱丐幫，丐幫羣豪盡皆十分氣惱，可是找不到認頭之人，氣了也只白饒，這時眼見喬峯一到，立時便將此人治死，均感痛快。宋長老、吳長老等直性漢子幾乎便要出聲喝采，只因想到喬峯是契丹大仇，這才強行忍住。每人心底卻都不免隱隱覺得：「只要他做咱們幫主，丐幫仍能無往不利，否則的話，唉，竟似步步荊棘，丐幫再也無復昔日的威風了。」

只見雲中鶴緩緩掙扎著站起，蹣跚著出門，走幾步，吐一口血。羣雄見他傷重，誰也不再難為他，均想：「此人罵我們是『狗熊之會』，誰也奈何他不得，反倒是喬峯出手，給大夥兒出了這口惡氣。」

喬峯說道：「兩位游兄，在下今日在此遇見不少故人，此後是敵非友，心中不勝傷感，想跟你討幾碗酒喝。」

眾人聽他說要喝酒，都大爲驚奇。游駒心道：「且瞧他玩甚麼伎倆。」當即吩咐莊客取酒。聚賢莊今日開英雄之宴，酒菜自是備得極爲豐足，片刻之間，莊客便取了酒壺、酒杯出來。

喬峯道：「小杯何能盡興？相煩取大碗裝酒。」兩名莊客取出幾隻大碗，一罈新開封的白酒，放在喬峯面前桌上，在一隻大碗中斟滿了酒。

喬峯道：「都斟滿了！」兩名莊客依言將幾隻大碗都斟滿了。

喬峯端起一碗酒來，說道：「這裏眾家英雄，多有喬峯往日舊交，今日既有見疑之意，咱們乾杯絕交。那一位朋友要殺喬某的，先來對飲一碗，從此而後，往日交情一筆勾銷。我殺你不是忘恩，你殺我不算負義。天下英雄，俱爲證見！」

眾人一聽，都是一凜，大廳上一時鴉雀無聲。各人均想：「我如上前喝酒，勢必中他暗算。他這劈空神拳打將出來，如何能夠抵擋？」

一片寂靜之中，忽然走出一個全身縞素的女子，正是馬大元的遺孀馬夫人。她雙手捧起酒碗，森然道：「先夫命喪你手，我跟你還有甚麼故舊之情？」將酒碗放到唇邊，喝了一口，說道：「量淺不能喝盡，生死大仇，有如此酒。」將碗中酒水都潑在地下。

喬峯舉目向她直視，只見她面目清秀，相貌頗美，眉梢眼角之際，微有天然嫵媚，那晚杏子林中，火把光閃爍不定，此刻方始看淸她的容顏，沒想到如此厲害的一個女子，竟是這麼一副嬌怯怯、俏生生的模樣。他默然無語的舉起大碗，一飲而盡，向身旁莊客揮了揮手，命他斟酒。

馬夫人退後，徐長老跟著過來，一言不發的喝了一大碗酒，喬峯跟他對飲一碗。傳功長老呂章過來喝後，跟著執法長老白世鏡過來。他舉起酒碗正要喝酒，喬峯道：「且慢！」白世鏡道：「喬兄有何吩咐？」他對喬峯素來恭謹，此時語氣竟也不異昔日，只不過不稱「幫主」而已。

喬峯嘆道：「咱們是多年好兄弟，想不到以後成了冤家對頭。」白世鏡眼中淚珠滾動，說道：「喬兄身世之事，在下早有所聞，當時便殺了我頭，也不能信，豈知……豈知果然如此。若非為了家國大仇，白世鏡寧願一死，也不敢與喬兄為敵。」喬峯點頭道：「此節我所深知。待會化友為敵，不免惡鬥一場。喬峯有一事奉託。」白世鏡道：「但教和國家大義無涉，白某自當遵命。」喬峯微微一笑，指著阿朱道：「丐幫眾位兄弟，若念喬某昔日也曾稍有微勞，請照護這個姑娘平安周全。」

眾人一聽，都知他這幾句話乃是「託孤」之意，眼看他和眾友人一一乾杯，跟著便是大戰一場，在中原衆高手環攻之下，縱然給他殺得十個八個，最後仍不免難逃一死。羣豪雖恨他是胡虜韃子，多行不義，卻也不禁爲他的慷慨俠烈之氣所動。

白世鏡素來和喬峯交情極深，聽他這幾句話，等如是臨終遺言，便道：「喬兄放心，白世鏡定當出盡全力，求懇薛神醫賜予醫治。白世鏡決不敢忘了喬兄多年眷顧之情。」這幾句話說得明白，薛神醫是否肯醫，他自然並無把握，但他必定全力以赴。

喬峯道：「如此兄弟多謝了。」白世鏡道：「待會交手，喬兄不可手下留情，白某如死在喬兄手底，丐幫自有旁人照料阮姑娘。」說著舉起大碗，將碗中烈酒一飲而盡。喬峯也將一碗酒喝乾了。

其次是丐幫奚長老、陳長老等過來和他對飲。吳長老大聲道：「喬幫主，待會你殺我好了，我到死不跟你絕交，便做了鬼也當你是好朋友！」竟不喝酒。宋長老也道：「喬幫主，不論是死是活，你是我的朋友！」喬峯虎目含淚，說道：「好，大家死了也仍是朋友！」跟著其餘幫會門派中的英豪，一一過來和他對飲。

衆人看著均心下駭然，眼看他已喝了四五十碗，一大罈烈酒早已喝乾，莊客又去抬了一罈出來，喬峯卻兀自神色自若。除了肚腹鼓起外，竟沒絲毫異狀。衆人均想：「如此喝下去，醉也將他醉死了，還說甚麼動手過招？」

殊不知喬峯卻是多一分酒意，增一分精神力氣，連日來多遭冤屈，鬱悶難伸，這時一切都抛開了，索性盡情一醉，大鬥一場。

他喝到五十餘碗時，鮑千靈和快刀祁六也都和他喝過了，向望海走上前來，端起酒碗，說道：「姓喬的，我來跟你喝一碗！」言語之中，頗爲無禮。

喬峯酒意上湧，斜眼瞧著他，說道：「喬某和天下英雄喝這絕交酒，乃是將往日恩義一筆勾銷之意。憑你也配和我喝這絕交酒？你跟我有甚麼交情？」說到這裏，更不讓他答話，跨上一步，右手探出，已抓住他胸口，手臂振處，將他從廳門中摔將出去，砰的一聲，向望海重重撞在照壁之上，登時便暈了過去。

這麼一來，大廳上登時大亂。

喬峯躍入院子，大聲喝道：「那一個先來決一死戰！」羣雄見他神威凜凜，一時沒人膽敢上前。喬峯喝道：「你們不動手，我先動手了！」手掌揚處，砰砰兩聲，已有兩人中了劈空掌倒地。他隨勢衝入大廳，肘撞拳擊，掌劈腳踢，霎時間又打倒數人。

游驥叫道：「大夥兒靠著牆壁，莫要亂鬥！」大廳上聚集著三百餘人，倘若一擁而上，喬峯武功再高，也決難抗禦，但大家擠在一團，眞能挨到喬峯身邊的，不過五六人而已，刀槍劍戟四下舞動，一大半人倒要防備爲自己人所傷。游驥這麼一叫，大廳中心登時讓了一片空位出來。

喬峯叫道：「我來領教領教聚賢莊游氏雙雄的手段。」左掌推出，一隻大酒罈迎面向游駒飛了過去。游駒雙掌一封，待要運掌力拍開酒罈，不料喬峯跟著劈空掌擊出，嘭的一聲響，一隻大酒罈登時化爲千百塊碎片。碎瓦片極爲鋒利，在喬峯凌厲之極的掌力推送下，便如千百把鋼鏢、飛刀一般，游駒臉上中了三片，滿臉都是鮮血，旁人也有十餘人受傷。只聽得喝罵聲、驚叫聲、警告聲鬧成一團。

忽聽得廳角中一個少年的聲音驚叫：「爹爹，爹爹！」游駒知是自己的獨子游坦之，百忙中斜眼瞧去，見他左頰上鮮血淋漓，顯是也爲瓦片所傷，喝道：「快進去！你在這裏幹甚麼？」游坦之道：「是！」縮入了廳柱之後，卻仍探出頭來張望。

喬峯左足踢出，另一隻酒罈又凌空飛起。他正待又行加上一掌，忽然間背後一記柔和的掌力虛飄飄拍來。這一掌力道雖柔，但顯然蘊有渾厚內力。喬峯知是一位高手所發，不敢怠慢，回掌招架。兩人內力相激，各自凝了凝神。喬峯向那人瞧去，只見他形貌猥葸，正是那個自稱爲「趙錢孫李，周吳鄭王」的無名氏「趙錢孫」，心道：「此人內力了得，倒不可輕視！」吸一口氣，第二掌便如排山倒海般擊了過去。

趙錢孫心知單憑一掌接他不住，雙掌齊出，意欲擋他一掌。身旁一個女子喝道：「不要命了麼？」將他往斜裏一拉，避開了喬峯正面一擊。但喬峯的掌力還是洶湧而前的衝出，趙錢孫身後的三人首當其衝，只聽得砰砰砰三響，三人都飛了起來，重重撞在牆壁之上，只震得牆上灰土大片大片掉將下來。

趙錢孫回頭看去，見拉他的乃是譚婆，心中一喜，說道：「小娟，是你救了我一命。」譚婆道：「我攻他左側，你向他右側夾擊。」趙錢孫一個「好」字才出口，只見一個矮瘦老者向喬峯撲了過去，卻是譚公。

譚公身裁矮小，武功卻著實了得，左掌拍出，右掌疾跟而至，左掌一縮回，又加在右掌的掌力之上。他這連環三掌，便如三個浪頭一般，後浪推前浪，併力齊發，比之他單掌掌力大了三倍。喬峯叫道：「好一個太行山『一峯高一峯』！」左掌揮出，兩股掌力相互激盪，擠得餘人都向兩旁退去。便在此時，趙錢孫和譚婆也已攻到，跟著丐幫徐長老、傳功長老、陳長老等紛紛加入戰團。

呂章叫道：「喬兄弟，契丹和大宋勢不兩立，咱們公而忘私，老哥哥要得罪了。」喬峯笑道：「絕交酒也喝過了，幹麼還稱兄道弟？看招！」左腳向他踢出。他話雖如此說，對丐幫羣豪總不免尙有香火之情，非但不欲傷他們性命，甚至不願他們在外人之前出醜，這一腳踢出，忽爾中途轉向，快刀祁六一聲怪叫，飛身而起。

他卻不是自己躍起，而是給喬峯踢中臀部，身不由主的向上飛起。他手中單刀本來運勁向喬峯頭上砍去，身子高飛，這一刀仍猛力砍出，嗒的一聲，砍上了大廳的橫樑，深入尺許，竟將他刃鋒牢牢咬住。快刀祁六這口刀是他成名的利器，今日面臨大敵，那肯放手？右手牢牢抓住刀柄。這麼一來，身子便高高吊在半空。這情狀本來極爲古怪詭奇，但大廳上人人面臨生死關頭，有誰敢分心去多瞧他一眼？

喬峯藝成以來，雖然身經百戰，從未一敗，但同時與這許多高手對敵，卻也是生平未遇之險。這時他酒意已有十分，內力鼓盪，酒意更漸漸湧將上來，雙掌飛舞，逼得衆高手無法近身。

薛神醫醫道極精，武功卻算不得第一流。他於醫道一門，原有過人的天才，幾乎是不學而會。他自幼好武，師父更是一位武學深湛的了不起人物，但在某一年上，薛神醫和七個師兄弟同時爲師父開革出門。他不肯另投明師，便別出心裁，以治病與人交換武功，東學一招，西學一式，武學之博，可說江湖上極爲罕有。但壞也就壞在這個「博」字上，這一博，貪多嚼不爛，就沒一門功夫是眞正練到了家的。他醫術如神之名既彰，所到之處，人人都敬他三分。他向人請教武功，旁人多半隨口恭維，討好於他，往往言過其實，誰也不跟他當眞。他自不免沾沾自喜，總覺得天下武功，十之八九在我胸中矣。此時一見喬峯和羣雄搏鬥，出手之快，落手之重，實是生平做夢也意想不到，不由得臉如死灰，一顆心怦怦亂跳，一句話也說不出來，更不用說上前動手了。

他靠牆而立，心中懼意越來越盛，但若就此悄悄退出大廳，終究說不過去，一斜眼間，只見一位老僧站在身邊，正是玄難。他突然想起一事，大是慚愧，向玄難道：「適才我有一句言語，極是失禮，大師勿怪才好。」

玄難全神貫注的在瞧著喬峯，對薛神醫的話全沒聽見，待他說了兩遍，這才一怔，問道：「甚麼話失禮了？」薛神醫道：「我先前言道：『喬峯孤身一人，進少林，出少林，毫髮不傷，還擄去了一位少林高僧，這可奇了！』」玄難道：「那便如何？」薛神醫歉然道：「這喬峯武功之高，委實世所罕有。我此刻才知他進出少林，傷人擄人，來去自如，原也極難攔阻。」

他這幾句話本意是向玄難道歉，但玄難聽在耳中，卻是加倍的不受用，哼了一聲，道：「薛神醫想考較考較少林派的功夫，是也不是？」不等他回答，便即緩步而前，大袖飄動，袖底呼呼的拳力向喬峯發出。他這門功夫乃少林寺七十二絕技之一，叫作「袖裏乾坤」，衣袖拂起，拳勁卻在袖底發出。少林高僧自來以參禪學佛爲本，練武習拳爲末，嗔怒已然犯戒，何況出手打人？但少林派數百年來以武學爲天下之宗，又豈能不動拳腳？這路「袖裏乾坤」拳藏袖底，形相便雅觀得多。衣袖似是拳勁的掩飾，旨在令敵人無法看到拳勢來路，攻他個措手不及。殊不知衣袖之上，卻也蓄有極凌厲的招數和勁力，要是敵人全神貫注的拆解他袖底所藏拳招，他便轉賓爲主，逕以袖力傷人。

喬峯見他攻到，兩隻寬大的衣袖鼓風而前，便如是兩道順風的船帆，威勢非同小可，大聲喝道：「袖裏乾坤，果然了得！」呼的一掌，拍向他衣袖。玄難的袖力廣被寬博，喬峯這一掌卻是力聚而凝，只聽得嗤嗤聲響，兩股力道相互激盪，突然間大廳上似有數十隻灰蝶上下翻飛。

羣雄都是一驚，凝神看時，原來這許多灰色的蝴蝶都是玄難的衣袖所化，轉眼向他身上看去，只見他光了一雙膀子，露出瘦骨稜稜的兩條長臂，模樣甚是難看。原來兩人內勁衝激，僧袍的衣袖如何禁受得住？登時被撕得粉碎。

這麼一來，玄難既無衣袖，袖裏自然也就沒有「乾坤」了。他狂怒之下，臉色鐵青，喬峯只如此一掌，便破了他的成名絕技，今日丟的臉實在太大，雙臂直上直下，向喬峯猛攻而前。

衆人盡皆識得，那是江湖上流傳頗廣的「太祖長拳」。宋太祖趙匡胤以一對拳頭、一條桿棒，打下了大宋的錦繡江山。自來帝皇，從無如宋太祖之神勇者。那一套「太祖長拳」和「太祖棒」，是北宋武林中最爲流行的武功，就算不會使的，看也看得熟了。

這時羣雄眼見這位名滿天下的少林高僧所使的，竟是這一路衆所周知的拳法，誰都爲之一怔，待得見他三拳打出，各人心底不自禁的發出讚嘆：「少林派得享大名，果非倖致。同樣的一招『千里橫行』，在他手底竟有偌大威力。」羣雄欽佩之餘，對玄難僧袍無袖的怪相再也不覺古怪。

本來是數十人圍攻喬峯的局面，玄難這一出手，餘人自覺在旁夾攻反而礙手礙腳，自然而然的逐一退下，各人團團圍住，以防喬峯逃脫，凝神觀看玄難和他決戰。

喬峯見旁人退開，驀地心念一動，呼的一拳打出，一招「衝陣斬將」，也正是「太祖長拳」中的招數。這一招姿式既瀟洒大方已極，勁力更是剛中有柔，柔中有剛，武林高手畢生所盼望達到的拳術完美之境，便在這一招中表露無遺。來到這英雄宴中的人物，就算本身武功不是甚高，見識也必廣博，「太祖拳法」的精要所在，可說無人不知。喬峯一招打出，人人都情不自禁的喝了一聲采！

這滿堂大采之後，隨即有許多人覺得不妥，這聲喝采，是讚譽各人欲殺之而甘心的胡虜大敵，如何可以長敵人志氣，滅自己威風？但采聲已然出口，再也縮不回來，眼見喬峯第二招「河朔立威」一般的精極妙極，比之他第一招，實難分辨到底那一招更爲佳妙，大廳上仍有不少人大聲喝采。只是有些人憬然驚覺，自知收歛，采聲便不及第一招時那麼響亮，但許多「哦，哦！」「呵，呵！」的低聲讚嘆，欽服之忱，未必不及那大聲叫好。喬峯初時和各人狠打惡鬥，羣雄專顧禦敵，只是懼怕他的兇悍厲害，這時暫且置身事外，方始領悟到他武功中的精妙絕倫之處。

但見喬峯和玄難只拆得七八招，高下已判。他二人所使的拳招，都是一般的平平無奇，但喬峯每一招都有意慢了一步，任由玄難先發。玄難一出招，喬峯跟著遞招，也不知是由於他年輕力壯，還是行動加倍的迅捷，每一招都是後發先至。這「太祖長拳」本身拳招只六十四招，但每一招都是相互剋制，喬峯看準了對方的拳招，然後出一招恰好剋制的拳法，玄難焉得不敗？這道理誰都明白，可是要做到「後發先至」四字，尤其是對敵玄難這等大高手，衆人若非今日親眼得見，以往連想也從未想到過。

玄寂見玄難左支右絀，抵敵不住，叫道：「你這契丹胡狗，這手法太也卑鄙！」

喬峯凜然道：「我使的是本朝太祖拳法，你如何敢說太祖『卑鄙』？」

羣雄一聽，登時明白了他所以要使「太祖長拳」的用意。倘若他以別種拳法擊敗「太祖長拳」，別人不會說他功力深湛，只有怪他有意侮辱本朝開國太祖的武功，這夷夏之防、華胡之異，更加深了衆人的敵意。此刻大家都使「太祖長拳」，除了較量武功之外，便拉扯不上別的名目。

玄寂眼見玄難轉瞬便臨生死關頭，更不打話，嗤的一指，點向喬峯的「璇璣穴」，使的是少林派的點穴絕技「天竺佛指」。喬峯聽他一指點出，挾著極輕微的嗤嗤聲響，側身避過，說道：「久仰『天竺佛指』的名頭，果然了得！你以天竺胡人的武功，來攻我大宋太祖的拳法。倘若你打勝了我，豈不是通番賣國，有辱堂堂中華上國？」

玄寂一聽，不禁一怔。他少林派的武功得自達摩老祖，而達摩老祖是天竺胡人。今日羣雄爲了喬峯是契丹胡人而羣相圍攻，可是少林武功傳入中土已久，中國各家各派的功夫，多少都跟少林派沾得上一些牽連，大家都已忘了少林派與胡人的干係。這時聽喬峯一說，誰都心中一動。

眾英雄中原有不少大有見識之人，不由得心想：「咱們對達摩老祖敬若神明，何以對契丹人卻恨之入骨，大家都是非我族類的胡人啊？嗯！這兩種人當然大不相同。天竺人從不殘殺我中華同胞，契丹人卻暴虐狠毒。如此說來，也並非只要是胡人，就須一概該殺，其中也有善惡之別。那麼契丹人中，是否也有好人呢？」

玄難、玄寂以二敵一，兀自遮攔多而進攻少。玄難見自己所使的拳法每一招都受敵人剋制，縛手縛腳，半點施展不得，待得玄寂上來夾攻，當下拳法一變，換作了少林派的「羅漢拳」。喬峯冷笑道：「你這也是來自天竺的胡人武術。且看是你胡人的功夫厲害，還是我大宋的本事了得？」說話之間，「太祖長拳」呼呼呼的擊出。

眾人聽了，心中都滿不是味兒。大家爲了他是胡人而加以圍攻，可是己方所用的反是胡人武功，而他偏偏使本朝太祖嫡傳的拳法。

忽聽得趙錢孫大聲叫道：「管他使甚麼拳法，此人殺父、殺母、殺師父，就該斃了！大夥兒上啊！」他口中叫嚷，跟著就衝了上去。跟著譚公、譚婆，丐幫徐長老、陳長老、鐵面判官單氏父子等數十人同時攻上。這些人都是武功好手，人數雖多，相互間卻不混亂，此上彼落，宛如車輪戰相似。

喬峯揮拳拆格，朗聲說道：「你們說我是契丹人，喬三槐老公公和老婆婆明明是漢人，那便不是我的父母了。莫說這兩位老人家我生平敬愛有加，絕無加害之意，就算是我殺的，又怎能加我『殺父、殺母』的罪名？玄苦大師是我受業恩師，少林派倘若承認玄苦大師是我師父，喬某便算是少林弟子，各位這等圍攻一個少林弟子，所爲何來？」

玄寂哼了一聲，說道：「強辭奪理，居然也能自圓其說。」

喬峯道：「若能自圓其說，就不是強辭奪理了。你們如不當我是少林弟子，那麼這『殺師』二字罪名，便加不到我頭上。你們想殺我，光明磊落的出手便了，何必加上許多不能自圓其說、強辭奪理的罪名？」他口中侃侃道來，手上卻絲毫不停，拳打單叔山、腳踢趙錢孫、肘撞未見其貌的青衣大漢、掌擊不知姓名的白鬚老者，說話之間，連續打倒了四人。他知道這些人都非奸惡之輩，是以手上始終留有餘地，給他擊倒的已有十七八人，卻不曾傷了一人性命。至於丐幫兄弟，卻碰也不碰，徐長老攻到身前，他便即閃身避開。

但參與這英雄大會的人數何等衆多？擊倒十餘人，只不過是換上十餘名生力軍而已。又鬥片刻，喬峯暗暗心驚：「如此打將下去，我總有筋疲力盡的時刻，還是及早抽身退走的爲是。」一面招架相鬥，一面觀看脫身的途徑。

趙錢孫經歷極富，雖倒在地下，動彈不得，卻已瞧出喬峯意欲走路，大聲叫道：「大家出力纏住他，這狗雜種想逃走！」

喬峯酣鬥之際，酒意上湧，怒氣漸漸勃發，聽得趙錢孫破口辱罵，不禁怒火不可抑制，想到他曾參預雁門關外一戰，喝道：「狗雜種第一個拿你來開殺戒！」運功於臂，一招劈空掌向他直擊過去。

玄難和玄寂齊呼：「不好！」兩人各出右掌，要同時接了喬峯這一掌，相救趙錢孫的性命。

驀地裏半空中人影一閃，一個人「啊」的一聲長聲慘呼，前心受了玄難、玄寂二人的掌力，後背給喬峯的劈空掌擊中，三股凌厲之極的力道前後夾擊，登時打得他肋骨寸斷，臟腑碎裂，口中鮮血狂噴，猶如一攤軟泥般委頓在地。

這一來不但玄難、玄寂大爲震驚，連喬峯也頗出意料之外。原來這人卻是快刀祁六。他懸身半空，時刻已然不短，這麼晃來晃去，嵌在橫樑中的鋼刀終於鬆了出來。他身子下墮，說也不巧，正好跌在三人各以全力拍出的掌力之間，便如兩塊大鐵板的巨力前後擠將攏來，如何不送了他性命？

玄難說道：「阿彌陀佛，善哉善哉！喬峯，你作了好大的孽！」喬峯大怒，道：「此人我殺他一半，你師兄弟二人合力殺他一半，如何都算在我帳上？」玄難道：「阿彌陀佛，罪過，罪過。若不是你害人在先，如何會有今日這場打鬥？」

喬峯怒道：「好，一切都算在我帳上，卻又如何？」惡鬥之下，蠻性發作，陡然間猶似變成了一頭猛獸，右手一拿，抓起一個人來，正是單正的次子單仲山，左手奪下他單刀，右手將他身子一放，跟著拍落，單仲山天靈蓋碎裂，死於非命。

羣雄齊聲發喊，又驚惶，又憤怒。

喬峯殺人之後，更加出手如狂，單刀飛舞，右手忽拳忽掌，左手鋼刀橫砍直劈，威勢直不可當，但見白牆上點點滴滴的濺滿了鮮血，大廳中倒下了不少屍骸，有的身首異處，有的膛破肢斷。這時他已顧不得對丐幫舊人留情，更無餘暇分辨對手面目，紅了眼睛，逢人便殺。奚長老竟也死於他的刀下。

來赴英雄宴的豪傑，十之八九都親手殺過人，就算自己沒殺過人，這殺人放火之事，看也看得多了。此刻這般驚心動魄的惡鬥，卻實是生平從所未見。敵人只有一個，可是他如瘋虎、如鬼魅，忽東忽西的亂砍亂殺、狂衝猛擊。不少高手上前接戰，都讓他以更快、更猛、更狠、更精的招數殺了。羣雄均非膽怯怕死之人，然眼見敵人勢若顛狂而武功又無人能擋，大廳中血肉橫飛，滿耳只聞臨死時的慘叫之聲，倒有一大半人起了逃走之意，都想儘快離開，喬峯有罪也好，無罪也好，自己是不想管這件事了。

游氏雙雄眼見情勢不利，左手各執圓盾，右手一挺短槍，一持單刀，兩人唿哨一聲，圓盾護身，分從左右向喬峯攻了過去。喬峯雖是絕無顧忌的惡鬥狠殺，但對敵人攻來的一招一式，卻仍凝神注視，心意不亂，這才保得身上無傷。他見游氏兄弟來勢凌厲，當下呼呼兩刀，砍倒身旁兩人，制其機先，搶著向游驥攻去。他一刀砍下，游驥舉起盾牌一擋，噹的一聲響，喬峯的單刀反彈上來，他一瞥之下，見單刀刃口捲起，已不能再用。游氏兄弟圓盾係用百鍊精鋼打造而成，縱是寶刀亦不能傷，何況喬峯手中所持的，只是從單仲山手中奪來的一把尋常鋼刀？

游驥圓盾擋開敵刃，右手短槍如毒蛇出洞，疾從盾底穿出，刺向喬峯小腹。便在這時，寒光閃動，游駒手中的圓盾向喬峯腰間劃來。喬峯一瞥之間，見圓盾邊緣極是鋒銳，卻是開了口的，如同是一柄圓斧相似，這一下若給劃上了，身子登時斷爲兩截，端的厲害無比，當即喝道：「好傢伙！」抛去手中單刀，左手一拳，噹的一聲巨響，擊在游驥圓盾正中，右手也是一拳，噹的一聲巨響，擊在游駒圓盾正中。

游氏雙雄只感半身酸麻，在喬峯剛猛無儔的拳力震撼之下，眼前金星飛舞，雙臂酸軟，盾牌和刀槍再也拿揑不住，四件兵刃嗆啷啷落地。兩人左手虎口同時震裂，滿手鮮血。喬峯笑道：「好極，送了這兩件利器給我！」雙手搶起鋼盾，盤旋飛舞。這兩塊鋼盾實爲攻守俱佳的利器，只聽得「啊唷」、「呵呵」幾聲慘呼，已有五人死在鋼盾之下。

游氏兄弟臉如土色，神氣灰敗。游驥叫道：「兄弟，師父說道：『盾在人在，盾亡人亡。』」游駒道：「哥哥，今日遭此奇恥大辱，咱哥兒倆沒臉活在世上了！」兩人一點頭，各自拾起自己兵刃，一刀一槍，刺入自己體內，登時身亡。

羣雄齊叫：「啊喲！」可是在喬峯圓盾的急舞之下，有誰敢搶近他身子五尺之內？

又有誰能搶近他身子五尺之內？

只聽得一個少年的聲音大哭大叫：「爹爹，爹爹！」卻是游駒的兒子游坦之。

喬峯一呆，沒想到身為聚賢莊主人的游氏兄弟竟會自刎。他背上一涼，酒性退了大半，心中頗生悔意，說道：「游家兄弟，何苦如此？這兩塊盾牌，我還了你們就是！」持著那兩塊鋼盾，放到游氏雙雄屍體的足邊。

他彎著腰尚未站直，忽聽得一個少女的聲音驚呼：「小心！」

喬峯立即向左一移，青光閃動，一柄利劍從身邊疾刺而過。若不是阿朱這一聲呼叫，雖然未必便能給這一劍刺中，但手忙腳亂，處境定然大大不利。向他偷襲的乃是譚公，一擊不中，已然遠避。

當喬峯和羣雄大戰之際，阿朱縮在廳角，體內元氣漸漸消失，眼見衆人圍攻喬峯，想起他明知凶險，仍護送自己前來求醫，這番恩德，當眞粉身難報，心中又感激，又焦急，見喬峯歸還鋼盾，譚公自後偷襲，便出聲示警。

譚婆怒道：「好啊，你這小鬼頭，咱們不來殺你，你卻出聲幫人。」身形一晃，揮掌便向阿朱頭頂擊落。

譚婆這一掌離阿朱頭頂尚有半尺，喬峯已縱身趕上，一把抓住譚婆後心，將她硬生生的拉開，向旁擲出，喀喇一聲，將一張花梨木太師椅撞得粉碎。阿朱雖逃過了譚婆掌擊，卻已嚇得花容失色，身子漸漸軟倒。喬峯大驚，心道：「她體內眞氣漸盡，在這當口，我那有餘裕給她接氣？」

只聽得薛神醫冷冷的道：「這姑娘眞氣轉眼便盡，你是否以內力替她接續？倘若她斷了這口氣，可就神仙也難救活了。」

喬峯爲難之極，知道薛神醫所說確爲實情，但自己只要伸手助阿朱續命，環伺在旁的羣雄立時白刃交加。這些人有的死了兒子，有的死了好友，出手那有容情？然則是眼睜睜的瞧著她斷氣而死不成？

他干冒奇險將阿朱送到聚賢莊，若未得薛神醫出手醫治，便任由她眞氣衰竭而死，實在太也可惜，可是這時候以內力續她眞氣，那便是用自己性命來換她性命。阿朱只不過是道上邂逅相逢的一個小丫頭，跟她說不上有甚麼交情，出力相救，還是尋常的俠義之行，但要以自己性命去換她一命，可說不過去了，「我盡力而爲到了這步田地，也已仁至義盡，對得她住。我立時便走，薛神醫能不能救她，只好瞧她運氣了。」當下拾起地下兩面圓盾，雙手連續使出「大鵬展翅」的招數，兩圈白光滾滾向外翻動，逕向廳口衝出。

羣雄雖然人多，但喬峯招數狠惡，而這對圓盾又實在太過厲害，這一使將開來，丈許方圓之內誰都無法近身。

喬峯幾步衝到廳口，左足跨出了門檻，忽聽得一個蒼老的聲音慘然道：「先殺這丫頭，再報大仇！」正是鐵面判官單正。他大兒子單伯山應道：「是！」舉刀向阿朱頭頂劈落。

喬峯驚愕之下，不及細想，左手圓盾脫手，盤旋飛出，去勢凌厲之極。七八個人齊聲叫道：「小心！」單伯山急忙舉刀格擋，但喬峯這一擲的勁力何等剛猛，圓盾的邊緣又鋒銳無比，喀喇一聲，將單伯山連人帶刀的鍘爲兩截。圓盾餘勢不衰，嚓的一聲，又斬斷了大廳的一根柱子。屋頂瓦片泥沙紛紛跌落。

單正和他餘下的三個兒子悲憤狂叫，但在喬峯的凜凜神威之前，竟不敢向他攻擊，連同其餘六七人，都向阿朱撲去。

喬峯罵道：「好不要臉！」呼呼呼呼連出四掌，將一干人都震退了，搶上前去，左臂抱起阿朱，以圓盾護住了她。

阿朱低聲道：「喬大爺，我不成啦，你別理我，快……快自己去罷！」

喬峯眼見羣雄不講公道，竟羣相欺侮阿朱這奄奄一息的弱女子，激發了高傲倔強之氣，大聲說道：「事到如今，他們也決不容你活了，咱們死在一起便是。」右手翻出，奪過一柄長劍，刺削斬劈，向外衝去。他左手抱了阿朱，行動固然不便，又只單手作戰，局面更不利之極，但他早將生死置之度外，長劍狂舞亂劈，只跨出兩步，只覺後心一痛，已給人一刀砍中。

他一足反踢，將那人踢得飛出丈許之外，撞在另一人身上，兩人立時斃命。但便在此時，喬峯右肩中槍，跟著右胸又給人刺了一劍。他大吼一聲，有如平空起個霹靂，喝道：「喬峯自行了斷，不死於鼠輩之手！」

但這時羣雄打發了性，那肯讓他從容自盡？十多人一擁而上。喬峯奮起神威，右手斗然探出，已抓住玄寂胸口的「膻中穴」，將他高高舉起。衆人發一聲喊，不由自主的退開幾步。

玄寂要穴遭抓，饒是有一身高強武功，登時全身酸麻，半點動彈不得，眼見自己的咽喉離圓盾刃口不過尺許，喬峯只要左臂一推，或是右臂一送，立時便將他腦袋割了下了，不由得一聲長嘆，閉目就死。

喬峯只覺背心、右胸、右肩三處傷口如火炙一般疼痛，說道：「我一身武功，最初出自少林，飲水思源，豈可殺戮少林高僧？喬某今日反正是死，多殺一人，又有何益？」當即放下玄寂，鬆開手指，朗聲道：「我不殺少林高僧，你們動手罷！」

羣雄面面相覷，爲他的豪邁之氣所動，一時都不願上前動手。又有人想：「他連玄寂都不願傷，又怎會去害死他的受業恩師玄苦大師？」

但鐵面判官單正的兩子爲他所殺，傷心憤激，大呼而前，舉刀往喬峯胸口刺去。

喬峯自知重傷之餘，再也無法殺出重圍，當即端立不動。一霎時間，心中轉過了無數念頭：「我到底是契丹還是漢人？害死我父母和師父的那人是誰？我一生多行仁義，今天卻如何無緣無故的傷害這許多英俠？我一意孤行的要救阿朱，卻枉自送了性命，豈非愚不可及，爲天下英雄所笑？」

眼見單正黝黑的臉面扭曲變形，兩眼睜得大大的，挺刀向自己胸口直刺過來，喬峯忍不住仰天大叫，呼聲似狼嗥、似虎嘯，滿腔悲憤，莫可抑制。

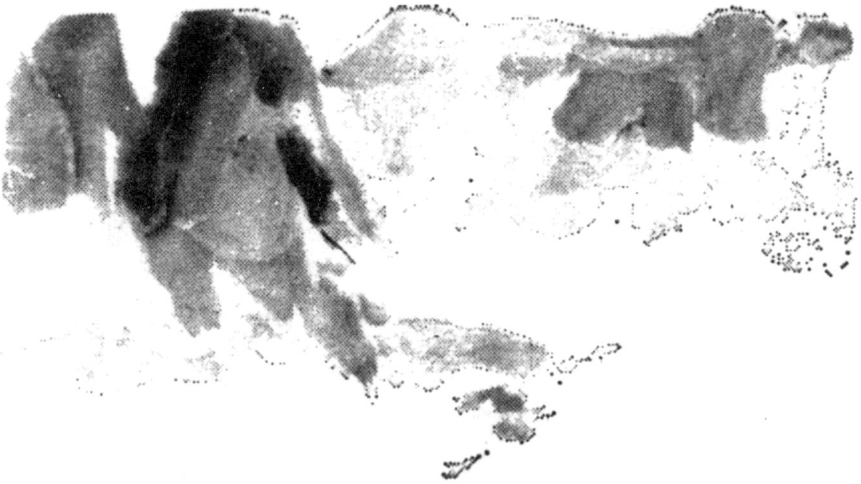

喬峯一怔，回過頭來，只見山坡旁一株花樹之下，站著一個盈盈少女，身穿淡紅衫子，嘴角邊帶著微笑，脈脈的凝視自己，正是阿朱。

二〇 悄立雁門 絕壁無餘字

單正聽到喬峯這震耳欲聾的怒吼，腦中斗然一陣暈眩，腳下踉蹌，站立不定。羣雄也都不由自主地退了幾步。單小山自旁搶上，挺刀刺出。

眼見刀尖離喬峯胸口已不到一尺，而他渾無抵禦之意，丐幫吳長老、宋長老等都閉上了眼睛，不忍觀看。

突然之間，半空中呼的一聲，竄下一個人來，勢道奇急，正好碰在單小山的鋼刀之上。單小山抵不住這股大力，手臂下落。羣雄齊聲驚呼聲中，半空中又撲下一個人來，卻是頭下腳上，一般的勢道奇急，砰的一聲響，天靈蓋對天靈蓋，正好撞中了單小山的腦袋，兩人同時腦漿迸裂。

羣雄方始看清，這先後撲下的兩人，本是守在屋頂要阻攔喬峯逃走的，卻給人擒住了，當作暗器般投了下來。廳中登時大亂，羣雄驚呼叫嚷。驀地裏屋頂角上一條長索甩下，勁道兇猛，向著衆人的腦袋橫掃過來，羣雄紛舉兵刃擋格。那條長索繩頭忽轉，往喬峯腰間一纏，隨即提起。

此時喬峯三處傷口血流如注，抱著阿朱的左手已無絲毫力氣，一給長索捲起，阿朱當即滾落。衆人但見長索彼端是個黑衣大漢，站在屋頂，身形魁梧，臉蒙黑布，只露出了兩隻眼睛。

那大漢左手抱起喬峯，挾在脅下，長索甩出，捲住大門外高豎的旗桿。羣雄大聲呼喊，霎時間鋼鏢、袖箭、飛刀、鐵錐、飛蝗石、甩手箭，各種各樣暗器都向喬峯和那大漢身上射去。那黑衣大漢一拉長索，悠悠飛起，往旗桿的旗斗中落去。騰騰、啪啪、嚓嚓，響聲不絕，數十件暗器都打在旗斗上。只見長索從旗斗中甩出，繞向八九丈外的一株大樹，那大漢挾著喬峯，從旗斗中盪出，頃刻間越過那株大樹，已在離旗桿十餘丈處落地。他跟著又甩長索，再繞遠處大樹，如此幾個起落，已走得無影無蹤。

羣雄駭然相顧，但聽得馬蹄聲響，漸馳漸遠，再也追不上了。

喬峯受傷雖重，神智未失，這大漢以長索救他脫險，一舉一動，他都看得清清楚楚，自是深感他救命之恩，又想：「這甩索的準頭膂力，我也能辦到，但以長索當作兵刃，同時揮擊數十人，這一招『天女散花』的軟鞭功夫，我就不能使得如他這般恰到好處。」

那黑衣大漢將他放上馬背，兩人一騎，逕向北行。那大漢取出金創藥來，敷上喬峯三處傷口。喬峯流血過多，虛弱之極，幾次都欲暈去，每次都是吸一口氣，內息流轉，精神便即一振。那大漢縱馬直向西北，走了一會，道路越來越崎嶇，到後來已無道路，那馬儘在亂石堆中躓蹶而行。

又行了半個多時辰，馬匹再也不能走了，那大漢雙手橫抱喬峯，下馬向一座山峯上攀去。喬峯身子甚重，那大漢抱著他卻似毫不費力，雖在十分陡峭之處，仍縱躍如飛。到得後來，幾處險壁間都無容足之處，那大漢便揮長索飛過山峽，纏住樹枝而躍將過去。那人接連橫越了八處險峽，跟著一路向下，深入一個上不見天的深谷之中，終於站定腳步，放下喬峯。

喬峯勉力站定，說道：「大恩不敢言謝，只求恩兄讓喬峯一見廬山眞面。」那大漢一對晶光燦然的眼光在他臉上轉來轉去，過得半晌，說道：「山洞中有足用半月的乾糧，你在此養傷，敵人沒法到來。」

喬峯應道：「是！」心道：「聽這人聲音，似乎年紀不輕了。」

那大漢又向他打量了一會，忽然右手揮出，啪的一聲，打了他一記耳光。這一下出手奇快，喬峯一來絕沒想到他竟會擊打自己，二來這一掌也當眞打得高明之極，竟然沒能避開。那大漢第二記跟著打來，兩掌之間，相距只電光般的一閃，喬峯有了這餘裕，豈能再次讓他打中？但他是救命恩人，不願跟他對敵，而又無力閃身相避，於是左手食指伸出，放在自己頰邊，指著他掌心。

這食指所向，正是那大漢掌心的「勞宮穴」，他如揮掌拍來，手掌未及喬峯面頰，掌上要穴先得碰到手指。這大漢手掌離喬峯面頰不到一尺，立即翻掌，以手背向他擊去，這一下變招奇速。喬峯也迅速之極的轉過手指，指尖對住了他手背上的「二間穴」。

那大漢一聲長笑，右手硬生生的縮回，左手橫斬而至。喬峯左手手指伸出，指尖已對準他掌緣的「後谿穴」。那大漢手臂陡然一提，來勢不衰，喬峯及時移指，指向他掌緣的「前谷穴」。頃刻之間，那大漢雙掌飛舞，連換了十餘下招式，喬峯只守不攻，手指總是指著他手掌擊來定會撞上的穴道。那大漢第一下出其不意的打了他一記巴掌，此後便再也打他不著了。兩人虛發虛接，俱是當世罕見的上乘武功。

那大漢使滿第二十招，見喬峯雖在重傷之餘，仍變招奇快，認穴奇準，陡然間收掌後躍，說道：「你這人愚不可及，我本來不該救你！」喬峯道：「謹領恩公教誨。」

那人罵道：「你這臭騾子，練就了這樣一身天下無敵的武功，怎地去爲一個瘦骨伶仃的女娃子枉送性命？她跟你非親非故，無恩無義，又不是甚麼傾國傾城的美貌佳人，只不過是一個低三下四的小丫頭而已。天下那有你這等大傻瓜？」

喬峯嘆了口氣，說道：「恩公教訓得是。喬峯以有用之身，作此莽撞之事，原是不當！只是一時氣憤難當，蠻勁發作，便沒細思後果。」

那大漢道：「嘿嘿，原來是蠻勁發作！」抬頭向天，縱聲長笑。

喬峯只覺他長笑聲中大有悲涼憤慨之意，不禁愕然。驀地裏見那大漢拔身而起，躍出丈餘，身形一晃，已在一塊大巖之後隱沒。喬峯叫道：「恩公，恩公！」但見他接連縱躍，轉過山峽，竟遠遠的去了。喬峯只跨出一步，便搖搖欲倒，忙伸手扶住山壁。

他定了定神，轉過身來，果見石壁之後有個山洞。他扶著山壁，慢慢走進洞中，只見地下放著不少熟肉、炒米、棗子、花生、魚乾之類乾糧，更妙的是居然另有一大罈酒。打開罈子，酒香直衝鼻端，伸手入罈，掬了一手喝了，入口甘美，乃上等美酒。他心下感激：「難得這位恩公如此周到，知我貪飲，竟在此處備得有酒。山道如此難行，攜帶這一大罈酒，不太也費事麼？」

那大漢給他敷的金創藥極具靈效，此時已止住了血，幾個時辰後，疼痛漸減。他身子壯健，內功深厚，所受也只皮肉外傷，雖然不輕，但過得七八天，傷口已好了小半。

這七八天中，他心中所想的只是兩件事：「害我的那個仇人是誰？救我的那位恩公是誰？」這兩人武功都十分了得，料想俱不在自己之下，武林之中有此身手者寥寥可數，屈著手指，一個個能算得出來，但想來想去，誰都不像。仇人無法猜到，那也罷了，這位恩公卻和自己拆過二十招，該當料得到他的家數門派，可是他一招一式全是平平無奇，於質樸無華之中現極大能耐，就像是自己在聚賢莊中所使的「太祖長拳」一般，招式中絕不洩漏身分來歷。

那一罈酒在頭兩天之中，便已給他喝了個罈底朝天，堪堪到得二十天上，自覺傷口已好了七八成，酒癮大發，再也忍耐不住，料想躍峽逾谷，已然無礙，便從山洞中走了出來，翻山越嶺，重涉江湖。

心下尋思：「阿朱落入他們手中，要死便早已死了，倘若能活，也不用我再去管她。眼前第一件要緊事，是要查明我到底是何等樣人。爹娘師父，於一日之間逝世，我的身世之謎更加難明，須得到雁門關外，去瞧瞧那石壁上的遺文。」

盤算已定，逕向西北，到得鎮上，先喝上了二十來碗酒。只過得三天，身邊僅賸的幾兩碎銀便都化作美酒，喝得精光。

是時大宋撫有中土，於元豐年間之後，分天下為二十三路。以大梁為都，稱東京開封府，洛陽為西京河南府，宋州為南京，大名府為北京，是為四京。喬峯其時身在京西路汝州，這日來到梁縣，身邊銀兩已盡，當晚潛入縣衙，在公庫盜了幾百兩銀子。一路上大吃大喝，鷄鴨魚肉、高粱美酒，都是大宋官家給他付錢。不一日來到河東路代州。

雁門關在代州之北三十里的雁門險道。喬峯昔年行俠江湖，也曾到過，只是當時身有要事，匆匆一過，未曾留心。他到代州時已是午初，在城中飽餐一頓，喝了十來碗酒，便出城向北。

他腳程迅捷，這三十里地，行不到半個時辰。上得山來，但見東西山巖峭拔，中路盤旋崎嶇，果然是個絕險的所在，心道：「雁兒南遊北歸，難以飛越高峯，須從兩峯之間穿過，是以稱爲雁門。今日我自南來，倘若石壁上的字跡表明我確是契丹人，那麼喬某這一次出雁門關後，永爲塞北之人，不再進關來了。倒不如雁兒一年一度南來北往，自由自在。」一想到此處，不由得心中酸楚。

雁門關是大宋北邊重鎮，山西四十餘關，以雁門最爲雄固，一出關外數十里，便是遼國地界，是以關上有重兵駐守。喬峯心想若從關門中過，不免受守關官兵盤查，當下從關西的高嶺繞道而行。

來到絕嶺，放眼四顧，但見繁峙、五台東聳，寧武諸山西帶，正陽、石鼓挺於南，其北則爲朔州、馬邑，長坡峻阪，茫然無際，寒林漠漠，景象蕭索。喬峯想起當年過雁門關時，曾聽同伴言道，戰國時趙國大將李牧、漢朝大將郅都，都曾在雁門駐守，抗禦匈奴入侵。倘若自己眞是匈奴、契丹後裔，那麼千餘年來侵犯中國的，都是自己的祖宗了。

向北眺望地勢，尋思：「那日汪幫主、趙錢孫等在雁門關外伏擊契丹武士，定要選一處最佔形勢的山坡，左近十餘里之內，地形之佳，莫過於西北角這處山側。十之八九，他們定會在此設伏。」

當下奔行下嶺，來到該處山側。驀地裏心中感到一陣沒來由的悲愴，只見該處山側有塊大巖，智光大師說中原羣雄伏在大巖之後，向外發射餵毒暗器，看來便是這塊巖石。

山道數步之外，下臨深谷，但見雲霧封谷，下不見底。喬峯心道：「倘若智光大師之言非假，那麼我媽媽給他們害死之後，我爹爹從此處躍下深谷自盡。他躍進谷口之後，不忍帶我同死，又將我拋了上來，摔在汪幫主身上。他……他在石壁上寫了些甚麼字？」回過頭來，往右首山壁上望去，只見那一片山壁天生的平淨光滑，但正中一大片山石上卻盡是斧鑿的印痕，顯而易見，是有人故意將留下的字跡削去了。

喬峯呆立在石壁之前，不禁怒火上衝，只想揮刀舉掌亂殺，猛然間想起一事：「我離丐幫之時，曾斷單正的鋼刀立誓，說道：我是漢人也好，是契丹人也好，決計不殺一個漢人。可是我在聚賢莊上，一舉殺了多少人？此刻又想殺人，豈非大違誓言？唉，事已至此，我不犯人，人來犯我，倘若束手待斃，任人宰割，豈是男子漢大丈夫的行逕？」

千里奔馳，爲的是要查明自己身世，可是始終毫無結果。心中越來越暴躁，大聲號叫：「我不是漢人，我不是漢人！我是契丹人，我是契丹人！」提起手來，一掌又一掌的往山壁上劈去。四下裏山谷鳴響，一聲聲傳來：「我不是漢人，我不是漢人！……我是契丹人，我是契丹人！」山壁上石屑四濺。

喬峯心中鬱怒難伸，仍一掌掌的劈去，似要將這一個多月來所受的種種委屈，都要向這塊石壁發洩，到得後來，手掌出血，一個個血手印拍上石壁，他兀自不停。

正擊之際，忽聽得身後一個清脆的女子聲音說道：「喬大爺，你再打下去，這座山峯也要給你打垮了。」

喬峯一怔，回過頭來，只見山坡旁一株花樹之下，站著一個盈盈少女，身穿淡紅衫子，嘴角邊帶著微笑，脈脈的凝視自己，正是阿朱。

他那日出手救她，只不過激於一時義憤，對這小丫頭本人，也沒怎麼放在心上，後來自顧不暇，於她的生死存亡更早置之腦後。不料她忽然在此處出現，喬峯驚異之餘，自也歡喜，迎將上去，笑道：「阿朱，你身子大好了？」只是他狂怒之後，轉憤為喜，臉上的笑容未免頗為勉強。

阿朱道：「喬大爺，你好！」她向喬峯凝視片刻，突然之間，縱身撲入他懷中，哭道：「喬大爺，我……我在這裏已等了你五日五夜，我只怕你不會來。你……你果然來了，謝謝老天爺保佑，你終於安好無恙，沒受到損傷。那……眞是好，眞是好！」

她這幾句話說得斷斷續續，但話中充滿了喜悅安慰之情，喬峯一聽便知她對自己關懷已極，直是全心全意皆在盼望自己平安，心中一動，問道：「你怎地在這裏等了我五日五夜？你……你怎知我會到這裏來？」

阿朱慢慢抬起頭來，忽然想到自己是伏在一個男子懷中，臉上一紅，退開兩步，再想起適才自己情不自禁，直抒情懷，不由得滿臉飛紅，突然間反身疾奔，轉到了樹後。

喬峯叫道：「喂，阿朱，阿朱，你幹甚麼？」阿朱不答，只覺一顆心怦怦亂跳，過了良久，才從樹後出來，臉上仍頗有羞澀之意，一時之間，竟訥訥的說不出話來。喬峯見她神色奇異，柔聲道：「阿朱，你有甚麼難言之隱，儘管跟我說好了。咱倆個是患難之交，同生共死過來的，還能有甚麼顧忌？」阿朱臉上又是一紅，低低的道：「沒有。」

喬峯輕輕扳轉她肩頭，將她臉頰轉向日光，只見她容色雖甚憔悴，但蒼白的臉蛋上隱隱泛出淡紅，已非當日身受重傷時的灰敗之色，再伸指去搭她脈搏。阿朱的手腕碰到了他的手指，忽地全身一震。喬峯道：「怎麼？還有甚麼不舒服麼？」阿朱臉上又是一紅，忙道：「不是，沒……沒有。」喬峯按她脈搏，但覺跳動平穩，舒暢有力，讚道：「薛神醫妙手回春，果眞名不虛傳！」

阿朱道：「幸得你的好朋友白世鏡長老，答允傳他七招『纏絲擒拿手』，薛神醫才給我治傷。更要緊的是，他們要查問那位黑衣先生的下落，倘若我就此死了，他們可就甚麼也問不到了。我傷勢稍稍好得一點，每天總有七八個人來盤問我：『喬峯這惡賊是你甚麼人？』『他逃到了甚麼地方？』『救他的那個黑衣大漢是誰？』這些事我本來不知道，但我老實回答不知，他們硬指我說謊，又說不給我飯吃啦，要用刑啦，恐嚇了一大套。於是我便給他們捏造故事，那位黑衣先生的事我編得最荒唐，今天說他是來自崑崙山的，明天又說他曾經在東海學藝，跟他們胡說八道，當眞有趣不過。」說到這裏，回想到那些日子中信口開河，作弄了不少當世成名的英雄豪傑，兀自心有餘歡，臉上笑容如春花初綻。

喬峯微笑道：「他們信不信呢？」阿朱道：「有的相信，有的卻不信，大多數是將信將疑。我猜到他們誰也不知那位黑衣先生的來歷，無人能指證我說得不對，於是我的故事就越編越希奇古怪，好敎他們疑神疑鬼，心驚肉跳。」喬峯嘆道：「這位黑衣先生到底是甚麼來歷，我也不知。只怕聽了你的信口胡說，我也會將信將疑。」

阿朱奇道：「你也不認得他麼？那麼他怎麼竟會甘冒奇險，從龍潭虎穴之中將你救了出來？嗯，救人危難的大俠，本來就是這樣的。」

喬峯嘆了口氣，道：「我不知該當向誰報仇，也不知向誰報恩。不知自己是漢人，還是契丹人，不知自己的所作所爲，到底是對是錯。喬峯啊喬峯，你當眞枉自爲人了！」

阿朱見他神色淒苦，不禁伸出手去，握住他手掌，安慰道：「喬大爺，你又何須自苦？種種事端，總有水落石出的一天。你只要問心無愧，行事對得住天地，那就好了！」

喬峯道：「我便是自己問心有愧，這才難過。那日在杏子林中，我彈刀立誓，決不殺一個漢人，可是……可是……」

阿朱道：「聚賢莊上這些人不分青紅皂白，便向你圍攻，若不還手，難道便胡裏胡塗的讓他們砍成十七廿八塊嗎？天下沒這個道理！」

喬峯道：「這話也說得是。」他本是個提得起、放得下的好漢，一時悲涼感觸，過得一時，便也撇在一旁，說道：「智光禪師和趙錢孫都說這石壁上寫得有字，卻不知是給誰鑿去了？」阿朱道：「是啊，我猜想你定會到雁門關外，來看這石壁上的留字，因此一脫險境，就到這裏來等你。」

喬峯問道：「你如何脫險，又是白長老救你的麼？」阿朱微笑道：「那可不是了。你記得我曾扮過少林寺的和尚，是不是？連他們的師兄弟也認不出來。」喬峯道：「不錯，你這門頑皮的本事當眞不錯。」阿朱道：「那日我的傷勢大好了，薛神醫說道不用再加醫治，只須休養七八天，便能復元。我編造那些故事，漸漸破綻越來越多，編得也有些膩了，又記掛著你，於是這天晚上，我喬裝改扮了一個人。」

喬峯道：「又扮人？卻扮了誰？」阿朱道：「我扮作薛神醫。」

喬峯微微一驚，道：「你扮薛神醫，那怎麼扮得？」阿朱道：「他天天跟我見面，說話最多，他的模樣神態我看得最熟，而且只有他時常跟我單獨在一起。那天晚上我假裝暈倒，他來給我搭脈，我反手一扣，就抓住了他脈門。他動彈不得，只好由我擺布。」

喬峯不禁好笑，心想：「這薛神醫只顧治病，那想到這小鬼頭有詐。」

阿朱道：「我點了他穴道，除下他的衣衫鞋襪。我的點穴功夫不高明，生怕他自己衝開穴道，於是撕了被單，再將他手腳都綁了起來，放在床上，用被子蓋住了他，有人從窗外看見，只道我在蒙頭大睡，誰也不會疑心。我穿上他的衣衫鞋帽，在臉上堆起皺紋，便有七分像了，只是缺一把鬍子。」

喬峯道：「嗯，薛神醫的鬍子半黑半白，倒不容易假造。」阿朱道：「假造的不像，終究是用眞的好。」喬峯奇道：「用眞的？」阿朱道：「是啊，用眞的。我從他藥箱中取出一把小刀，將他的鬍子剃了下來，一根根都黏在我臉上，顏色模樣，沒半點不對。薛神醫心裏定是氣得要命，可是他有甚麼法子？他治我傷勢，非出本心。我剃他鬍子，也算不得是恩將仇報。何況他剃了鬍子之後，似乎年輕了十多歲，相貌英俊得多了。」說到這裏，兩人相對大笑。

阿朱笑著續道：「我扮了薛神醫，大模大樣的走出聚賢莊，當然誰也不敢問甚麼話，我叫人備了馬，取了銀子，這就走啦。離莊三十里，我扯去鬍子，變成個年輕小夥子。那些人總得到第二天早晨，才會發覺。可是我一路上改裝，他們自是尋我不著。」

喬峯鼓掌道：「妙極！妙極！」突然之間，想起在少林寺菩提院的銅鏡之中，曾見到自己背影，當時心中一呆，隱隱約約覺得有甚麼不安，這時聽她說了改裝脫險之事，又忽起這不安之感，而且比之當日在少林寺時更加強烈，沉吟道：「你轉過身來，給我瞧瞧。」阿朱不明他用意，依言轉身。

喬峯凝思半晌，除下外衣，給她披在身上。

阿朱臉上一紅，眼色溫柔的回眸看了他一眼，道：「我不冷。」

喬峯見她披了自己外衣，登時心中雪亮，手掌一翻，抓住了她手腕，厲聲道：「原來是你！你受了何人指使，快快說來。」阿朱吃了一驚，顫聲道：「喬大爺，甚麼事啊？」喬峯道：「你曾經假扮過我，冒充過我，是不是？」

原來這時他才恍然想起，那日在無錫趕去相救丐幫衆兄弟，在道上曾見到一人的背影，當時未曾在意，直至在菩提院銅鏡中見到自己背影，才隱隱約約想起，那人的背影和自己直是一般無異，那股不安之感，便由此而起，然而心念模糊，渾不知爲了何事。

他那日趕去相救丐幫羣雄，到達之時，衆人已然脫險，人人都說不久之前曾和他相見。他雖矢口不認，衆人卻無一肯信。當時他莫名其妙，相信除了有人冒充自己之外，更無別的原因。可是要冒充自己，連日常相見的白世鏡、吳長老等都認不出來，那是談何容易？此刻一見到阿朱披了自己外衣的背影，前後一加印證，登時恍然。雖然此時阿朱身上未有棉花墊塞，這瘦小嬌怯的背影和他魁梧奇偉的模樣大不相同，但要能冒充自己而瞞過丐幫羣豪，天下除她之外，更能有誰？

阿朱卻毫不驚惶，格格一笑，說道：「好罷，我只好招認了。」便將自己如何喬裝他的形貌、以解藥救了丐幫羣豪之事說了。

喬峯放開她手腕，厲聲道：「你假裝我去救人，有甚麼用意？」

阿朱甚是驚奇，說道：「我只是鬧鬧玩笑。你從西夏人手裏救了我和阿碧，我兩個都好生感激。我又見那些叫化子待你這樣不好，心想假扮了你，去解了他們身上所中之毒，讓他們心下慚愧，也是好的。」嘆了口氣，又道：「那知他們在聚賢莊上，仍對你這般狠毒，全不記得昔日的恩義。」

喬峯臉色越來越嚴峻，咬牙道：「那麼你為甚麼冒充了我去殺我父母？為甚麼混入少林寺去殺我師父？」

阿朱跳了起來，叫道：「那有此事？誰說是我殺了你父母？殺了你師父？」

喬峯道：「我師父給人擊傷，他一見我之後，便說是我下的毒手，難道還不是你麼？」他說到這裏，右掌微微抬起，臉上布滿了殺氣，只要她對答稍有不善，這一掌落將下去，便有十個阿朱，也登時斃了。

阿朱見他滿臉殺氣，目光中盡是怒火，心中害怕之極，不自禁退了兩步。只要再退得兩步，那便是萬丈深淵了。

喬峯厲聲喝道：「站住，別動！」

阿朱嚇得淚水點點從頰邊滾下，顫聲道：「我沒……殺你父母，沒……沒殺你師父。你師父這麼大……大的本事，我怎能殺得了他？」

她最後這兩句話極是有力，喬峯一聽，心中一凜，立時知道錯怪了她，左手快如閃電般伸出，抓住她肩頭，拉著她靠近山壁，免得她失足掉下深谷，說道：「不錯，我師父不是你殺的。」他師父玄苦大師是玄慈、玄寂、玄難諸高僧的師兄弟，武功造詣，已達當世第一流境界。他所以逝世，並非中毒，更非受了兵刃暗器之傷，乃是給極厲害的掌力震碎臟腑。能以掌力傷得了玄苦大師的，當世寥寥可數，而其中半數便在少林寺之內，阿朱小小年紀，怎能有如此深厚內力？倘若阿朱的內力能震死玄苦大師，那麼玄慈這一記大金剛拳，也決不會震得她九死一生了。

阿朱破涕為笑，拍了拍胸口，說道：「你險些兒嚇死了我，你這人說話也太沒道理，要是我有本事殺你師父，在聚賢莊上還不幫你大殺那些壞蛋麼？」

喬峯見她輕嗔薄怒，心下歉然，說道：「這些日子來，我神思不定，胡言亂語，姑娘千萬莫怪。」阿朱笑道：「誰來怪你啊？要是我怪你，我就不跟你說話了。」隨即收起笑容，柔聲道：「喬大爺，不管你對我怎樣，我這一生一世，永遠不會怪你的。」說著輕輕靠在他身上。

喬峯搖搖頭，淡然道：「我雖救過你，那也不必放在心上。」皺起了眉頭，呆呆出神，忽問：「阿朱，你這喬裝易容之術，是誰傳給你的？你師父是不是另有弟子？」阿朱搖頭道：「沒人教的。我從小喜歡扮作別人樣子玩兒，越是學得多，便越扮得像，這那裏有甚麼師父？難道玩兒也要拜師父麼？」她忽覺一直靠在喬峯懷裏，有點不妥，緩緩讓開兩步。

喬峯嘆了口氣，說道：「這可眞奇怪了，世上居然另有一人，跟我相貌十分相像，以致我師父誤認是我。」阿朱道：「旣然有此線索，那便容易了。咱們去找到這個人來，拷打逼問他便是。」喬峯道：「不錯，可是茫茫人海之中，要找到這個人，實在艱難之極。他多半跟你一樣，也有喬裝易容的好本事。」

他走近山壁，凝視石壁上的斧鑿痕跡，想探索原來刻在石上的到底是些甚麼字，但左看右瞧，一個字也辨認不出，說道：「我要去找智光大師，問他石壁上寫的到底是甚麼字。不查明此事，寢食難安。」阿朱道：「就怕他不肯說。」喬峯道：「他多半不肯說的，但硬逼軟求，總是要他說了才罷。」阿朱沉吟道：「智光大師好像很硬氣，硬逼軟求，只怕都不管用。還是……」喬峯點頭道：「不錯，還是去問趙錢孫的好。嗯，這趙錢孫多半也是寧死不屈，但我倒有法子對付他。」

他說到這裏，向身旁的深淵望了一眼，道：「我想下去瞧瞧。」阿朱嚇了一跳，向那雲封霧繞的谷口瞧了兩眼，走遠了幾步，生怕一不小心便摔了下去，說道：「不，不！你千萬別下去。下去有甚麼好瞧的？」喬峯道：「我到底是漢人還是契丹人，這件事始終在我心頭盤旋不休。我要下去查個明白，看看那個契丹人的屍體。」阿朱道：「那人摔下去已有三十年了，早只賸下幾根白骨，還能看到甚麼？」喬峯道：「我便是要去瞧瞧他的白骨。我想，他如眞是我父親，便得將他屍骨撿上來，好好安葬。」

阿朱尖聲道：「不會的，不會的！你仁慈俠義，怎能是殘暴惡毒的契丹人後裔？」喬峯道：「你在這裏等我一天一晚，明天這時候我還沒上來，你便不用等了。」阿朱大急，哇的一聲，哭了出來，叫道：「喬大爺，你別下去！」

喬峯心腸甚硬，絲毫不爲所動，微微一笑，說道：「聚賢莊上這許多英雄好漢都打我不死。難道這區區山谷，便能要了我命麼？」

阿朱想不出甚麼話來勸阻，只得道：「下面說不定有很多毒蛇、毒蟲，或者是甚麼兇惡的怪物。」喬峯哈哈大笑，拍拍她肩頭，道：「要是有怪物，我捉了上來給你玩兒。」他向谷口四周眺望，要找一處勉強可以下足的山崖，盤旋下谷。

便在這時，忽聽得東北角上隱隱有馬蹄之聲，向南馳來，聽聲音總有二十餘騎。喬峯當即快步繞過山坡，向馬蹄聲來處望去。他身在高處，只見這二十餘騎一色的黃衣黃甲，都是大宋官兵，排成一列，沿著下面高坡的山道奔來。

喬峯看清楚了來人，也不以爲意，只是他和阿朱處身所在，正是從塞外進關的要道，當年中原羣雄擇定於此處伏擊契丹武士，便是爲此。心想此處是邊防險地，大宋官兵見到面生之人在此逗留，多半要盤查詰問，還是避開了，免得麻煩。回到原處，拉著阿朱往大石後一躲，道：「是大宋官兵！」

過不多時，那二十餘騎官兵馳上嶺來。喬峯躲在山石之後，已見到爲首的一個軍官，不禁頗有感觸：「當年汪幫主、智光大師、趙錢孫等人，多半也是在這塊大石之後埋伏，如此瞧著契丹衆武士馳上山嶺。今日峯巖依然，當年宋遼雙方的武士，卻大都化作白骨了。」

正自出神，忽聽得兩聲小孩的哭叫，喬峯大吃一驚，如入夢境：「怎麼又有了小孩？」跟著又聽得幾個婦女的尖叫聲音。

他伸首外張，看清楚了那些大宋官兵，每人馬上大都還擄掠了一個婦女，所有婦孺都穿著契丹牧人的裝束。好幾個大宋官兵伸手在契丹女子身上摸索抓捏，猥褻醜惡，不堪入目。有些女子抗拒支撑，便立遭官兵喝罵毆擊。喬峯看得大奇，不明所以。只見這些人從大石旁經過，逕向雁門關馳去。

阿朱問道：「喬大爺，他們幹甚麼？」喬峯搖了搖頭，心想：「邊關的守軍怎地如此荒唐？」阿朱又道：「這些官兵就像盜賊一般。」

跟著嶺道上又來了三十餘名官兵，驅趕著數百頭牛羊和十餘名契丹婦女，只聽得一名軍官道：「這一次打草穀，收成不怎麼好，大帥會不會發脾氣？」另一名軍官道：「遼狗的牛羊雖搶得不多，但搶來的女子中，有兩三個相貌不差，陪大帥快活快活，他脾氣就好了。」第一個軍官道：「三十幾個女人，大夥兒不夠分的，明兒辛苦一天，再去搶些來。」一個士兵笑道：「遼狗得到風聲，早就逃淸光啦，再要打草穀，須得等兩三個月。」

喬峯不由得怒氣塡胸，心想這些官兵的行逕，比之最兇惡的下三濫盜賊更有不如。

突然之間，一個契丹婦女懷中抱著的嬰兒大聲哭了起來。那契丹女子伸手推開一名大宋軍官的手，轉頭去哄啼哭的孩子。那軍官大怒，抓起那孩兒摔了出去，跟著縱馬而前，馬蹄踏在孩兒身上，登時踩得他肚破腸流。那契丹女子嚇得呆了，哭也哭不出聲來。衆官兵哈哈大笑，蜂擁而過。

喬峯一生中見過不少殘暴兇狠之事，但這般公然以殘殺嬰孩爲樂，卻是第一次見到。他氣憤之極，當下卻不發作，要瞧個究竟再說。

這一羣官兵過去，又有十餘名官兵呼嘯而來。這些大宋官兵也都乘馬，手中高舉長矛，矛頭上大都刺著一個血肉模糊的首級，馬後繫著長繩，縛了五個契丹男子。喬峯瞧那些契丹人的裝束，都是尋常牧人，有兩個年紀甚老，白髮蒼然，另外三個是十五六歲的少年。他心下了然，這些大宋官兵出去擄掠，壯年的契丹牧人都逃走了，卻將婦孺老弱捉了來。

只聽得一個軍官笑道：「斬得十四具首級，活捉遼狗五隻，功勞說大不大，說小不小，升官一級，賞銀一百兩，那是有的。」另一人道：「老高，這裏西去五十里，有個契丹人市集，你敢不敢去打草穀？」那老高道：「有甚麼不敢？你欺我新來麼？老子新來，正要多立邊功。」說話之間，一行人已馳到大石左近。

一個契丹老漢看到地下的童屍，突然大叫，撲過去緊緊抱住童屍，不住親吻，悲聲叫嚷。喬峯雖不懂他言語，見了他這神情，料想給馬踩死的這孩子是他親人。拉著那老漢的小卒不住扯繩，催他快走。那契丹老漢怒發如狂，猛地向他撲去。這小卒吃了一驚，揮刀向他疾砍。契丹老漢用力一扯，將他從馬上拉落，張口往他頸中咬去，另一名大宋軍官從馬上一刀砍了下來，狠狠的砍在那老漢背上，跟著俯身抓住他後領，將他拉開，摔在地下的小卒方得爬起。這小卒氣惱已極，揮刀又在那契丹老漢身上砍了幾刀。那老漢搖晃了幾下，竟不跌倒。衆官兵或舉長矛，或提馬刀，團團圍在他身周。

那老漢轉向北方，解開了上身衣衫，挺立身子，突然高聲叫號，聲音悲涼，有若狼嗥。一時之間，衆軍官臉上都現驚懼之色。

喬峯心下悚然，驀地裏似覺和這契丹老漢心靈相通，這幾下垂死時的狼嗥之聲，自己也曾叫過。那是在聚賢莊上，他身上接連中刀中槍，又見單正挺刀刺來，自知將死，心中悲憤莫可抑制，忍不住縱聲便如野獸般狂叫。

這時聽了這幾聲呼號，心中油然而起親近之意，更不多想，飛身便從大石之後躍出，抓起那些大宋官兵，一個個都投下崖去。喬峯打得興發，連他們乘坐的馬匹也都一掌一匹，推入深谷，人號馬嘶，響了一陣，便即沉寂。

阿朱和那四個契丹人見他如此神威，都看得呆了。

喬峯殺盡十餘名官兵，縱聲長嘯，聲震山谷，見那身中數刀的契丹老漢兀自直立不倒，心中敬他是個好漢，走到他身前，只見他胸膛袒露，對正北方，卻已氣絕身死。喬峯向他胸口看去，「啊」的一聲驚呼，倒退一步，身子搖搖擺擺，幾欲摔倒。

阿朱大驚，叫道：「喬大爺，你……你……你怎麼了？」只聽得嗤嗤嗤幾聲響過，喬峯撕開自己胸前衣衫，露出長毛茸茸的胸膛來。阿朱一看，見他胸口刺著花紋，是青鬱鬱的一個狼頭，張口露牙，狀貌兇惡；再看那契丹老漢時，見他胸口也刺著一個狼頭，形狀神姿，和喬峯胸口的狼頭一模一樣。

忽聽得那四個契丹人齊聲呼叫起來。

喬峯自兩三歲時初識人事，便見到自己胸口刺著這個青狼之首，他因從小見到，自絲毫不以爲異。後來年紀大了，向父母問起，喬三槐夫婦都說圖形美觀，稱讚一番，卻沒說來歷。北宋年間，人身刺花甚是尋常，甚至有全身自頸至腳遍體刺花的。大宋係承繼後周柴氏的江山。後周開國皇帝郭威，頸中便刺有一雀，因此人稱「郭雀兒」。當時身上刺花，蔚爲風尙，丐幫衆兄弟中，身上刺花的十有八九，是以喬峯從無半點疑心。但這時見那死去的契丹老漢胸口青狼，竟和自己的一模一樣，自不勝駭異。

四個契丹人圍到他身邊，嘰哩咕嚕的說話，不住的指他胸口狼頭。喬峯不懂他們說話，茫然相對，一個老漢忽地解開自己衣衫，露出胸口，竟也刺著這麼一個狼頭。三個少年各解衣衫，胸口也均有狼頭刺花。

霎時之間，喬峯終於千眞萬確的知道，自己確是契丹人。這胸口的狼頭定是他們部族的記號，想是男孩出生不久，便即人人刺上。他自來痛心疾首的憎恨契丹人，知道他們暴虐卑鄙，不守信義，知道他們慣殺漢人，無惡不作，這時候卻要他不得不自認是禽獸一般的契丹人，心中苦惱之極。

他呆呆的怔了半晌，突然間大叫一聲，向山野間狂奔而去。

阿朱叫道：「喬大爺！喬大爺！」隨後跟去。

阿朱直追出十餘里，才見他抱頭坐在一株大樹之下，臉色鐵青，額頭一根粗大的青筋凸了出來。阿朱走到他身邊，和他並肩而坐。

喬峯身子一縮，說道：「我是豬狗也不如的契丹胡虜，自今而後，你不用再見我了。」阿朱和所有漢人一般，本來也痛恨契丹人入骨，但喬峯在她心中，乃天神一般的人物，別說他只是契丹人，便是魔鬼猛獸，她也不肯離之而去，心想：「他這時心中難受，須得對他好好勸解寬慰。」柔聲道：「漢人中有好人壞人，契丹人中，自然也有好人壞人。喬大爺，你別把這件事放在心上。阿朱的性命是你救的，你是漢人也好，是契丹人也好，對我全無分別。」

喬峯冷冷的道：「我不用你可憐，你心中瞧不起我，也不必假惺惺的說甚麼好話。我救你性命，非出本心，只不過一時逞強好勝。此事一筆勾銷，你快快去罷！」

阿朱心中惶急，尋思：「他既知自己確是契丹胡虜，說不定便回歸漠北，從此不踏入中土一步。」一時情不自禁，站起身來，說道：「喬大爺，你若撇下我而去，讓我獨個兒孤苦伶仃的，在這世上沒人理睬，我便跳入這山谷之中。阿朱說得出做得到，你是契丹的英雄好漢，瞧不起我這低三下四的丫鬟賤人，我還不如死了的好。」

喬峯聽她說得十分誠懇，心下感動，他只道自己既是契丹胡虜，普天下的漢人自然個個避若蛇蠍，想不到阿朱對待自己仍一般無異，不禁伸手拉住了她手掌，柔聲道：「阿朱，你是慕容公子的丫鬟，又不是我的丫鬟，我……我怎會瞧不起你？」

阿朱道：「我不用你可憐，你心中瞧不起我，也不必假惺惺的說甚麼好話。」她學著喬峯說這幾句話，語音聲調，無一不像，眼光中卻滿是頑皮神色。喬峯哈哈大笑，他於失意潦倒之際，得有這樣一個聰明伶俐的少女說笑慰解，不禁煩惱大消。

阿朱收起笑容，正色道：「喬大爺，我服侍慕容公子，並非賣身給他。只因我從小沒了爹娘，流落在外，有一日受人欺凌，慕容老爺見到了，救了我回家。我孤苦無依，便做了他家的丫鬟。其實慕容公子也並不眞當我是丫鬟，他還買了幾個丫鬟服侍我呢。阿碧妹子也是一般，只不過她是她爹爹送她到燕子塢慕容老爺家來避難的。慕容老爺和夫人當年曾說，那一天我和阿碧想離開燕子塢，他慕容家歡歡喜喜的給我們送行……」說到這裏，臉上微微一紅。原來當年慕容夫人說的是：「那一天阿朱、阿碧這兩個小妮子有了歸宿，我們慕容家全副嫁妝、花轎吹打送她們出門，就跟嫁女兒沒半點分別。」頓了一頓，又對喬峯道：「今後我服侍你，做你的丫鬟，慕容公子決不會見怪。」

喬峯雙手連搖，道：「不，不！我是個胡人蠻夷，怎能用甚麼丫鬟？你在江南富貴人家過慣了舒服日子，跟著我漂泊吃苦，有甚麼好處？你瞧我這等粗野漢子，也配受你服侍麼？」

阿朱嫣然一笑，道：「這樣罷，我算是給你擄掠來的奴僕，你高興時向我笑笑，不開心時便打我罵我，好不好呢？」喬峯微笑道：「我一拳打下來，只怕登時便將你打死了。」阿朱道：「當然你只輕輕的打，可不能出手太重。」喬峯哈哈一笑，說道：「輕輕的打，不如不打。我也不想要甚麼奴僕。」阿朱道：「你是契丹的大英雄，擄掠幾個漢人女子做奴僕，有何不可？你瞧那些大宋官兵，不也是擄掠了許多契丹人嗎？」

喬峯默然不語。阿朱見他眉頭深皺，眼色陰鬱，躭心自己說錯了話，惹他不快。

過了一會，喬峯緩緩的道：「我一向只道契丹人兇惡殘暴，虐害漢人，但今日親眼見到大宋官兵殘殺契丹的老弱婦孺，我……我……阿朱，我是契丹人，從今而後，不再以契丹人為恥，也不以大宋為榮。」

阿朱聽他如此說，知他已解開了心中鬱結，很是歡喜，說道：「我早說胡人中有好有壞，漢人中也有好有壞。契丹人沒漢人那樣狡猾，只怕壞人還更少些呢。」

喬峯瞧著左首深谷，神馳當年，說道：「阿朱，我爹爹媽媽給那些漢人無辜害死，此仇非報不可！」

阿朱點了點頭，心下隱隱感到害怕。她知道這輕描淡寫的「此仇非報不可」六字之中，勢必包含著無數的惡鬥、鮮血和性命。

喬峯指著深谷，說道：「當年我媽媽給他們殺了，我爹爹痛不欲生，就從那邊的巖石之旁，躍入深谷。他人在半空，不捨得我陪他喪生，又將我拋了上來，喬峯方有今日。阿朱，我爹爹愛我極深，是麼？」阿朱眼中含淚，道：「是。」

喬峯道：「我父母這血海深仇，豈可不報？我從前不知，竟然認敵為友，那已是不孝之極，今日如再不去殺了害我父母的正兇，喬某何顏生於天地之間？他們所說的那『帶頭大哥』，到底是誰？那封寫給汪幫主的信上有他署名，智光和尚卻將所署名字撕下來吞入了肚裏。這個『帶頭大哥』顯是尚在人世，否則他們就不必為他隱瞞了。」

他自問自答，苦苦思索，明知阿朱並不能助他找到大仇，但有一個人在身邊聽他說話，自然而然的減卻不少煩惱。他又道：「這個帶頭大哥既能率領中土豪傑，自是個武功既高、聲望又隆的人物。他信中語氣，跟汪幫主交情大非尋常，他稱汪幫主為兄，年紀比汪幫主小些，比我當然要大得多。這樣一位人物，應當並不難找，嗯，看過那封信的，有智光和尚、丐幫的徐長老和馬夫人、鐵面判官單正。還有那個趙錢孫，自也知道他是誰。趙錢孫已告知他師妹譚婆，想來譚婆也不會瞞他丈夫。智光和尚與趙錢孫，都是害死我父母的幫兇，那當然是要殺的，這個他媽的『帶頭大哥』，哼，我……我要殺他全家，老老小小，鷄犬不留！」

阿朱打了個寒噤，本想說：「你殺了那帶頭的惡人，已經夠了，饒了他全家罷。」但這幾句話到得口邊，卻不敢吐出唇來，只覺得喬峯神威凜凜，對之不敢稍有拂逆。

喬峯又道：「智光和尚四海雲遊，趙錢孫漂泊無定，要找這兩個人甚是不易。那鐵面判官單正並未參與害我父母之役，我已殺了他兩個兒子，他小兒子也是因我而死，就不必再去找他了。阿朱，咱們找丐幫的徐長老去。」

阿朱聽到他說「咱們」二字，不由得心花怒放，那便是答應攜她同行了，嫣然一笑，心想：「便是到天涯海角，我也跟你同行！」

天龍八部(大字版) / 金庸作.　-- 二版.
-- 臺北市：遠流，2017.10
冊；公分. --(大字版金庸作品集；41–50)

ISBN 978-957-32-8133-7 (全套：平裝).

857.9　　106016858